长线伏行 2

长篇小说

蔡必贵 著

江苏凤凰文艺出版社
JIANGSU PHOENIX LITERATURE AND ART PUBLISHING

图书在版编目（CIP）数据

长线伏行. 2 / 蔡必贵著. —南京：江苏凤凰文艺出版社，2021.3

ISBN 978-7-5594-5540-6

Ⅰ. ①长… Ⅱ. ①蔡… Ⅲ. ①长篇小说—中国—当代 Ⅳ. ①I247.5

中国版本图书馆CIP数据核字（2020）第258345号

长线伏行. 2

蔡必贵　著

责任编辑	孙金荣
策划编辑	王安琪
特约编辑	郑嘉期
责任校对	孔智敏
出版统筹	孙小野
出版发行	江苏凤凰文艺出版社
	南京市中央路165号，邮编：210009
网　　址	http://www.jswenyi.com
印　　刷	三河市金元印装有限公司
开　　本	880毫米×1230毫米　1/32
印　　张	9
字　　数	208千字
版　　次	2021年3月第1版
印　　次	2021年3月第1次印刷
书　　号	ISBN 978-7-5594-5540-6
定　　价	46.00元

莱布尼茨说过，

世界上，

没有完全相同的两片树叶。

确实如此。

毕竟，树叶不擅长伪装。

一

一九九九年，秋，汤县。

清晨五点，丁司机最后一次离开家门。

老婆跟女儿都还没醒。出门前，他先站在卧室门口，看着老婆的脸，然后又走进女儿房间，轻轻刮了下她的鼻梁。

搬运工往车上装货时，他走到桥头的早餐店，吃了一份捆粄，也就是富于汤县特色的肠粉。早餐店老板记得，那天早上雾很大，丁司机神态自然，看不出什么异常。

这是汤县人最后一次见到丁司机。

这一次，他既没有到深圳，也没能回汤县。往后的二十年里，也是如此。

丁司机出门后两小时，他女儿醒了。

女儿走到爸妈卧室，摇醒妈妈："爸爸呢？"

妈妈睁开眼睛："出门跑车了。"

"明天回来？"

"对，明天回来。"

女儿又轻轻问道:“巴巴呢?他还会来我们家吗?”

妈妈语气依然温柔:“你答应过妈妈什么，忘了吗?”

女儿却察觉到妈妈脸上的不快，低声道:“我知道了。”

妈妈起床梳洗，女儿坐在床沿发呆。

她手里摆弄着一个犀牛折纸，用带方框的信笺折的，看上去像披了铠甲，是巴巴折的。

阳光从窗帘缝隙漏了进来，还有蝉鸣，楼下有人在买菜，路上车子停停走走。洗手间传来妈妈刷牙的声音，等一下就轮到自己了。

巴巴刷牙很仔细，很认真，好像刷牙是全世界最重要的事情。

不知道为什么，女儿幼小的心脏，突然揪了一下，犀牛折纸也掉到了地上。

那一刻的感觉如此突兀，如此真实，直到二十年后的今天，她还能记得。

二

二〇一九年，夏，深圳。

廖喜正在玩《王者荣耀》。

说来好笑，年轻时他喜欢打麻将，现在四十出头，反而迷上了手机游戏。他的技术很一般，段位一直稳定在钻石，怎么都上不去。以前翡翠台有个广告，“钻石恒久远，一颗永留传”。廖喜游戏里的这颗钻石，确实非常久远，一直留传。

此处是深圳龙港中心城一家星巴克。龙港跟市区离得很远，与其说是深圳的一个区，不如说是隔壁的另一个城市。和市区相比，龙港经济发展较慢，生活节奏也舒缓。对廖喜来说，这里生活便利，人不多，车不密，楼不高，正是适合他居住跟工作的地方。

廖喜面前的圆形咖啡桌上，放了两杯饮品，他自己是一杯抹茶星冰乐，对面则是不加糖的冰美式。

他在等人，等一个素未谋面的女人。

廖喜已经等了半小时，不过，并不是对方迟到，而是他提前来了。反正在家也是等，星巴克也是等，都一样。

一局游戏结束，他等的人来了。

是个年轻女人，穿着一条蓝底碎花连衣裙，长卷发，香水味浓淡适中。

“不好意思，我迟到了。”

“没事。”廖喜说道。

女人的脖子长而优雅，锁骨很显眼。脸上的五官，分开看都说不上出色，但组合在一起，却颇具吸引力。牙齿非常白，嘴角一颗黑痣，非但没有破坏五官的和谐，反而增添了几分生动。

女人左手摁住连衣裙领口，弯腰，伸出右手：“廖老板你好，我叫丁一一，姓丁的丁，一二三的一。”

“这名字倒是简单，小时候被老师罚抄名字，肯定你最先写完。”

“大家都这么讲，廖老板，你也可以叫我小丁。”

她的语气很平淡，但不知怎的，就流露出一种郁郁寡欢的气息。

世界上就是有这种女人，她不说苦，但你知道她很苦；她并不愁眉苦脸，甚至经常在笑，但你也会察觉到，光是笑，就已经花光她所有力气。如果有能力的话，你总会想帮帮她。

廖喜轻轻碰了下她的手臂：“小丁，坐，别客气。这是你的咖啡。”

“谢谢。”

廖喜的视线，一直没离开她身上的碎花连衣裙。在廖喜印象中，这种裙子，在二十世纪九十年代非常流行。仔细看的话，裙子的袖口处已经磨得有些发白。

丁一一发现了廖喜的举动，笑道：“这件裙子，是我妈留下的。她走了以后，我经常穿她的衣服。很怪，对吧？”

廖喜稍有些尴尬，连忙说：“没有没有。”他又转移话题道：“你的事，小谌大概跟我说了一遍。”

小谌是廖喜前女友，也是丁一一的老板。小谌在龙港开了家舞蹈工作室，其实就是教跳舞的培训机构，丁一一是个芭蕾舞教师，两三个月前，刚从广州搬过来，在小谌那上班。

“说起来，还得谢谢小谌姐，她太有心了。”

“我就直接问了啊，我挺好奇的，你为什么非得知道真相？对你来说，不是很痛苦的回忆吗？”

“这个问题，我也经常问自己。该怎么说呢，我打个比方啊，可能不太恰当。很久以前，巴黎准备建埃菲尔铁塔时，很多人都反对，说太丑了，根本配不上巴黎。结果建好之后，有一个大作家，叫什么来着，一开始反对得很凶的……”

她讲话的时候，嘴角的痣一直在跳动，像是有自己的生命。

“莫泊桑吗？他说过，如果埃菲尔铁塔建好了，他就要永远离开巴黎。”

“对，莫泊桑。埃菲尔铁塔建好后，莫泊桑整天跑去那里喝茶，别人就笑他，他是怎么回答的呢？他说，这里是整个巴黎，唯一看不到埃菲尔铁塔的地方。”

廖喜挠了下头：“我大概懂你的意思了。”

“廖老板，说出来不怕你笑话，有半年时间了，我每晚都失眠，翻来覆去想这件事。”

“这么严重。”

丁一一笑了笑：“可能是我矫情吧。廖老板，你能帮我吗？我听小谌姐说，你是个特别厉害的警察，她最佩服你了。”

“别听你小谌姐乱讲，我现在就是个码字的，写网络小说，玄幻的那种。我当警察那会儿，你还上幼儿园吧。”

他还年轻的时候，确实当过刑警，后来辞职转行成为网络作家，到现在也有十几年了。不过，廖喜没打算把自己的笔名或者作品告诉丁一一。按照他的经验，说出来对方没听过的话，场面会有些尴尬。

“廖老板，你太谦虚了。你去年……”

她自觉失语，打住了。

廖喜在心里暗骂：这个小谌，多少岁人了，嘴巴还那么不牢靠。

去年，也就是二〇一八年的秋天，台风“玉兔”过后，他确实跟一名年轻人携手，追踪一起多年前的旧案。两人使尽浑身解数，终于找到了嫌疑人藏尸的地点，最终协助警方破获了这起案件。

案子破了以后，因为嫌疑人身份特殊，所以引来了大量关注。无论廖喜也好，跟他联手的年轻人也好，都不想牺牲自己平静的生活。他们千方百计避开媒体，最终只以警方线人这样模糊的称呼出现在报道上。

但是，这瞒得过别人，瞒不了小谌。

多年前嫌疑人首次作案时，小谌跟廖喜还在谈恋爱。作为当年的知情人，她一下猜到所谓的警方线人，就是廖喜。小谌对廖喜穷追猛打，他实在招架不住，只好含糊其词，将事情经过大致跟她说了一遍。讲完之后，廖喜千叮咛万嘱咐，一定不要告诉别人，否则的话，可能会有大麻烦。

当时，小谌表情严肃地说：“没问题，你还信不过我吗？”

那一刻，廖喜是相信小谌的。根据两人恋爱时的经验看，小谌确实是个擅长保守秘密的女人。现在看来，保守自己的秘密，跟保守别人的秘密，是不同的两件事。

“廖老板，你别怪小谌姐，她只是说你很厉害，然后拿那个案子举例，具体是怎么回事，她真的没说。”

廖喜摆摆手：“算了，我们不聊这个。”

“好，廖老板。反正我相信你，如果是你的话，一定能查出真相。”

她上半身前倾，眼睛直视廖喜：“这么说吧，只要你肯帮我，要我做什么都可以。”

丁一一说这句话时，脸上的表情，带着殉道者的狂热。

廖喜相信，眼前的这个女人，为了想要的真相，愿意付出任何代价。她说做什么都可以，按照成年人的理解，自然包括那一件事。而他们两人，不过是初次见面，更别提廖喜跟她的老板小谌之间还曾经是恋人关系。

这女人疯了。

廖喜像是躲避火焰般，下意识地往后靠。

他摆摆手：“不不，你什么都不用做。”

丁一一并没有受挫，转而道：“那我给你钱，可以吗？虽然你可能看不上，但我有多少，全部都给你。”

“小丁，你别想那么多。我又不是私家侦探，怎么能收你钱？”

丁一一有些失落：“那……”

“现在说帮不帮的，还太早。小谌讲过你的事情，但她说得太笼统了，而且一件事传来传去，就变样了。所以，我想听你这个当事人完整讲一遍，我再好好考虑。”

“没问题，随时。要不就现在？”

廖喜却道:“不好意思啊，你稍等一下。”说完这句话，他站起身来走向角落里一个穿黑色短袖，头戴一顶鸭舌帽，正背对着他的男人。

“阿雨，坐过来一起听。”

男人抬起头，却是一张稚气未脱的脸。

阿雨，大名山林雨，今年十七岁，过完暑假就上高三了。他是廖喜当刑警时的搭档山林雪的遗腹子。因为母亲忙于事业，所以他从六岁开始住在廖喜家，直到小学毕业；读中学期间，周末也老往廖家跑。因此，两人情同父子，有时又像一对兄弟。

被识破了身份，山林雨也不尴尬，嘿嘿笑道:“哇，那么快就发现我了，不愧是廖老板。”

“你傻，我又不傻。说吧，跟踪我干吗，老板娘让你干的？”

“没有没有，老板娘怎么会。是我自己吃饱了没事干，你这几天又神神秘秘的，我怕你一不小心，行差踏错，就来看一眼咯。”

“那你抓到我什么把柄了吗？”

山林雨嘻嘻笑道:“暂时没有。”

廖喜哼了一声:“算了，回去再跟你算账。来吧，一起听故事。”

两人走回原来的位置。

丁一一问:“这位是？”

廖喜介绍道:“阿雨，就是去年跟我一起的那个，你懂的。”

“哦！我知道了，小谌姐也说过的。阿雨你好。”

“姐姐好。”

丁一一似乎对阿雨兴趣不大，打完招呼后便问:“廖老板，现在可以开始吗？”

“好啊。”

“等等啊，我酝酿下情绪。”

她低下头，指甲在木质桌面慢慢划过，像是猫在磨爪子。再抬起头时，她眼睛里闪烁着奇怪的光芒。

就在这一瞬间，山林雨被她的眼神迷住了。

他从未见过这样的眼神。那不像是人的双眼，而是某种更为复杂、更加神秘的构造。比如说，几亿光年外，一个濒临死亡的星系，或者是浓浓的迷雾里，行将熄灭的火焰。

那是一种近乎绝望的狂热。因为绝望，所以狂热，因为狂热，所以更为绝望。

“我的故事，要从一九九二年说起，在我老家，汤县，你们听说过吗？”

山林雨深吸了一口气：“汤县，是有温泉的那个汤县吗？”

“对的，在粤东山区，属于梅州管辖，但其实更靠近潮州。”

“汤县啊，我很多年前去过，泡温泉，还吃了很多小吃，潮汕的、客家的都有。”廖喜说道。

“对，就是这个汤县。那么，我要开始了。”

回忆像一只白鸽，扑棱着翅膀飞向天空，再落回地面时，到了一座二十世纪九十年代灰色调的小县城。

一九九二年秋，丁一一在汤县妇幼保健院呱呱坠地。她的父亲是财政局的一名科级干部，母亲姓林，叫林安之，在县歌舞团上班，是团里的台柱子。她什么舞都会跳，最擅长跳芭蕾，还拿过市里比赛的冠军。

这一对夫妻，丈夫待人接物彬彬有礼，工作能力强，深得领导器重；妻子能歌善舞，容貌出众，还操持得一手好家务。家里新添的女孩，皮肤雪白，头发漆黑，像童话书里的白雪公主，谁看见了都想抱一抱。无论从哪个角度看，这都是当时县城里令人艳羡的三口之家。

只可惜，好景不长。

丁一一两岁那年，老家发大水，河道决堤，丁科长牺牲在了抢险第一线。林安之年纪轻轻便当了寡妇，歌舞团又开始走下坡路，连发工资都成问题。这一对孤儿寡母从此生活一落千丈，成了县城里被人同情的对象。

幸好，林安之当时还年轻，虽然守寡又带着个“拖油瓶”，但追求者还是络绎不绝。这里面，包括中学校长、开工厂的老板、做生意的大款，虽然都是大龄离异，但条件总算不错，随便嫁给其中的哪一位，林安之母女的生活质量都能马上提高，甚至比以前更好。

没人会想到，林安之最后选择了一个司机。

司机也姓丁，大名丁国强，但是很少有人叫他名字，都喊丁司机。小县城里，同一个姓氏大多沾亲带故，丁司机跟去世的丁科长就来自同一个宗族，平辈，论起来是远房堂兄弟。

丁司机也在财政局上班，专门给领导开车。丁科长去世后，单位里安排丁司机平时多关照林安之母女的生活，包括扛煤气罐、换电灯泡什么的，节日发点米或者油，也是丁司机负责送到林安之家。丁司机当年二十多快三十岁，没结过婚，其貌不扬，为人又老实木讷，不善言语，所以虽然两人多有接触，但林安之的追求者们，从没把他当成过竞争对手。

所以，在一九九五年冬天，两人宣布要结婚时，整个县城的人都震惊了。

大部分人都觉得林安之瞎了眼。

也有人说，林安之聪明得很，别看丁司机长那样，其实啊，那个厉害着呢。不信，看他那大鼻子。

还有一些拙劣的阴谋论，主要来自失败的竞争者。大款有一次喝多了，在酒桌上信誓旦旦地说:“前几年丁科长还活着的时候，这两人就搞上了。说起来，丁科长年纪轻轻，身体又好，怎么会掉到洪水里就淹死了呢？你们不觉得蹊跷吗？”

甚至还有不明身份的人半夜砸碎了丁司机家的窗玻璃。

但是，无论是砖头还是舆论，都没有把丁司机吓跑。

只有少数了解丁司机的人才会赞赏林安之的眼光。没错，他确实相貌平平，学历不高，更没有家庭背景；但他待人和蔼，不卑不亢，做事认真负责，干活从来不惜力。而且，别看他平时不动声色，一副没脾气的样子，只要是他认准了的事，就一定会做到底，九头牛都拉不回。

总之，一九九五年的年底，丁一一刚满三周岁，丁司机跟林安之结婚了。婚礼非常简单，或者说根本没有婚礼，两人到民政局领了证，请几个朋友同事简单吃了顿饭。第二天，丁司机搬出财政局宿舍，住进林安之家。

就这样，一个新的家庭组织了起来。在外人看来，这个家当然没有上一个好，不过要林安之自己说，这个家并不比上一个差。

婚后，夫妻二人恩爱有加，而丁司机对丁一一的宠爱，用视如己出这四个字来形容，都不够贴切。总而言之，丁司机对这母女俩，是捧在手里怕摔了，含在嘴里怕化了，平时抢着干家务活，晚上吃完饭，让女儿骑在他脖子上顺着河滨散步。

生父去世时，丁一一还很小，所以对他基本没什么印象。她人生里父亲的概念，就来源于丁司机。在很长一段时间里，她根本不知道丁司机是她继父，也没察觉出自己家跟别人家有什么不同。

到了一九九六年底，县歌舞团彻底解散，林安之没有了收入。她跳了半辈子的舞，其他事情既不会干也放不下面子去干，只能回家带孩子。为了保证家里正常开销，丁司机辞去财政局的工作，开始当大货车司机。

汤县最出名的除了温泉，还有电声行业，就是做音响配件，喇叭、线路板，诸如此类。这些半成品做出来之后，需要运到深圳，组装成音响，再贴上牌，就可以到市场上卖了。一九九七年前后，电声厂在汤县四处开花，于是配套的运输业，尤其是从汤县到深圳的货运路线，也就红火了起来。

开大货车，是一件辛苦活。那些年高速公路还没修好，从汤县到深圳，走国道，三百六十公里。一路上交通拥挤，检查站林立，红绿灯又多，私家车要跑七八个小时，卧铺车跟大货车，需要十小时以上。客运也好货运也好，讲究的是争分夺秒，途中不会留有休息时间，司机们大多在路边匆忙吃个盒饭撒泡尿便继续上路。

为了躲避拥堵，一部分货车司机还选择白天睡觉，晚上开车。这样昼夜颠倒的生活，加上动辄十几小时的连续驾驶，对司机身体造成的危害不难想象。

除此之外，跟在财政局开车相比，货运司机更是一份不受尊重的职业。路边查车的交警，还有工厂收货的人，随便哪个，都可以给司机脸色看。从半个吃公家饭的人变成处处受刁难的个体户，丁司机的心理落差可想而知。

当货车司机虽然有一万种难处，但唯独有一点好，就是挣钱多。在财政局上班时，每个月工资到手七百多，加上他为人正直，即便天天陪着领导，也不会去捞什么油水。改行开货车后，收入起码是原来的三倍，咬牙多跑几趟，甚至一个月能挣三四千。在当年的小县城，这绝对是一笔不菲的收入。

丁司机开了两年多货车，一开始是帮老板跑，拿工资，后来存了一笔钱，又找农村信用合作社贷了款，自己买了辆东风大卡，当上了运输个体户。

大人们的事情，丁一一不懂那么多。在她印象中，那两年里就是爸爸很少在家，但是家里吃的穿的，都多了起来。妈妈没有去上班之后，潜心钻研厨艺，发明了一种蛋皮春卷。鸡蛋液摊薄煎熟，里面放上猪肉、马蹄、香菇、鲽脯，再卷成筒状。妈妈本意是切成片之后，用来配饭，但丁一一可以左右开弓，一手握着一筒，直到吃撑为止。

长大以后，丁一一尝试过做这种春卷，但无论如何，都做不出当年的味道。

爸爸常年在外跑车，聚少离多，但每次从深圳回来，都会给丁一一带点什么，零食或者文具，有时是一条裙子。偶尔不出门的时候，爸爸便跟朋友借一辆铃木摩托，载着她跟妈妈，耀武扬威似的满城转。

妈妈为了照顾家庭，很少跳舞，但有几次爸爸在外跑车，丁一一半夜起床，看见妈妈换了全套的舞服舞鞋，在客厅里借着月光跳芭蕾。

她便会坐在角落里安安静静看着妈妈跳完。现在想起来，那个美妙的场景，是她这辈子最初的艺术启蒙。

这种平凡而幸福的生活，在她七岁这年，以一种突兀又悲伤的方式结束了。——丁司机在跑车的路上，遇害了。

小时候，对于丁司机的死，大人们总是遮遮掩掩，丁一一以为是一桩交通意外，直到她快上高中才明白，原来当年发生的，是一起骇人听闻的谋杀案。

案发的具体时间，是一九九九年九月二十一号，中秋节的前三天。从汤县到深圳，要经过穗州，案发现场便在228国道的穗州段。

二十一号早上六点，晨雾弥漫的公路边，早起的村民发现了一辆蓝色的东风大卡，广东梅州牌照。因为驾驶室门敞开着，村民好奇，便走过去查看，结果发现驾驶室里有一具成年男性尸体，村民吓得不轻，赶紧跑到村口的小卖部打电话报警。

警察来到现场后，根据车上遗留的证件以及受害者的衣物、容貌、身高、指纹，确认死者是梅州汤县人丁国强，时年三十二岁，职业为个体运输户。

值得一提的是，死者面容并未遭到破坏，牙齿却一颗不剩，全被撬光，左右两边手掌也被砍下，并被带离案发现场。当天，警方在距离大货车几十米处，找到遗留的右手食指。

这根食指颇为蹊跷。

当年的脱氧核糖核酸（DNA）鉴定技术还未在国内司法鉴定中普遍应用，所以这一根食指，便成为证明死者是丁国强的关键证据。其上面的指纹，跟丁国强生前贷款合同上的指印，确实能对应得上。

那么，这一起谋杀案，凶手的动机是什么？

有人认为，这是一起抢劫杀人案。但是凶手拿走的，只是死者随身携带的几百元现金，真正值钱的大货车跟货物，却都留在原地。而且，如果是单纯的抢劫杀人，凶手为什么要撬掉他的牙齿，砍下双掌？

也有人认为，凶手是报复杀人。但是经过调查发现，死者丁国强的人缘很好，根本没什么仇家，更不会有人想要他的命。

当然，无论丁国强是怎么死的，他确实遇害了，这是一个事实，于是，这起发生在秋天的案子，最后被定性为抢劫杀人案。警方为了追查凶手付出了许多努力，但是由于案发地较为偏僻，缺乏目击者，此案的凶手，至今仍然逍遥法外。

也就是说，国道上的这一起杀人事件，成为一桩冷案。

这些信息，都是丁一一长大以后，通过当年零碎的新闻报道和妈妈的只言片语拼凑出来的。

丁司机去世后，林安之彻底断了改嫁的念头。小县城的人还是有些迷信，先后死了两任丈夫，她自然背上了克夫的骂名。林安之先是把丁司机生前开的大货车卖掉还债，到了二〇〇〇年春天，又把房子出手，带上丁一一和所有积蓄到广州投奔一个远房表姐。

之后的几年，林安之开过凉茶店、小吃店，最后开了家女装店。她一边要做生意，一边还要照顾女儿，孤儿寡母相依为命，其中的辛酸不言而喻，但总算是熬了过来。

丁一一也算争气，从小学习就不用妈妈担心，后来考进了一所艺术学院，学习芭蕾舞专业。对丁一一来说，这也是非常自然的选择，她继承了母亲的天赋，似乎打从生下来，就喜欢跳舞，也擅长跳舞。毕业之后，她拿了几个奖，顺理成章地当上了舞蹈老师。

这便是关于丁一一，关于她的两个父亲以及汤县的故事。故事和那个小县城一样，呈灰色调，平淡，琐碎，乏善可陈，但在这些表象之下，隐藏着巨大的伤痛。

就如同她自己，外表上看冷静镇定，内心深处却有一个不停旋转的、黑洞般的存在。

这个吞噬一切的黑洞,便是丁一一的继父丁国强当年的死亡事件。

故事开头的那一只鸽子，扑棱着翅膀，飞离那座灰色的小县城，掠过国道旁的凶杀现场，又飞回了二〇一九年，夏天的深圳。

三

晚饭时间，廖喜跟山林雨正在吃火锅。

廖喜妻子王争带着家里的老人坐邮轮度假去了，留下这一大一小两个男人，上知天文下知地理，十八般武艺样样精通，唯独都不会做饭。所以一日三餐，他们不是点外卖，就是在楼下餐馆解决。

他们在的这家潮州牛肉店，环境简陋，味道出奇地好。店里架一口大铁锅，二十四小时熬着牛骨汤，再加上几块白萝卜，就是绝妙的火锅汤底。新鲜的黄牛肉每天下午四点从附近的屠宰场送来，口感跟经过排酸冷藏的货色根本一个天上，一个地下。

廖喜点了一斤五花趾，半斤吊龙，半斤雪花，还有牛百叶、胸口背、牛筋丸各一碟，跟桌对面的山林雨吃得酣畅淋漓。

五花趾、吊龙、雪花，是牛身上各个部位的肉，风味各异；胸口背则是牛油的一种，看上去白花花一片，口感却是鲜脆无比。

山林雨喜欢筋道弹牙的五花趾，蘸沙茶酱；廖喜偏好红白相间的雪花，蘸的是自己用酱油、炸蒜蓉、芹菜粒、朝天椒调的料，口感层次丰富，跟丰腴的雪花乃是绝配。

七月正是深圳最热的时候，虽然是傍晚，两人还是吃得满头大汗，但却根本停不下来。碟子里的牛肉所剩无几，山林雨意犹未尽，廖喜便问："阿雨，来份炒粿条[1]？"

"好啊，太好了！"

店里人声鼎沸，廖喜大喊："老板，加一份干炒牛肉粿条，多放沙茶！"

等着上粿条的时候，山林雨对着锅里几块浮浮沉沉的白萝卜出神，一副若有所思的样子。

"在想那个？"

"对，廖老板，你有什么看法？"

"我没什么看法。"

"我不信，廖老板，说说，你是怎么看的？"

"我怎么看？我看啊，你是喜欢上小丁了。"

山林雨面色一窘："怎么可能，我才十七，她二十七，比我大十岁。"

"我是过来人，你别想蒙我。下午在星巴克，你看她的那个眼神就不对劲。"

"真没有，廖老板你想多了。"

廖喜笑笑："没有就好。我不是打击你，小丁这个成长经历，从小缺乏父爱，她应该喜欢大叔类型的，不会喜欢你这种小弟弟。"

"我猜也是这样。廖老板，来嘛，聊聊案情。"

"她讲完故事以后，还补充了几点，你都记住了吗？"

"大概记得。"

---

1 粿条，跟河粉相似，又略有区别，可以理解为潮州河粉。

廖喜掏出手机，打开备忘录：“那你先讲讲，我看看你的好记性，比不比得过我的烂笔头。”

山林雨清了清嗓子：“那我开始了啊。首先，最关键的一点，小丁姐姐的妈妈，年初因为癌症去世了。临走前，她跟小丁姐姐说了一句话，‘你爸还活着’。”

“嗯，对。”

山林雨继续道：“她还说，自己还在上高中时，有一天放学，看见一个陌生女人在店里，她妈妈在哭。看见小丁姐姐回来，她妈妈就进了里间。陌生女人打量了小丁姐姐一会儿，什么话都没说，就走了。小丁姐姐问她妈妈什么事，她妈妈也不说。”

廖喜补充道：“对，小丁还说，她妈妈是个特别坚强的女人，很少哭。”

“还有，丁司机死后，她妈妈不是把房子卖掉带她到广州吗？小丁姐姐说，刚到广州不久，她生了一场大病，在医院住了挺长一段时间。有一天，她午睡醒来，看见丁司机站在门外。等她追出去时，人又不见了，”山林雨补充道，“而且她很肯定，住院是在丁司机遇害后，而不是遇害前。关于这一点，她印象很深刻。”

“对的，但她自己也说了，她当年才七八岁，太小了，不排除自己眼花，甚至说，是她自己脑补出来的。你知道，记忆是会骗人的。因为遭遇了很大的变故，所以大脑制造假象安慰自己，算是自我保护的一种机制吧。要我看，不光这个，连她妈妈的遗言，也是骗她的。毕竟她现在一个亲人都没有了，反正就是为了安慰她，让她有勇气活下去。”

“对，有这种可能。但如果把她妈妈的话当真，廖老板，你觉得应该是怎么回事呢？”

廖喜收起手机：“我觉得，你记性还挺不错，跟我这笔记都对上了。不过，我还是得提醒你，想要做一个优秀的刑警，最好还是养成习惯，把该记的都记起来。当年我跟你爸，就是这么分工合作的，我问，他记。”

“没问题，廖老板，下次我来。那你说这个案子……”

这时候，一碟热气腾腾的干炒牛肉粿条端了上来。

“先吃，吃完再说。”

山林雨想了想，举起筷子：“好咧！”

吃完粿条，埋了单，两人走出牛肉店时天还没全黑透。

廖喜建议不打车了，一起走回家，当是饭后消食，山林雨欣然同意。

路上经过一个大型公园，里面有情侣在牵手散步，有爷爷带着孙子，还有人在慢跑。夜风拂过每个人的脸，大家似乎都很快乐、很轻松，对生活心满意足，对未来充满希望。

在看不见的角落里，风会不会吹过孤单者的脸？

山林雨先开的口：“廖老板，你说说看嘛。”

廖喜背着手，嘿嘿笑道：“你啊，沉不住气。”

“那要不我先说，廖老板帮我分析下？”

“可以，完全可以，大侦探，福尔摩山。”

山林雨想了一会儿：“我觉得，按照目前的信息来看，有三种假设，不对，四种。”

“这么多？”

“我先讲可能性比较低的……”

“可能性低的直接排除，你说重点。”

山林雨顿了一下，说：“好吧，廖老板。按目前的信息来看，就像廖老板你说的，小丁姐姐的妈妈，很有可能是在骗她。一九九九年那个秋天，丁司机确实被杀了。这样的话，她想要拜托我们的，就是找出当年杀害丁司机的凶手，弄明白这到底是一起什么案件。”

“对，应该就是这样。我们帮她把杀人凶手找到，就完事了。”

山林雨想了想，又说：“还有一种可能性，不过，脑洞太大了，廖老板你可能接受不了。”

廖喜中了他的激将法，说：“你怎么就接受不了呢？放心，你尽管说。”

山林雨窃喜，清了清嗓子：“我是这么想的啊，有没有一种可能，小丁的妈妈没有骗人，丁司机确实还活着。这样一来，我们很容易得出一个答案，就是当年228国道旁边的死者，不是丁司机，而是另一个人。当然，根据小丁姐姐的说法，死者当天穿着丁司机的衣服，身上的证件也是他的。这个也容易解释，凶手杀了人，把丁司机的衣服跟证件，换到死者身上就行。”

“没错，但你别忘了一点，小丁自己也说了，死者无论样貌、身高、年龄，都跟丁司机是一致的。”

“是，所以我才说，我的脑洞太大了。接下来，就是这个假设里，最难接受的一点，就是死的这个人，确实不是丁司机，而是跟他从容貌、身高到年龄，都几乎一模一样的男人。”

“你的意思是他失散多年的双胞胎兄弟？”

“有可能是，但也不一定是。廖老板，你说，除了双胞胎，世界上有没有长得一模一样的人？”

"当然有，父子嘛，你跟你爸当年，就像一个模子里刻出来的。"

山林雨摆手道："不，我说的不是父子。廖老板，你有没有听过一种说法，就是那个，有点文艺啊，叫世界上的另一个我？"

"你指的是，完全没有血缘关系，但长得一模一样的人？"

"对的，国外有个摄影师，叫布兰莱吧应该，他就拍了一系列的合照，都是世界各地没有血缘关系，偏偏长得一模一样的人，男女老少都有。我当时看这个合辑就在想，要是这些人互相交换身份，他们身边的人，还真就未必能发现。总之，这个死者，跟丁司机不知道是怎么认识的，也不知道什么原因，被当成丁司机杀掉了。这也就能解释，凶手为什么要撬掉死者的牙齿，砍掉双掌。"

廖喜想了一会儿说："确实，当时是一九九九年，脱氧核糖核酸鉴定技术在我们国内的刑事侦查中还没有普及。要确定死者的身份，除了通过面容、证件，就是靠指纹。丁司机之前借过款，摁过指纹，如果把他手指全都砍掉，那就死无对证了。不对啊，那砍掉他一根食指就行了，为什么两只手一起砍掉？"

"廖老板，你想想啊，如果光砍食指，是不是显得太刻意了？所以凶手才把他双掌都砍了。"

"这倒说得过去。不过你别忘了，当年警方在离现场不远的地方，找到了一根食指，跟丁司机贷款合同上的指纹，是对应得上的。"

山林雨笑了笑："这个很简单，那根食指，确实是丁司机的。"

廖喜想了一会儿，恍然大悟道："对，有道理，我明白你意思了。凶手把死者双掌都带离现场，销毁，同时把丁司机的双掌，不对，用不着，只要把他食指砍下来，故意丢弃在不远处，目的就是让警方发现。这样一来，就形成了一个几乎完美的伪装。至于牙齿，可能是死者的牙齿跟丁司机差别较大，所以干脆就撬掉了。”

“没错，就是这样。总之，死者被当成是丁司机，真正的丁司机跑了，或者以死者的身份，一直生活了下去。这二十年里，丁司机出于某种原因，可能是有什么难言之隐，一直没有回去找她们母女，但是他派了一个人，就是到店里的陌生女人，转告了自己还活着的消息。所以小丁姐姐的妈妈，在临死前才会这样说。”

廖喜挠头道：“可真够复杂的。”想了想，他又说道：“你这个假设，确实脑洞很大，先给你点个赞。但是这样一来，就当你前面说的都对吧，它还有一个很大的问题。”

“什么问题？”

“就是这个丁司机，在这起凶杀案里，处于什么位置？”

“被胁迫。”

廖喜摇头道：“不像。我看啊，按照你的假设，丁司机起码是个帮凶，或者他就是凶手。”

山林雨想了一会儿：“也有这个可能。”

“好，问题又来了。你觉得，你的小丁姐姐，她有没有想过这个可能性？”

“什么可能性？”

“就是她想找的爸爸，准确来说是继父，丁司机，确实还活着，但他是个潜逃了二十年的杀人凶手。以小丁的性格、智商，以及她对这件事的重视程度，她有没有想过？”

山林雨皱着眉头犹豫道：“应该有。”

“她肯定想过。如果是这样，她为什么要拜托我们搞清楚当年凶案的真相？现在的情况是，她拥有一个薛定谔的继父，你懂我意思吧？”

“我懂，你是说，这个丁司机就跟薛定谔的猫一样。没找到他，不知道他是死是活；找到他，他就活不了。”

廖喜点头道:“对，照理说，她应该很爱她的继父，知道他还活着就行了，或者自己私下偷偷去找他，也可以。把案子搞清楚，她继父被抓起来，对她有什么好处？”

山林雨思索了几分钟，最后，什么话都没说。

天快黑透了，空气里有了一丝凉爽。他越是沉默不语，越是心事重重，就越像他死去的父亲。

这一大一小两个男人，便默不作声走在回家的路上。

快到小区门口时，廖喜先开口道:“好了，你别想那么多了。我们还是回到最初的假设，小丁妈妈是骗她的，丁司机确实死了。我们如果想帮小丁，就找到当年杀丁司机的凶手，让他沉冤得雪，完事。”

“好。”

“电影也好，小说也好，总是喜欢搞什么高智商犯罪，完美谋杀，塑造一个绝顶聪明的罪犯，精心策划，杀了人之后，毁掉一切犯罪证据，最终逍遥法外。但这样的事情只可能存在于虚构世界，在现实里行不通的，因为毁灭证据这个行为本身，就会向外界传递出很多信息。又比如用到的工具，去哪里买，也会留下证据。如果找人合谋，同伙可能会露馅。总之，这些花里胡哨、自作聪明的，往往暴露得最快。反而是那些简单直接的、没有预谋的、意外的犯罪案件，加上一些机缘巧合，比较难破，更有可能成为悬案。

“所以啊，我们思路就先简单点，就是有个人，不知道为什么，想偷车也好，抢钱也好，结果事情失控，把丁司机杀了。我们现在要做的，就是发现一些蛛丝马迹，找到当年这个漏网的凶手。”

山林雨想了想，说：“我明白了。”

廖喜拍拍山林雨的肩膀，说道：“阿雨，我还要给你一个忠告。分析案情，你是‘福尔摩山’，但是说到女人，你还是弟弟。我这么跟你说吧，女人啊，有像你老板娘这么单纯的，也有很复杂的，就看你喜欢哪种咯。但是喜欢复杂的女人，可能你会很累，会吃不少苦头。”

山林雨嗯了一声，突然醒悟道：“你又来，我真没喜欢小丁姐姐。”

廖喜哈哈一笑：“别急啊你，没有就没有嘛，走，上楼打游戏去。”

山林雨无可奈何，叹了一口气。

凌晨一点，山林雨还在看书。

他读的是一本小说，村上春树写的《世界尽头与冷酷仙境》。书已经有些年头了，是老板娘读高中的时候买的，认真说起来，比山林雨的年纪还大。

廖老板说，当年他爸山林雪到受害者家里走访时，还亲手翻过这本书。

那是世纪之初的二〇〇一年，山林雨出生的前一年，廖喜的妻子王争被诱拐囚禁了。多亏了廖喜跟山林雪及时找到她，不然她可能会跟前面许多个受害者一样，被残忍杀害，分割成十几块装进黑色塑料袋后被随意扔到布古镇的某一处郊外。

或者，某几处郊外。

廖老板也好，老板娘也好，甚至他母亲衡久远，从没提过老板娘被囚禁时都发生过什么。但这个经过，很容易想象。山林雨觉得，廖老板跟老板娘一直没要孩子也是受当年的影响。虽然，廖老板每次都说是他自己不想要，小孩子太烦了。

从这个角度看，山林雨真的很佩服廖老板。他表面上嘻嘻哈哈，没个正经，但其实也是内心认定了一件事就会比谁都执着的人。

山林雨同样佩服老板娘，还有他妈妈衡久远，她们都是很坚强的女性，他更佩服为了救下妈妈而英勇牺牲的爸爸山林雪，在他心目中爸爸就是智慧跟勇气的化身。

更别提爸爸还长得那么帅。如果他还活着，以他那冷峻大叔的形象加上成熟男人的魅力，肯定会迷倒一大片少女。他妈妈衡久远，还不得每天担惊受怕？

当然，爸爸妈妈也好，廖喜夫妻也好，他们绝非完人，缺点跟优点一样多。但是这些大人，尽管历经生离死别，在满地的碎玻璃上跳舞，脚底鲜血淋漓，却还能笑看人生，努力照顾身边的人。

山林雨想，自己长大以后会变成一个什么样的人？会像廖老板一样有担当吗？能像老板娘一样，十几年如一日，无微不至地照顾对方吗？或者是跟妈妈一样，热爱事业，在报社做到了副主编却选择辞职，赤手空拳将一家新媒体公司做到了百人规模？

他放下手中的书，坐起身来。空调正在嗡嗡作响，橙黄色的灯光，笼罩着十七岁的少年。有那么一瞬间，光亮似乎浸润到他的身体里，直达心脏。他似乎看见自己，浑身长出鳞片，变成一尾硕大无朋的鱼，畅游在天地之间。

却有一个声音响起："山林雨，你一定会辜负他们的期望。"

另一个声音冒了出来："好了，那丁一一，又是个什么样的大人？"

山林雨想，丁一一，小丁姐姐，是个悲伤的大人。

有些人的悲伤，像是一双手套，能轻易戴上，也很容易褪下。有些人的悲伤，如同一场文艺电影，需要缓慢进入，再花时间退出。而另一些人，极少数的人，他们是悲伤这个词本身。

丁一一，就是最后这类人。

山林雨心里突然有些躁动不安。

对于感情，他并非一窍不通。山林雨读的是一所寄宿学校，严禁谈恋爱，但校规管不住荷尔蒙。青春期到了，会对异性产生兴趣是人之常情。学校里有他喜欢的女同学，更有喜欢他的女同学，一抓一大把，甚至还有些极端的，周末放学后跟踪他回家。

山林雨有过两个暧昧对象。跟她们相处的时候，那种感觉是很容易描述的。饭堂假装偶遇，坐在一起；晚自习结束后，并肩走到男女宿舍分叉路口；周末时用微信聊天，分享几张自拍，或者分享在楼下看到的小野猫……那是肌肤偶尔触碰时的心跳加速，可以倾诉的快乐，互相爱慕的欣慰感。

但是，对下午这个跟他只有一面之缘的成年女性，山林雨说不好那是一种什么感觉。

如果硬要描述的话，那似乎是一种心悸，以及胃部明显的灼烧感。体温略微升高，视线无论如何，难以离开她的脸。

廖老板的眼睛太毒了。

男人在年少时，往往是这样，他并不明白自己爱上了谁，除非有旁人提醒。“你该不会是喜欢上谁谁了吧？”听到这句话时，伴随着口头上的否认，少年内心终于意识到，自己坠入了爱河。

但通常是单方面的，落水者只有一个。

作为一个立志当刑警的十七岁少年，山林雨决定分析一番自己对丁一一的感觉为何如此特别。

他想到做到，光着上半身从床上起来，坐在书桌前，从抽屉里拿出平板电脑。

十五分钟后，电脑上有了这样一屏幕文字。

分析我为什么对丁一一有特殊感觉

（不排除是爱情）

第一，我跟她成长背景有相似之处。我是遗腹子，我还没出生，我爸为了救我妈，跟三个杀手搏斗牺牲了，我妈毫发无损。丁一一两岁的时候，亲生父亲去世了，七岁那年，继父又被谋杀。——真实情况暂时不知道，但总之就是失踪了。成长过程里，我们都是没爹的孩子。当然我要稍微好点，我还有廖老板。

第二，嗯，她长得确实好看，怎么说呢，有点像汤唯。

第三，她年纪比我大。我该不会有点恋母情结吧？应该不是。反正她比我大十岁，有神秘感，有故事。跟她比起来，那些女同学都有点幼稚。

第四，我对丁司机的案子感兴趣，所以爱屋及乌。不过反过来想，也可能是我对丁一一有兴趣，才关注丁司机的案子。算了，这一条不成立。

第四，暂时想到这么多，以后有了再补充。

写完之后，山林雨来回看了两遍，又做贼心虚地在备忘录上加了密码。虽然这是他自己的平板电脑,廖老板跟衡久远从来没有乱动过。

收好平板电脑，山林雨躺回床上继续看小说。

这个晚上，他失眠了。人生中第一次失眠。

以前他知道有失眠这回事，但从来没有体验过失眠是一种什么感受。哪怕晚上喝了一整瓶可乐，他也照样睡得香甜。

现在他终于懂了。

原来这就是失眠。

四

第二天早上，山林雨被一阵急促的敲门声吵醒。

廖喜在门外喊："阿雨，还不起床？"

他睡眼惺忪地问："干吗啊？"

"有事，赶紧起来。"

山林雨深吸了一口气，猛揉两下头发，掏出手机一看，这才早上八点。

暑假期间，不像其他同学上这个补习班那个补习班，山林雨都是在家自学。他成绩一向很好，按照高二期末考的排名，考上心目中那所学校，问题不大。所以，哪怕他不去上补习班，大人们也听之任之。

总而言之，在一群埋头苦读的准高三学生中，山林雨是个绝对的异类。他如同闲云野鹤，在书山题海之上掠过，偏偏飞得还不错。

所以，他基本上每天都会睡到九点多甚至十点，才慢悠悠起床。更别提昨晚他失眠了，到天色发白的时候，才勉强入睡。

等他强打精神，洗漱完毕到客厅一看，廖喜精心打扮了一番在沙发上等着他了。仔细观察的话，会发现他下巴一片青灰色，连胡子都刮得一干二净。

作为一名网络作家，廖喜确实经常用网络，经常坐家，哪怕出门，只要不是什么重要场合，他都是不修边幅，一头乱发，短裤，人字拖，颇有“名士风范”。当然，这只是山林雨的看法，路人通常会觉得这是一个油腻的中年胖子，或者有许多房子要收租的隐形富豪。

即使是昨天去见丁一一，他也无非把人字拖换成凉鞋，以示尊重。所以，今天他打了发胶，刮了胡子，穿着长裤和皮鞋，虽然上半身还是一件短袖，但足以说明，有什么特别的事情要发生。

果然，廖喜一见山林雨，便催促他：“快换衣服，我带你去见一个人。你脸色怎么这么差？”还没等山林雨回答，廖喜哈哈笑道：“靠，果然被我猜中了。”

山林雨脸色发红，又不敢出言反驳，因为廖喜所说，的确是事实。他只好一个转身，回房间去换衣服。

平时廖喜都是打车，今天他特意开了车，去了山林雨从没去过的一家早餐店。

这家店的位置，在龙港中心城跟布古街道的交界处。

下了车，山林雨一眼就看到店门口白底红字的招牌上写着四个大字：汤县捆粄。

廖喜拍了他一下：“走，带你尝尝。”

进了逼仄的早餐店，廖喜让山林雨找位置坐，他去点菜。廖喜要了两份枸杞叶猪杂汤，又点了各式捆粄一共八筒。在蒸笼前忙活的是这家店的老板娘，她手脚干脆利落，不到五分钟，便把所有早点都上齐了。

廖喜指着不锈钢碟子里的捆粄向山林雨介绍：“这两个是豆干馅

的，这边是芋头、萝卜干、猪肉，都好吃，你试试。”

山林雨还是第一次吃捆粄，他觉得这个东西有点像肠粉又有点像春卷。总而言之，是用一层刚刚出炉韧性极强的米皮裹起各种炒制好的馅料，捆成巴掌长短、比手腕略细的筒状，用手抓起来就可以吃。吃的时候，还可以配店家用酱油、蚝油、蒜蓉、香菇末、萝卜干，按独门配方所制成的酱料。

味道着实不错。

廖喜一边吃，一边像做美食节目般介绍：“这个捆粄的粄字，其实就对应潮州话里的粿字，反正都是用米做的。比如捆粄，潮州话就叫捆粿；炒牛肉粄，潮州话就是炒牛肉粿。汤县这个地方，夹在客家人聚居地跟潮汕中间，所以有些汤县本地人，两种方言都会讲。”

山林雨，作为一个新深圳人，只会讲一口标准的普通话。无论是粤语也好，他妈妈那边的贵州方言也罢，或是龙港本地的客家话，他一概不懂，听起只感觉都是鸟语。

不过，现在他才不关心什么潮州话客家话，茴香豆的茴字有几种写法，他只想吃捆粄。

山林雨风卷残云一人吃了六筒，把枸杞叶猪杂汤也喝个精光，他还想再叫一份，却被廖喜制止了。

“赶紧走，别迟到了。”

“真好吃啊，廖老板，明天还来吗？”

廖喜嘿嘿一笑：“这就好吃了？下次带你去汤县，吃正宗的。”

山林雨先是一愣，又惊喜道：“真的吗？”

“我还能骗你？”

山林雨喜不自禁，却强忍笑意，默默跟在廖喜身后上了车。

二〇〇一年夏天，台风“玉兔”来临之前，发生过一起案件，依据案发日期被命名为“七二三”案。当年廖喜是一名年轻刑警，为了取记者衡久远掉落在出租屋的胶卷，误打误撞，第一个到达了案发现场。也因为这样，他甚至一度被怀疑跟这起案件有关。

之后的两个月里，廖喜的搭档，也就是山林雨的父亲山林雪，率先锁定了嫌疑人。可惜，就在关键时刻，衡久远发表的一篇报道，惹恼了幕后黑手，竟派出打手进行打击报复；山林雪为了保护衡久远，与歹徒以命相搏，结果英年早逝。之后，虽然廖喜拼尽全力想要破案，奈何当时搜集到的证据不足，嫌疑人背景特殊，最终还是逃脱了法网。

这一起案件，也成了廖喜心脏里的锈钉子，虽然在漫长的年月里，逐渐被血肉和筋膜包裹，但仍会偶尔刺痛。

当时，山林雨对廖喜软硬兼施，跟他苦苦哀求，终于打动了他。两人齐心协力，中间经历了许多波折，廖喜甚至差点被嫌疑人推下天台，摔成一摊肉泥。但最后，正义的一方胜利了。

事后每次提及，廖喜总觉得后怕，手捂心脏，装出一副行将心梗的样子。他还对山林雨千叮万嘱，他差点摔死这件事，千万不能让老板娘知道，不然的话，就要剥掉他的皮。

山林雨也曾经问过廖喜几次，如果以后还有类似的陈年冷案，他会不会产生兴趣。

廖喜第一次说：“不了不了。”

第二次说：“想都别想。”

最后一次说：“靠，你有完没完。”

但是这一次，真的有一起冷案送上门来，廖喜的态度，却跟之前的表态大相径庭。

果然是男人的嘴，骗人的鬼。

至于这一次，廖老板为何如此积极，山林雨猜到了几分。但他也不敢去问，万一问完之后廖喜就转变了心意呢?

能去小丁姐姐家乡的机会，甚至说，能帮她解决一个大问题的机会，山林雨不敢拿来冒险。

不对。

山林雨猛地摇头，是能再破一起冷案的机会。

廖喜坐在驾驶位上，余光瞥见山林雨，便问:“怎么，落枕了？”

“没有，哦，对，落枕了。”他装模作样地扭动脖子，廖喜哧地一笑，没有加以评论。

廖喜带山林雨来的地方，却是布古街道的一个派出所。山林雨这时确定了，廖喜要找的人，是他当年的同事。

在派出所门口停好车，下车前，廖喜特意交代:“阿雨，等下不要提家里的猫狗。”

山林雨笑道:“好，我懂的。”

进了派出所，两人直奔楼上的所长办公室。虽然时间过去了十几年，深圳各个派出所，结构却没怎么变，廖喜熟门熟路，像是回到了自己家。

所长已经开门等着了。

一进门，廖喜便哈哈笑道:“陈所！”

陈所站起身，迎了过来，以同样的大嗓门回应道:“廖作！跟我就别整这套了，还是跟以前一样，喊我阿峰吧！”

山林雨跟在廖喜身后，勉强忍住笑。幸好之前廖喜有提醒，不然的话，这会儿他肯定笑场了。廖喜家里猫狗双全，柴犬阿峰，橘猫管管，用的都是当年刑警同事的名字。是出于对前同事的怀念，还是一种促狭的恶作剧心理，这个山林雨不好揣测。

当然了，在山林雨看来，这个面容精干、眼神锐利的中年警察，跟家里那头憨态可掬的柴犬，委实没有任何相似之处，怪只能怪廖老板的恶趣味吧。

廖喜笑道："阿峰，那你也别管我叫廖作，还是喊我廖老板。"

他当年当刑警时，因为家里条件好，仗义疏财，经常请同事吃饭，借钱给同事，所以赢得这样一个美名，一直沿用到现在。

陈所哈哈笑道："好，太好了，廖老板！太亲切了！"

廖喜又指着身后的山林雨："他……"

陈所抢先道："还用得着介绍，这肯定是阿雨。"他上下打量着山林雨，啧啧称道："像啊，太像了，跟阿雪一个模子出来的。来，阿雨你低头，给陈叔看看。"

山林雨闻言，乖乖低头。

陈所感慨道："头上两个旋儿！绝了！连这个都一样！"他盯着山林雨的脸又仔细看了一会儿，总结道："啊，就这个耳朵不太像，有点招风，哈哈哈哈，不过相似度百分之九十八吧，跑不了。这要是在大街上偶遇，整不好还给你吓一跳呢！"

廖喜说道："他们父子俩，不光长得像，脾气也像，倔。"

陈所拉家常道："阿雨，照年纪算，念高中了吧？"

"陈叔，我暑假过完就上高三了。"

"准备考什么学校？不如直接考警校吧，你这样的好苗子，不当警察可惜了。"

山林雨看了廖喜一眼："对的，陈叔，我想考中国人民公安大学，或者刑警学院，我爸的母校。”

陈所眼睛亮了起来：“太好了！这可都是好学校啊。”他兴奋地搓手道：“太好了，等你大学毕业，不嫌屈才的话，就到你陈叔这来锻炼下。你是深圳户口，对吧，这两家学校本科毕业，都能分配回深圳，我跟领导申请调配下，不算走后门。你爸当年，那可是了不得，布古警署数一数二的好刑警，业务能力特别强。”说到这里，他又发出一阵爽朗的大笑：“当然你陈叔跟廖老板也不赖，但比他还是差点。你接他的班，这叫啥来着？父债子偿，呸！不对……子承父业，也不对……总之，你当警察，是好事，大大的好事！”

他对山林雪的这一番夸奖在廖喜听来确实是发自内心的，虽然当年都是二十来岁的年轻人，火气正旺，在同一个警队里免不了竞争甚至发生龃龉，但在多年的岁月洗礼后，还剩下的，只有兄弟间的情谊。

廖喜咳嗽了一下，转入正题：“阿峰，我今天带他来，是为了正式跟你道谢。”

陈所马上反应过来，摆出一张苦脸：“行了，廖老板，这事就别提了，这身衣服我还想穿呢。”

去年，在破获那起案件的过程里，陈所为廖喜提供了某种协助。这件事可大可小，虽然廖喜是前警察，并且是出于除暴安良的正义感，但如果捅出去的话，陈所还是会受影响。

在这种情况下，陈所还愿意帮忙，足以看出他是个念旧情的人，把廖喜当成真朋友，好兄弟。

山林雨一脸真诚地说：“陈叔，真的得感谢您，要是没有您，我爸多年的遗愿，不知道什么时候才能完成。”

陈所也正色道：“说起这个‘七二三’案，不光是你爸的遗愿，也是你廖老板、陈叔多年来的心结。我听廖老板说了，这个案子能破，你功不可没。所以刚才你一进来我就说，你不当警察，太可惜了。”

“陈叔您过奖了，我还差得远呢，要向您学习。”

陈所哈哈笑道：“可以啊这小伙，会聊天。你看啊，从二〇〇一年到去年，那么多年的冷案都能破，人也抓到了，说实话，大快人心！知道消息那晚，我在家可是好好喝了一顿，畅快！”

廖喜趁机道：“阿峰，那这样说，以后要还有类似的冷案，你也愿意帮吧？”

陈所警惕起来：“那不行，你千万别搞我。违反规定的事，我绝对不干。”

“那要是不违反规定呢？”

陈所想了想：“廖老板，这样说吧，你要是想发挥余热，阿雨这个预备役也想崭露头角，那你们在外围搜集一些线索，提供给我，随时打我电话，我会尽自己所能给你们提供帮助。不过话说在这，你们必须先答应我一点。”

山林雨道：“陈叔，您说。”

“你们俩现在的政治面貌都是群众，对吧，警察就是保护你们群众安全的；你们群众呢，也不要以身犯险。查案归查案，哪怕有一丁点不对的苗头，赶紧撤，别给我添麻烦，知道了吗？”

廖喜说道：“没问题，阿峰，这个你得信我，我一把老骨头，还想多活几年。”

陈所眯着眼：“那廖老板，我看你这样子，是有什么打算？”

廖喜嘿嘿笑道：“暂时保密。你别心急，到时肯定少不了你。”

陈所笑骂道：“还来这一套，行吧，那我等你。”

三人又聊了一会儿，时候不早，怕妨碍陈所工作，廖喜便起身告辞。

陈所送他们下楼，两人上了车，山林雨说道：“陈叔人挺好的。”

“对，挺好。”

“你今天打扮成这样，就为了见陈叔啊？我以为找小谌阿姨呢。”

“你傻啊，我真去找小谌，还能带上你？”他一边发动汽车，一边又说，“我当然要穿得好点啊，一身邋里邋遢的，他还以为我找他借钱呢，不得把我轰出去？”

山林雨哈哈大笑。

“阿雨，你是不是奇怪去年那个案子我推三阻四，这次却又这么积极，这么痛快？”

“确实有点奇怪，不过，也不奇怪。”

“哦？你分析一下，这两个案子有什么差别。”

山林雨想了想：“第一，去年的案子，嫌疑人社会地位很高，作案多起，心狠手辣，廖老板担心我们贸然介入，蛇没打成，反而被蛇咬了。但是小丁姐姐的这个，看上去凶手是个普通人，也没有连续作案的迹象，遇到危险的可能性不大。”

“不错啊，继续。”

山林雨受到鼓励，又继续道：“第二，去年你担心我成绩下滑，也担心我妈找你麻烦。这次期末考，我成绩是年级前三十，事实证明不影响我学业。去年的案子破了，我妈非但没找你麻烦，还给你送了几瓶陈年茅台。这样一来，你就没有后顾之忧了。”

“可以啊小伙子。”

“还有啊，第三，可能也是最重要的原因，就是你上篇小说完结了，下一篇写什么，还没想好，网站也不催你，所以，你有空。第四，也很关键，就是这个案子本身错综复杂、扑朔迷离，激起了你的兴趣。”

廖喜哈哈笑道：“没错，你说得都对。不过，还有一个原因，你怎么都猜不到。”

“什么？”

“我很久没骑自行车了。”

山林雨愣了一下，恍然大悟道：“廖老板，你的意思是，我们从深圳沿着国道骑行到汤县？”

“对啊，你有没有听过一句话？开车太快，看不了路边风景；走路太慢，去不到想去的地方，所以，骑行刚刚好。”

“可是，我们没有自行车啊。”

“这还不简单，扫码，共享单车。”

“廖老板，你认真的吗？这一路起码三百多公里啊。”

廖喜哈哈大笑：“傻仔，当然是开玩笑的。没单车，可以买啊。”

山林雨兴奋道：“真的吗？廖老板大气，廖老板敞亮！”

“你还没饿吧，我们先去买车，买那种能折叠的，然后直接塞后备箱里带回去。我再给你笔预算，像头盔啊单车包啊什么的，你就上网买。等快递到齐，你老板娘也差不多回来了，我们就出发，”说罢，他又嘱咐了一句，“等下挑车，别选太贵的啊。”

“遵命，廖老板。”

廖喜从布古街道开回龙港中心城，停在一家自行车店门口。

下车前，廖喜突然想到什么：“对了，还有一件事。我们开始调查案子这事，你先别跟小丁讲。”

“我都没她微信。”

“不管你有没有吧，总之先别讲，知道了吗？”

山林雨闷闷地说道：“知道了。”

下了车，他又忍不住问：“廖老板，为什么？”

“我们目前得到的消息，来源只有一个，就是小丁的口供，不对，是自述。她的自述有可能是错的，有可能是不准确的，更有可能是骗我们的。无论任何时候，都不要光听信一个人的话，这样会被牵着鼻子走。我不是吓你，就跟你说吧，凭我当警察培养的直觉，这个丁一一，没那么简单。”

山林雨脸色微微发红，欲言又止。

五

王争回国的前一天，山林雨去见了丁一一。

他当然不敢跟廖喜明讲，只说是去图书馆看书。廖喜相信了，或者说他选择了相信。站在他的角度，该说的话都已经说了，该提的醒也提了，再说下去就烦了。更何况，年轻人嘛，有些苦头，躲不过的。

年少而无望的爱，谁没有经历过呢?

况且，在廖喜看来，丁一一虽然经历复杂，却远远说不上是坏女人。

下午两点多，山林雨骑着刚买的自行车出发了。图书馆跟小丁姐姐约的地方是相反的两个方向，但他做贼心虚，先往图书馆骑了两公里，再掉头走另一条路。

他们约的地方是一家练歌房。

昨天晚上七点十五分，他的微信里多了一条好友申请。申请加好友这个人，头像是纯黑的正方形，名字是阿拉伯数字“11”，申请好友的备注是，丁一一。

七点十五分，他大概会永远记住这个时刻。

当时他正在客厅玩手机，看到这条好友申请后并没有马上通过。他足足等了五分钟，起身走回房间锁好门，坐在床沿上掏出手机，翻来覆去把好友申请看了几遍，才点击了确认。

但他还是后悔了。

第一句话该说什么呢？山林雨还没有想好。

就在他拿着手机发呆的时候，丁一一先发来了消息：阿雨你好。

这叮咚的一声，差点把他吓了一跳。

山林雨的大脑停止了运转，手指却不由自主，机械性地输入了几个字：小丁姐姐好。

消息发出去后，他脑里又闪过一万个念头。

小丁姐找我是有什么事呢？为了那件案子吗？我该说什么让她开心？我这样回复她，会不会显得自己很笨，或者不够热情？不对，还是沉稳一点好，我本来就比她小，不能让她当成小孩。

叮咚。

丁一一又发来一条消息：明天下午有空吗？我没课，一起去唱歌？

山林雨还没来得及回复，又来了一条：不方便的话就算了，我一个人也可以。

山林雨赶紧回了一条：方便。

接下来发生的事情，在山林雨的记忆中，可以说如同云里雾里。总之，他微信的聊天记录里存着他们约好的时间地点，而山林雨现在正蹬着自行车朝那个地点飞奔而去。

第一次约会，哪怕不算是约会，也千万不能迟到呀。

约的是三点，山林雨提前到了，在大厅里等了一会儿，丁一一也来了。她今天穿了一件白色短袖，一条褪色的牛仔裤，脚上是一双白色的椰子跑鞋，整体给人的感觉比上一次要年轻几岁。

她今天似乎没有用香水。

山林雨有些局促，起身招呼道：“小丁姐姐。”

丁一一笑了笑：“别姐姐了，都把我喊老了，你也叫我小丁就好。”

“不太好吧，我年纪还比你小。”

“那你就叫我一一，我喊你阿雨，好不好？”

“好的，小丁姐，不，一一。”

从小丁到小丁姐姐，再到一一，称呼的变化，也代表着两个人关系的进展。一一，阿雨，这样的互相称呼，似乎颇有些暧昧的气息。

“这就对了，阿雨，你等我一下，我去开房。”

山林雨突然就脸红了，幸好大厅没有窗户，灯光又昏暗，应该没人看见。

丁一一到柜台开好房便领着山林雨往里面走。山林雨比她高大半个头，却小心翼翼跟在后面，像个小跟班。

“三个小时哦，唱完六点，会不会太久，耽误你回家吃饭？”

“不会。”

“谢谢你啊，来陪我唱歌。”

山林雨机械性地重复：“不会。”

丁一一笑了：“什么不会？你说话怎么像台湾人？”

“啊，我是说，谢谢，”他突然意识到自己说错话，赶紧纠正道，“不对，是不用谢。”

他觉得自己的脸，已经红到了耳朵根，偏偏这个时候，丁一一还回过头来看了他一眼。

丁一一回过头去，继续往前走:“我在这边没什么朋友，但是又喜欢唱歌，所以总是一个人来。昨晚不知道怎么回事，突然想到你，就问小谌姐要了你的微信。不会影响你学习吧？”

山林雨考虑再三，还是说了句:“不会。”

丁一一突然停了下来，山林雨差点撞到她身上。

“到了，就这间。”

进了房间，丁一一点了几瓶百威啤酒和一些小吃，考虑到山林雨还没成年，又给他点了几听可乐。

山林雨想抢着埋单，却被丁一一制止了:“你还是学生，等你工作了再请我，好不好？”

山林雨只能说:“好。”

下午的练歌房，只有他们两个。说起来，山林雨对房间里的这个女人，根本不了解。她喜欢什么，不喜欢什么，谈过几次恋爱，不，甚至连她有没有男朋友山林雨都不清楚。

虽然昨晚翻了很久她的朋友圈，但里面都是几句清冷的短诗、跟芭蕾舞相关的专业内容，还有大大小小各式各样的折纸作品，她的朋友圈没有朋友，没有男朋友，甚至也没有自己的照片。

山林雨想，一一应该是单身吧，或者男朋友不在龙港，不然就不会约他来唱歌了。

龙港之外，最好也是没有。山林雨是这么希望的。

刚开始气氛有些尴尬，不过开唱之后马上活跃了起来。

丁一一点了首蔡健雅的《红色高跟鞋》，一开口，就把山林雨镇住了。

丁一一的声音有点偏中性，带着些许沙哑，唱蔡健雅的歌刚好。她唱歌的技巧不错，感情也足够投入，设备没拖后腿，这一切加起来，让两人仿佛置身于一场小型演唱会中。歌手是一个，听众也只有一个。

唱歌的人或许无意，听歌的人却是有心，这首歌里的每一句词，在山林雨听来，都像是丁一一唱给他听的。

副歌部分，丁一一唱道："我爱你有种左灯右行的冲突，疯狂却怕没有退路。"

山林雨听得浑身起鸡皮疙瘩。

一曲终了，丁一一把话筒递给山林雨："你要唱什么？我帮你点。"

山林雨还沉浸在刚才的歌声里，慢吞吞地说："那个，我不太会唱。"

"来嘛阿雨，别害羞呀。"

山林雨想了一会儿，自己跑到控制台点了一首方大同版本的《红豆》。

他拿起话筒，面对屏幕，尽量忘记身后的女人。开头几句声音有些紧张发涩，后面也就好了。

副歌前的间隙，山林雨用余光看丁一一，发现她正一边晃动身体一边轻轻鼓掌，脸上挂着微笑，像个小迷妹。

山林雨受到鼓励，接下来的部分，他发挥出了十二成的水准。山林雨确信，这是他有生以来，唱得最好的一次。

最后一句唱完，剩下的伴奏中，丁一一称赞道："明明唱得很好嘛，方大同本同啊，刚才还谦虚。"

山林雨挠挠头："哪有，小丁姐，呃，一一，别笑我了。"

"真心的啦。来，喝酒。"

丁一一给自己开了瓶百威，山林雨见状，赶忙开了听可乐。

两人把各自的杯子倒满，碰了一下，齐声道："干杯。"

山林雨碰杯的手有些晃，心脏更是跳得厉害，他赶紧仰头，把可乐一饮而尽，仿佛喝药般，想治好自己的慌乱。

接下来，两人轮流唱，甚至还挑了一首二十世纪九十年代初的粤语歌，来了个男女情歌对唱。山林雨会唱这首歌完全要归功于廖喜，要不是他经常在家里播这些经典老歌，以山林雨这个年纪，根本不可能接触到。

唱得差不多，丁一一又教山林雨玩大话骰，输了丁一一喝酒，山林雨喝可乐。山林雨是第一次玩大话骰，规矩都是现学的，什么两个一斋，三个起叫，劈加倍，反劈再加倍，可以不受。前几把他玩得莫名其妙，喝了几杯可乐之后，便学会了。

到后来，居然是山林雨赢得多，丁一一便夸他聪明，一学就会。

"阿雨，可以啊你，玩大话骰那么厉害，以后骗人肯定也擅长，不知道要伤多少女人心哦。"

山林雨顿时脸红道："这个，不是一回事呀。"

丁一一笑道："那么紧张干吗，逗你的。"

山林雨便挠头笑了。

山林雨觉得，廖喜说得不对，丁一一并不复杂，恰恰相反，她是个单纯的女人。从玩大话骰就能看出来，要识破她的套路，非常简单。一开始喊的时候，如果是真的，她就会直视山林雨的双眼；如果是假的，她眼神会有些游移，但喊的声音反而更大些。

一个玩大话骰都玩不好的女人，能复杂到哪里去呢？

摇骰盅的时候，山林雨会偷看丁一一的脸。她拿到好骰子会忍不住偷笑，摇到坏骰子表情严肃，在山林雨看来，两种表情都非常可爱。

三个小时很快过去了，丁一一自己喝了半打百威，脸色稍微有些发红，出门的时候，还一个趔趄，抓住了山林雨的手臂。

这是他们第一次身体接触，山林雨如同触电，浑身僵直。

山林雨想扶住她的腰，却又不敢，只好问："没事吧？"

丁一一笑笑："没事，这点酒算什么。我就不请你吃饭了哈，不习惯在外面吃饭。你等我下次准备好，请你来我家，做饭给你吃。"

山林雨点点头。

丁一一松开手，一边往前走，一边问："对了阿雨，你是不是养了只柴犬？"

听她这么一说，山林雨心跳漏了半拍，强自镇定道："啊，不是我养的，是廖老板的。"

微信朋友圈里，他确实发过一张柴犬阿峰的照片，但那已经是一星期前的事了。这么说来，在自己看丁一一朋友圈的时候，说不好，她也在翻自己的朋友圈。

"柴犬好可爱啊，叫什么名字？"

"叫阿峰。你也养狗了吗？"

"没有。"

"那猫呢？"

"也没有。你下次来我家就知道了，我什么都没有养，不是现在才这样，很多年了。不敢养啊，怕它们会死掉。小学的时候，我养过乌龟，他们都说乌龟好养。我小心翼翼地养，有时候半夜爬起来，去看看它还会不会动。对了，我还给它起了名字，叫巴巴，哑巴的巴，因为乌龟不会说话。

“但是，不管我多努力，巴巴还是死了。我养什么都会死。所以我喜欢折纸，我想我的乌龟，就折一个，想养只猫，再折一个。阿雨，你知道吧？折出来的东西，永远都不会死，哪怕弄坏了，我还能折出一模一样的。

“折纸这个东西啊，还有个好处。一张纸，你把不喜欢的地方折进去，喜欢的地方展现出来，它就完完全全地，变成了你喜欢的样子。”

“你这个说法，倒有点像廖老板写小说。喜欢的就写，不喜欢的就不写，不过他这个喜不喜欢，不是看他自己，是看读者。”

他突然想到什么似的，又问：“你朋友圈发的，都是自己折的？”

丁一一笑了笑：“你还翻我朋友圈啊？”

山林雨脸一红：“没有没有，就刚好看见。”

丁一一没有细究：“反正啊，我觉得这辈子，喜欢的东西最后都会死掉。像那只乌龟，像我两个爸爸，像我妈……啊，对不起，喝了点酒，说这种丧气话。”

“没有。”

丁一一转移话题：“对了，暑假你不去哪里玩吗？”

山林雨想起廖喜的叮嘱，含糊道：“可能过几天出一趟门吧。”

“好，一路顺风，玩得开心点。”

“等我回来了，去你家吃饭。”

丁一一笑道：“好啊，没问题。我做得比较清淡，你别介意就行。”

“怎么会？我就喜欢吃清淡的。”

“对了，阿雨，还有一件事。”丁一一顿了一下，“算了，没事了，下次再说吧。”

他们便在练歌房门口道了别。

夏天的龙港，下午六点钟，太阳依然很大，山林雨一边骑车，一边盘算着，如果廖喜问起来，他该说下午都看了什么书。

他突然想起，这一下午，关于案子的事情丁一一半个字都没有说。她是放弃了，还是已经笃定他一定会帮这个忙？

丁一一是怎么想的，山林雨不知道，但他自己的想法却再清楚不过。

哪怕把228国道翻个底朝天，也必须找到多年前那起案件的真凶。

接下来的两天里，山林雨做了一份从深圳龙港骑行到梅州汤县的详细的骑行攻略。

毕竟已经隔了二十年，现在已经无法确认，丁司机当年货运走的是哪条路线。山林雨只能以龙港、汤县、228国道，这两点一线为核心，结合丁一一所说的货运里程跟时长，大致勾勒出一条路线。虽然是猜的，但跟丁司机当年走的路应该也相差不大。

这一条骑行路线，大多是国道，加上少量的省道，总长三百六十公里，大致可以分为两段。从龙港出发过穗州到海边的鲘门镇，这一段一路向东，大概是三分之一的路程。过了鲘门，开始朝东北方向进发，途经海丰、陆丰、普宁、揭阳，最后到达汤县。

骑行的时速一般在十五到二十公里，如果体力好全速前进，实际上二十四小时之内就可以骑完这三百多公里。但是，廖老板有指示，他们路上是有任务的，要找线索，所以呢，把这三百六十公里分成四天骑完，每天九十公里。也就是说，按照最慢的每小时十五公里计算，每天骑六个小时，也足够了。

山林雨疑惑道:“这样的话，等于要在路上住三晚，可是我们没买帐篷啊。”

“帐什么篷，住酒店不就行了。”

“那到了汤县之后，再骑回来吗？耽误的时间太长了。”

“我哪有那么多时间，到了汤县再找辆车，租也好，借也好，开回龙港，三个多小时搞定。不是我偷懒，是赶时间，你知道吧，月底是你爸忌日，要回来给他扫墓的。‘七二三’案破了，这可是他的遗愿，我们得当面给他汇报。”

山林雨眨了眨眼:“好的，廖老板。那我们什么时候出发？”

“你老板娘昨天刚回来，我好久没吃她的住家饭了，这样吧，三天后我们出发。”

山林雨有些心急，但又不好表现出来，只能表示同意。

等待出发的三天，也是煎熬的三天。

那天从练歌房回来之后，丁一一唱的《红色高跟鞋》就一直回荡在他脑海里。他去找了各个版本的《红色高跟鞋》,发现包括蔡健雅的原唱在内都没有丁一一唱得好听。

山林雨当然知道自己的想法不客观。丁一一是教芭蕾的，又不是声乐专业，怎么可能唱得比蔡健雅还好？

但是她的歌声就在山林雨的脑海里一遍一遍地修音，最后变成了天籁。她唱歌时的神态，一颦一笑，一个抚弄头发的细节，在山林雨的脑海中，胜过任何一部电影里的女主角。

他很想再听丁一一唱一遍《红色高跟鞋》，可他能怎么办呢？约丁一一再去一次练歌房，他不敢。让丁一一录一遍在微信上发给他，他也不敢。

如此一来，山林雨只能任凭脑海里丁一一的歌声变成烟雾，缭绕在自己身旁。有时候，他会不自觉地哼出两句，又赶紧刹车，然后紧张地东张西望，担心被人发现。

山林雨甚至觉得，连柴犬阿峰跟橘猫管管都在监视着他。

廖喜当然发现了他的异常，刚下邮轮的老板娘王争也不例外。

晚上睡觉前，王争躺在廖喜旁边，小声问："阿雨这孩子怎么了？恋爱了吧？"

"是吧，我也不清楚。"

"不会出什么事吧？"

廖喜笑道："能出什么事，为情自杀？"

"总归是早恋吧，影响学习，怕不好。小衡姐要找你麻烦的。"

廖喜翻了一个身："找我干吗？又不是我跟他谈恋爱。"

王争从后面抱住他："要不，还是跟小衡姐讲一声？"

"打小报告，我不做。你也别去说，到时两头不是人，"他握住王争的手，"别担心啦，阿雨那么聪明，他有分寸的。"

"那过两天你们去骑行，要注意安全啊，在公路上骑自行车，我总觉得好危险。"

"放心啦，我们头盔什么都备好了，骑得又慢，两个大男人，能有什么问题？"

"我怕你身体吃不消，天气这么热。"

廖喜笑道："哎哟我说，你怎么跟小孩一样，担心这个担心那个。"

王争哼了一声："我刚回来你就走，是不是看我看烦了，不想跟我待一起？"

“天地良心，我哪里会烦，我恨不得天天陪着你。我就是趁这段时间有空，阿雨又刚好暑假，带着他去看下风景，顺便锻炼身体。等开了新书，哪也走不了啦。”

“真的吗？”

“当然是真的，老婆，你是我这辈子最重要的女人，等我老了不能动了，还得你给我推轮椅的。我哪敢烦你呢，才没那么傻，”他轻轻拍着王争的手背，“别想那么多了，睡吧，老婆。”

王争抚摸着他的脸：“老公晚安。”

隔着一个空荡荡的客厅，另一边客房里，山林雨还没睡着。

他又失眠了。

今天晚上，他突然心血来潮，结合丁一一微信账号跟她的中文名，在几个唱歌软件上搜索丁一一的账户。花了半小时，功夫不负苦心人，终于被他找到了。

果不其然，上面有她录好的《红色高跟鞋》。

他当时的感觉是，如获至宝。

整个晚上，他的耳朵没离开过耳塞，一直重复播放着这首歌，怎么也听不腻。

山林雨其实也知道，完全不用这么大费周章，像个变态网络跟踪狂，只要微信上问一句，丁一一就会告诉他账号。但如果这么做的话，好像就失去了某种意义。

山林雨现在还不知道的是，当他开始直截了当地问，而不是这么大费周章时，他就会变成一个成熟的男人。一个成熟理智的男人，即使在感情生活里，也会精确地计算投入跟产出，有权衡，有取舍，感情对他而言，再不是什么无法衡量的珍宝，不过是普通的加减乘除。

有些男人希望，这种成熟理智早点来；也有些男人希望，这个阶段永远不要来。

山林雨睁着双眼，凝视天花板，耳塞里传来丁一一的歌声："你像窝在被子里的舒服，却又像风捉摸不住，像手腕上散发的香水味，像爱不释手的……"

他对着天花板，伸出右手，抓住的却只有一片虚空。

关于丁一一的一切都让他着迷：她嘴角的黑痣，她的卷发，她盈盈一握的细腰，她不幸的童年，那个有很多温泉的老家。丁一一唱歌那么好听，跳芭蕾的时候，想必更吸引人吧？还有，在练歌房门口，分别前她欲言又止的，是想说什么呢？

这个十七岁的少年，在他失眠的夜里，希望明天早点到来，又希望明天永远不要到来。

山林雨不知道的是，这个晚上，丁一一也失眠了。她也同样躺在床上，双眼看着天花板。

当然，她所烦恼的，完全是另外一件事。

二十年前的那桩命案，关于丁国强"死亡"的真相。

一开始，她希望廖老板能帮这个忙。如果他真的做到了，就如同她在星巴克里说的，她愿意付出任何代价。

但是，根据那么多年来她对男人的了解和察言观色的能力，她知道，廖老板对这件事，并不上心。

如此一来，丁一一便把希望寄托在了那个叫阿雨的年轻人身上。她跟小谌姐打探过，阿雨的父亲山林雪，当年是比廖老板还要厉害的刑警。阿雨虽然只是个高中生，但据小谌姐说，去年破获那起冷案，他在其中起了很重要的作用。

跟廖老板比起来，阿雨这样的年轻人，当然要好对付得多。给他一点甜头，让他产生朦胧的憧憬，他便会像脑袋前面挂着胡萝卜的驴子，朝着丁一一想要的方向，不断前进。

这个叫阿雨的少年，能找出自己想要的真相吗？

爸爸。

巴巴。

这两个称呼，在丁一一的脑海里不断盘旋，直到窗外东方的天际，露出了鱼肚白。

六

准备好崭新的单车和全套骑行装备，选择最熟悉的人做伴，在晴朗的一天出发。然后，你就会发现，自己错得很离谱。

因为，七月的深圳实在是太热了。

早上八点，两人从小区门口出发，骑了不到两小时，廖喜就热得后背都湿透了，连速干衣都不管用。

而这个时候，两人还没出龙港区。

廖喜停在路边树荫下喝水，抬头看天："这也太热了。"

山林雨毕竟还是年轻，擦了擦汗："还行啊。"

廖喜打量四周，又抱怨道："怎么才到这啊，开车就十分钟的事，骑了两小时。"

"廖老板，你有没有听说过一句话？"

"什么话？"

山林雨笑嘻嘻道："走路太慢，开车太快，骑自行车刚刚好。"

廖喜举起手中的水壶，作势要砸过去。

山林雨闪都不闪："廖老板，省点力气，今天还要骑五小时呢。"

廖喜瞪了他一眼："赶紧走吧。"

山林雨追上他："对了廖老板，我想到一件事。"

"有屁快放。"

"你看过一个韩国电影吗？叫《我是杀人犯》。"

"不知道，讲什么的？"

"就讲韩国有个连环杀人犯，杀了好多女人，然后收手了，销声匿迹，一直没被抓到。十五年后，追诉时效过期了，有个自称凶手的人，出了本书，说自己是当年的杀人犯。其实他是受害者家属，总之就把真正的杀人犯引了出来，又找到一个还没过追诉时效的受害者，最后终于把真凶绳之以法。"

"哦，好像看过。你想说什么？"

"我的意思是，她爸的案子，是发生在一九九九年秋天，对吧？"

廖喜敏锐地察觉到称呼的变化，看了他一眼："什么？"

山林雨自觉失言，幸好戴着头盔，为了防晒脸上还蒙着魔术头巾，所以看不出来脸红。他顿了一下，继续说："我上网查了下，我国刑法里，也有追诉时效这个概念，比韩国要长，最长是二十年。现在是二〇一九年，案件发生在一九九九年，刚好隔了二十年，对吧？那是不是说，如果过了今年秋天，具体来说是九月二十一号，哪怕找出当年杀——……小丁姐姐的爸爸的凶手，他也不会被判刑？"

廖喜气喘吁吁道："可以嘛，还做了功课。不过，做得还不够仔细。"他放慢速度，调整了下呼吸："我太久没当警察了，业务有点生疏，凭印象讲啊，但是差不了太多。总之你说的这个规定，应该是一九七九年版本的旧刑法，到了一九九七年的时候，又颁布了一个新刑法。如果丁司机这个案子，案发时间再久一点，是在一九七九年到一九九七年这段时间，也就是新刑法颁布之前，那确实是按照旧刑法的规定来办。哪怕是这样，旧刑法也规定了，只要是影响特别恶劣，检察机关认为必须追诉的，就可以向最高人民检察院提出申请，照样可以审，可以判。”

“那这个案子是一九九九年的，归新刑法管，新刑法是怎么规定的？”

“那就更干脆了，新刑法规定，司法机关已经立案，罪犯逃避侦查审判的，不受追诉期限的限制。你看啊，当年这个案子是立过案的，嫌疑人到现在还没抓到，符合条件。也就是说，别说已经过了二十年，哪怕再过二十年，只要找到这个嫌疑人，该怎么审，还怎么审。那些资本主义国家，太关注罪犯的人权了，我就觉得还挺好笑，那受害者跟受害者家属的人权，谁来关注呢？本末倒置啊。所以说，我们的法律就是，不冤枉一个好人，也绝不放过一个坏人。管你躲了十年二十年，站在人民群众的对立面，就得尝尝人民民主专政的铁拳。”

“原来是这样，廖老板太厉害了，姜还是老的辣。”

廖喜不为所动：“基本操作，你少拍马屁，专心骑车。”

两人又骑了一段路，终于出了龙港区，到了毗邻的平山新区。天上的云多了起来，太阳终于没那么大了，公路上的车也少了些。

风从路的那一边吹起，经过山林雨的肩膀又向路的那一边飞去。

路边的景物慢慢后退，远处的山岿然不动，近处的树模糊成一道绿色的屏障。山林雨跟廖喜并排，速度不快也不慢，情绪跟风一样轻。骑行的快乐这才慢慢展现。

廖喜看了眼手表：“再骑半个小时，停下来吃午饭。前面有家深井烧鹅，特别棒，我当警察那会儿，有时休假就特意跑过来吃。”

“跟我爸吗？”

“你爸不来，他对吃的不讲究，沙县拌面都能吃三年。我都是带你小谌阿姨，啊，也带过别的小姑娘。你别看我现在这样，一个中年大叔，良家妇男，年轻时可是换了不少女朋友的，什么空姐啊，护士啊，老师啊，都有。”

“你不怕我告诉老板娘？”

“怕什么，都多少年前的事了……你不会真的去跟她说吧？”

山林雨哈哈笑道：“不会。”

这两个字，却突然触发了他的某些联想，那个练歌房的下午，狭窄而昏暗的走廊。恋爱中的人总是这样，明明毫无关联的一件事，一个词，一只野猫，一块饼干的香味，都可以联系到特定的那个人身上。

“廖老板，我又想到一件事。”

廖喜紧张道：“什么事？”

“就是像这些陈年冷案，一般都是怎么破的？”

“哦，这个啊，我不知道。我就是个写小说的，不关注。”

“你再不知道，也比我知道的多嘛，说一下，让我长长见识。”

廖喜想了想：“你刚问我个韩国电影，对吧？现在我问你个美国电影，特别经典的，《肖申克的救赎》，看过没？”

“当然了。”

“里面有个情节，就是犯人在监狱里吹牛，把自己做过但是没有被查到的案子讲给室友听，你还记得吗？”

“记得，就是一个大块头，告诉了汤米，汤米也没当回事。后来汤米到了肖申克监狱，安迪教他读书写字，他发现两个案子对得上，才又告诉了安迪。”

“没错，就是这样。这个剧情啊，它放在现实里也是成立的。所以说，斯蒂芬·金真的是太厉害了，我哪怕写一辈子也赶不上他啊。哦，扯远了，我的意思是，不管国内还是国外，这些多年的冷案最终能破，有很大一部分都是靠监狱里的犯人举报。

“因为监狱里太无聊了，犯人就会吹嘘自己做过的案子，有已经审理的，也有没被发现的。这里面有真有假，总之有些犯人听到了，就会去举报，如果属实的话，他自己可以减刑。很多冷案因此就有了新线索，经过侦查审问，就能破。”

“原来是这样，那另外一部分呢？”

“那当然是靠公安民警的锲而不舍了。有个很出名的案件，三年前破的，那时候你才初二，我记得跟你说过的。就是靠当年保存的嫌疑人的那个，你懂的，然后大规模地进行基因排查鉴定，先找到了嫌疑人的亲戚，顺藤摸瓜找到嫌疑人，指纹一比对，果然是他。

“凡是嫌疑人在犯罪现场留下了带有基因信息的物质，头发也好，体液也好，这样的案子都有可能以这种方式告破。”

“那还有呢？”

“还有啊，就是没有留下基因信息，但是有指纹，或者已经知道嫌疑人是谁，暂时没抓到的。现在互联网这么发达，什么大数据，云计算，很多手机啊，软件啊，都要用到指纹或者扫描人脸。这些逃犯，有一个算一个，最后也是会被抓的。”

“对了，还有一桩案件，网上很多人讨论，就那个什么大学的碎尸案，廖老板你怎么看？”

“你说的是那个案子啊，我知道就是网上各种分析都有，连嫌疑人喜欢听什么音乐都给分析出来了，比我写的小说还像小说。我觉得就纯粹是艺术加工。要我看啊，这个案子，倒是很有可能破不了。”

“啊，为什么？”

“很有可能，当年的嫌疑人，作案的时候年纪就不小，现在已经去世了，这样一来，就永远成了悬案。”

山林雨突然道：“廖老板，我知道有一桩冷案，靠的不是狱友揭发，也不是基因鉴定，是两个‘编外警察’。”

山林雨说的，自然是去年他们首次合作，亲手破的“七二三”案。两个所谓的“编外警察”，一个老骥伏枥，发挥余热；另一个纯粹是头铁，初生牛犊不怕虎。

廖喜突然严肃了起来：“阿雨，你这个想法很危险。这个‘七二三’案，我反复跟你强调过的，还记得吗？”

“记得，”山林雨像背书一样念道，“第一，要清醒认识到，我们两个起的作用，就是警方线人，真正要逮捕罪犯，还得依靠警察；第二，不要跟任何人说起这件事，免得引起不必要的麻烦；第三，最重要的一点，一定要明白，这个案子能破，纯粹是靠运气，不能觉得自己有多厉害。”

“没错。阿雨，你立志要当警察，我是当过警察的人，于公于私，我都有义务提醒你。你看啊，当年我跟你爸是搭档，你爸牺牲了，我当了逃兵。从这个角度看，我们作为警察，都是失败的。失败的原因是什么？是我们只想着保护别人，不懂得保护自己。

“总之，警察是个高风险的工作，如果你抱着侥幸心理，或者觉得自己很厉害，那是一定会吃苦头的。运气好点，像我，肩膀挨了一枪，没什么大碍，就是一到刮风下雨，像个人肉天气预报台。如果运气不好……”廖喜腾出一只手，拍了拍山林雨的肩膀，“当我求你了，千万别跟你爸一样。”

“好。”

山林雪的死是廖喜这辈子最为后悔也最为内疚的一件事，廖喜一直觉得，山林雪的死跟自己脱不了干系，甚至是自己直接导致的，虽然实际情况并非如此。山林雨出生之后，廖喜一直对他关怀备至，甚至视为己出，在很大程度上是因为廖喜心怀愧疚，千方百计想要弥补。又或者说，当初在产房里呱呱坠地的，不只是一个男婴，更是廖喜赎罪的机会。

山林雨还沉浸在这种庄严肃穆的氛围里，廖喜却突然喊：“冲啊！”然后加快速度，自行车像箭一样向前冲去。

山林雨朝前面一看，原来，廖喜刚才说的烧鹅店就在眼前。

两人骑了三小时车，肚子都有些饿了，廖喜豪气地点了半只烧鹅。

“你还在长身体，多吃点。”说这句话时，廖喜夹起堪称精华部位的烧鹅腿，放到了自己的碗里。

吃完饭，廖喜又说外面太热，不宜出发，要先去找个地方叹冷气。于是两人找了家就近的糖水店，喝喝糖水，聊聊天，一直到下午三点多，才又开始上路。

骑到一个路口，廖喜突然停了下来，掏出手机看了眼：“往这边走。”

山林雨奇怪道：“方向不对啊。”

“带你去一个地方。”

十几分钟后，两人在一处小区门口停了下来。

“廖老板，我们要去找谁吗？”

“不找谁，”廖喜看了一下周围，又掏出手机，神神道道地比画了一下，“好，这里才是我们真正的起点。”

“起点，为什么？”他想了想，“我知道了，你是说，二十年前，丁司机送货就是送到这里，平山区，不对，那时候还叫平山镇。这个平山镇，是他的终点，也就是我们的起点。他的起点汤县，就是我们的终点。”山林雨张望了一下，“可是，这里也没有工厂啊？”

“隔了二十年啊，深圳速度，懂吗？别说二十年，两年时间，就能让你认不出来。”廖喜指着半新不旧的小区，“告诉你吧，二十年前，这里是一大片厂房，后来拆掉建了小区，到现在也快十年了。”

廖喜又掏出手机，里面是不知道从哪里弄来的旧照片，他一边看着手机，一边比画道：“呐，这里就是工厂，这边有个小卖部，这里是个招待所，丁司机很可能住过。”

山林雨跟着他的手指，看向一栋栋居民楼，超市，茶餐厅。二十年过去，不光人不在了，建筑也完全改变了模样。

廖喜推着单车，走到茶餐厅门口：“好了，这里就是粤丰招待所。假设我是丁司机，开了十几个小时大卡车，刚到厂里卸完货，现在准备住一晚。你说，我心里在想什么？”

“想家里的老婆跟女儿。”

“还有呢？”

山林雨想了想：“还有，算算这趟能挣多少钱，什么时候能把贷款还完。”

“嗯，你说得都对。不过他最关心的，应该是回程的时候能不能拉上货。空车回去就太亏了，比如说，为了等货主，他可能会在这里住上一两天。”

山林雨马上领悟道:“廖老板，你是说，他很可能是在这里认识什么人，或者得罪什么人，所以才被杀了？”

“存在这样的可能。比如说，丁司机去打牌啊，去洗脚房啊，那些地方都是容易产生纠纷的场所。可惜啊，我问了一圈，当年工厂的老板已经移民加拿大了，开招待所的不知道去了哪，现在都找不到咯。”

“这些相关的人，当年警方应该都调查过吧，既然没找出什么问题，那就是关系不大了。”

“也未必，有可能当年不敢说或者有什么利害关系不能说，现在过去那么久，就愿意讲了。算了，说这些也没用，一个人都找不到。我们走吧。”

山林雨跟在他身后，回头看了眼茶餐厅。粤丰招待所，是丁一一想找到的那个男人住过的地方啊。

山林雨突然意识到，接下来他骑行的每一段路，都是在二十多年前，丁一一所期待的那个男人反复经过的。那时候，丁一一在三百多公里外的一个单元房里，满怀期待，等着爸爸回家。

可就是那一次，她再也没能等到。

如今，山林雨要从这个终点，一点一点地骑向故事的起点，就像是一场穿梭时空的公路电影。在那个群山环绕的小县城里，等着爸爸回来的小女孩早已离开了那里，在他乡长大成人。

那个名为汤县的小县城蕴藏着这起冷案的秘密，同时也是丁一一悲剧人生的起点。

山林雨觉得，这一路，从物理上讲，他离丁一一越来越远，从心理上讲，两人的距离却在拉近。当然，这或许是他一厢情愿的想法。

烈日耀眼。

山林雨一只脚在踏板上，另一只脚踩在地面，突然，他一阵眩晕，两眼发黑。

眼前的景物，瞬间漆黑如夜。

刚才明明是茶餐厅，如今却变成了一间招待所，门口白色发光的广告牌上写着：二十四小时热水，今日有房。

山林雨踩着的路面，坑坑洼洼的，都是积水，像是初春或者秋夜的场景。

他抬起头看到招待所四楼有一扇窗户向外敞开。

一个身穿白衬衣、相貌平平的中年男子正在低头抽烟。那暗红色的烟头在漆黑的夜里一明一灭。

山林雨有一种强烈的直觉，这个中年男人，就是他要找的那个人。

男人突然一甩手，烟头从楼上窗台画出一道抛物线，掉到山林雨脚下。

男人似乎也发现了他，表情颇为惊愕，嘴巴慢慢张开。

"阿雨！"

山林雨瞬间清醒了过来，身边的景物恢复如常，仍然是高悬在天空的烈日和茶餐厅，还有暑气蒸腾的路面。

刚才这声阿雨，却是廖喜喊的。

原来，不过是幻觉啊。

廖喜喊道："你怎么了？"

山林雨深吸了一口气："没事。"

"我看你晕乎乎的，该不会中暑了吧？"

"没，我这个身体，怎么可能中暑。就是抬头看太阳，眼睛有点花。"

“那么大人了，还拿眼睛看太阳，你是傻子啊？真没事？”

山林雨笑笑，喝了口水：“真没事，我们别耽搁了，出发！”

两人继续在国道上骑行，到了五点多，山林雨发现了一个蓝色的牌子，上面写着：您将离开深圳，欢迎您再次光临！

山林雨感叹道：“哇，终于出深圳了。以前总觉得深圳很小，现在才知道，原来这么大。廖老板，我们今天骑到哪啊？”

廖喜累得说不出话，伸出左手，比了个手势，老牛拉车一般，继续往前蹬。

又过了半个小时，两人终于停在一家酒店门口。

这里是穗州市穗阳县，毗邻深圳，有很多深圳人甚至香港人周末过来休闲娱乐。有消费就会催生市场，县里配套的服务行业也颇上档次。

“五星级酒店呀这是，廖老板，确定要这么豪华吗？”

“骑了一整天，不好好休息，明天我怎么骑？你别得了便宜还卖乖，要不我住这，你自己去找个快捷酒店？”

山林雨笑道：“好好好，我不说了，都听廖老板的。单车呢，叠起来带上去吗？”

“大堂不让进的，交给保安就行。”

廖喜浑身被汗湿透，走路时小腿都在发抖，他看一眼山林雨，对方却是神态自若，汗也流得不多，跟刚出发时没两样。

“阿雨，你累吗？”

“不累呀，廖老板你呢？”

“你看我这样子，还用问吗？还是年轻好啊，体力那么足，我老了不行咯。”

“廖老板哪里老，还年轻着呢，就是平时缺乏锻炼。等回去了，我慢跑啊打篮球什么的，都叫上你，好不好？”

“算了吧，我要码字，哪有时间？”

“不是呀，你看那个老板娘最喜欢的村上春树，不就每天坚持短跑？”

“我哪能跟他比，他写一个字八十块，我要是有他值钱，一天写三百字就够了，还怕没时间跑步？别废话那么多了，身份证拿来，我去办入住。”

两人要了个双人房，廖喜先洗了个澡，又在床上躺了一会儿，这才带着山林雨到楼下吃晚饭。

吃完饭，两人分头给王争和衡久远报平安。

回到酒店，廖喜还是觉得累，早早躺到床上准备睡觉。临睡前，他把手机扔给山林雨：“阿雨，你帮我打几局《王者荣耀》，最近输太多，我怕掉回铂金了。打几局就好，别给我打上星耀啊，晋级那一把我必须自己来。”

“没问题。”

交代完之后，廖喜心满意足倒头就睡，不一会儿便发出浑厚的鼾声。山林雨有备而来，掏出海绵耳塞隔绝噪声，然后兢兢业业地开始代打任务。

说来好笑，廖喜很喜欢玩《王者荣耀》，技术却一直维持在入门级的程度；山林雨玩得很少，甚至手机里都没下载这个游戏，水平却超出廖喜一大截。

山林雨跟大多数同龄人不一样，他不太喜欢手机游戏，觉得太简单太幼稚了。相比之下，他热爱的是单机游戏，觉得里面更有故事更有美感，也更有深度。

他打了一个小时，连胜五局，帮廖喜赢了五颗星，便关掉游戏把手机拿去充电。

这时候，他才有空看看自己的手机。

山林雨打开微信，点开跟丁一一的聊天窗口，虽然他把跟丁一一的对话置顶了，但是里面的内容还停留在一起去练歌房那天。

最后一条消息是丁一一发的：你到了啊？我现在上来。

这几天，几乎每一个小时，山林雨都有发消息给她的冲动。

但他始终没有发，她也始终没有发。

山林雨又点开她的朋友圈，这一下，他心脏突然剧烈跳动了起来。这种感觉，是刚才玩《王者荣耀》杀了四个人马上要完成五杀时都没有的。

原来，丁一一发了个折纸照片。应该是她原创的，折纸分成两部分，上面是一团云朵，下面是硕大的一颗雨滴。

这张照片她配的文字是，想象雨。

山林雨一阵眩晕，想象雨，说的是自己吗？

不，或许她只是喜欢雨天，确实好久没下雨了。

还是说，丁一一说的这个雨，不是下雨的雨，而是阿雨的雨？

不不，如果是这样的话，她应该说想念雨，怀念雨，或者直接一点，想雨。

但她偏偏发的是想象雨。想、象、雨，这三个字拆开来都懂，但组合在一起，到底是什么意思呢？

这个女人发的朋友圈，比她本人还要难懂。

山林雨有些抓狂，甚至想把廖喜叫起来，帮忙分析。

当然他并没有这么做，只是关了灯，躺在床上，翻来覆去地看手机。随后，山林雨做的第一件事，是给丁一一的朋友圈点赞。

相对来说,点赞是一种较为保守的互动。它表达的含义模糊不清，对方可以自行理解，比如说喜欢、认可，或者是单纯表示批阅到这条朋友圈了。点的赞也无法回复，这样一来，摁下那个心形图标时，不必带着对方会不会回复自己的期待，或者说压力。

跟点赞相比，评论朋友圈，是一个风险稍大的举动。对方有可能很友善，会尽力回复每一条评论，也可能因为孤僻或者习惯，从来不回复评论。如果没搞清楚对方的回评风格，那么评论完之后，收到或者没收到回复，都可能引起不必要的兴奋或者失落。

最后，对许多社交恐惧症患者来说，直接给对方发微信无异于一次严峻的挑战。对方有可能压根儿不回复,也可能回复得出乎你意料，总而言之，情况往往会超出预料，让人措手不及。

山林雨一直以为，自己很开朗，很爱社交，点赞也好，评论也好，直接发消息也好，对他来说，都不是问题。但是，在丁一一这里，他终于发现，自己还是有问题。

说起来，他的父亲山林雪，也是到了二十七八岁了还没正经谈过恋爱。山林雨有过两个关系“暧昧”的对象，似乎比他父亲强多了，但是真正动了心以后，还是一样笨拙胆怯，走一步，退两步。

山林雨侧躺着，背对廖喜，点开跟丁一一的对话窗口，输入了很短几个字，删掉，打了很长一段话，再删掉。就这样折腾到十一点多，他终于一咬牙一闭眼，发出了最简单，也最无趣的三个字：睡了吗？

消息发出去之后，山林雨捧着手机，一直在等。聊天界面上并没有出现对方正在输入的提示。三秒钟，十秒钟，一分钟，两分钟快到的时候，他甚至想撤回消息，但这样仍然会留下痕迹，更不好解释。两分钟，五分钟，十分钟。仍然没有回应。

可能是真的睡了吧?

或许是单纯不想理自己。

还是说在忙别的什么？比如说……

山林雨心里乱糟糟的，他长叹一声，关掉手机，努力闭上双眼。

心里却清楚，今晚又是个不眠夜。

七

第二天早上，醒来的时候，山林雨收到了丁一一的回复：昨晚睡着了，不好意思。怎么啦？

山林雨躺在床上左思右想，该怎么回复呢？说自己昨晚很想她？问朋友圈那个折纸是什么意思？

这对别人来说可能很容易，在山林雨这里却是难于登天。但是又不能不回复，他左思右想回了个动画表情，关掉手机，暂时卸下重负，起床洗漱。

在酒店楼下吃早餐时，廖喜发现山林雨精神萎靡，便问道："怎么了，没睡好？我打呼吵到你了？"

山林雨心不在焉地喝粥，过了两秒才答道："啊，没有，我戴了慢回弹海绵耳塞，问题不大。"

廖喜打量着山林雨，笑笑，没有说话。

吃完早餐，退了房，两人再次出发。廖喜昨晚休息得不错，虽然小腿有些酸痛，但没有太大影响。反而是山林雨，夜里只睡了两三个小时，一路哈欠连天，速度比昨天慢了许多。

下午三点，他们顺着228国道来到了穗州市的坡头村。

坡头村附近的这一段国道便是二十年前丁司机被杀的案发现场。

两人骑着车在离村口一千米远的路段来回走了几遍。事情过去了二十年，路面经过几次翻修，已经找不到任何痕迹来证明当年确切的案发地点。

“走，我们找个人问问去。”廖喜说道。

两人便拐下国道，往村道上骑，在不远处找到了一家小卖部。廖喜跟对方聊了有五分钟，又买上两包烟，成功说服一个四五十岁的村民带他们前往案发现场。

村民大叔姓罗，廖喜便叫他老罗。老罗一脸的皱纹，牙齿被烟熏得焦黄，四十多岁的人，看上去像六十多岁。

他们的折叠单车没法带人，索性就寄放在小卖部，三个人走路过去，反正也不远。

一路上，老罗的嘴就没停过。

“老板，你不知道啦，我之前在广州打工，当保安，我们村的人都是做生意的多，我没本钱，只能当个保安啦。去年哦，两个儿子都开始工作啦，会挣钱了，我才回村里的。

“哎哟，你们不知道啦，我在公寓当保安，公寓里住了好多年轻小妹哦，有在夜场上班的，有给有钱佬当小三的，还有直接做那个的。那个，你们知道的吧。

“有很多那个豪车啊，玛莎拉蒂、法拉利，你们知道吧，天天都有啊，停在公寓楼下，不过嘛，过夜的很少咯。”

老罗讲话的口音，带着本地的潮汕话跟粤语腔调，偏偏讲的又是普通话，混合起来，听着有些一言难尽。

“老板，你不知道啦，有一个晚上啊，小芳，在夜场陪酒的，喝多了，躺在保安室门口不会动啦，我就把她扶回去啦，工作嘛，哎哟没想到，她就拖着我的手，不让我走啦。”

接下来，老罗就不说了，他点了根烟，表情很享受的样子。

山林雨不太明白老罗说这些话的用意，可能是为了表示自己见过大世面，不是一辈子待在村里的土包子吧。

老罗抽完烟之后，接着说：“你们不知道啦，一九九九年，对吧？那个男的被杀的时候，我很早到的现场哦。”

按照老罗的说法，当年第一个到达案发现场的，是另外一个罗姓村民，当年五十多岁。按照辈分，老罗得喊他三叔。前几年，这个三叔去喝喜酒，回家路上突然中风，就走了。

“三叔这个人，你们不知道咯，他手脚不干净，在村里口碑也不好，谁家的鸡鸭不见了，都会先想到他。他啊，看见那辆东风大卡没关车门，肯定是不安好心的啦，想过去找点值钱的东西，偷偷带走，他做得出来的哦。”

老罗咯咯笑道：“结果没想到咯，找到条咸鱼。”

说完这句话，他又觉得晦气般，往路边啐了一口痰。

看来这个地方也把尸体，尤其是意外死亡的尸体叫作咸鱼，这点倒是跟廖喜多年前当警察时许多同事的习惯一样。

老罗记得，一九九九年中秋的前几天，那天早上，雾很大。老罗当年还是个后生，早上起来正在刷牙，听见村口闹哄哄的，他扔了牙刷便往外跑。

他到现场时，蓝色的东风大卡旁边围了五六个村民，当中就有三叔。车门敞开着，一个穿着卡其色夹克的男人正趴在方向盘上，乍一看像是睡着了。

实际上，他已经死了。

半个小时后，镇上派出所的民警才赶到，开始封锁现场。

这时候，三人走到国道上，老罗来回转了几圈，指着路边一棵大榕树："啊，是这里，就是这里，榕树往前一点就是。"

他走到国道上，展开双臂，比画着说："就这里，车头停在这个位置。"

偶尔有汽车慢慢驶过，坐在副驾驶上的乘客，好奇地打量着路边这三人。

山林雨站在一旁，闭上眼睛，开始想象那个场景。

早上七点，雾很大。不，可能不仅是雾，还有烧秸秆的浓烟。烟从附近飘过来，已经变淡了，跟雾混合在一起。那么，空气里也会有那种味道。在山林雨有限的印象中，淡淡的烧秸秆的气味，并不难闻，它代表着秋天，干爽，甚至还有些粮食的芬芳。

一辆蓝色的东风大卡车停在烟雾中，静静的，像是睡着了。卡车刚买了一年，还很新，轮胎底部被压得有些扁，说明车上装了货，还装得不少。

驾驶室的大门敞开着，一个穿卡其色外套的男人安安静静地趴在方向盘上，像是开车累了，正在休息。但是，他的外套上被捅了几个窟窿，血流出来，已经凝固了。仔细看他的双手，更是触目惊心，从手腕处被齐刷刷斩断，皮肤跟肌肉蜷缩起来，露出白森森的骨头。

廖喜问道："老罗，你说这个三叔，平时就喜欢小偷小摸，对吧？那会不会是他想偷东西，司机反抗，打斗中把司机捅死了？"

老罗又是咯咯地笑道："谁？三叔？他杀人？不可能，不可能，你们不知道啦，他虽然手脚不干净，但是胆子小得很啦。家里杀鸡都是他老婆杀的，他还要躲到屋里去的哦，笑死人了。杀人？不可能的啦。

“当时公安就把三叔带回去啦，第二天就放出来了，说明什么？说明他没问题嘛。还有啊，我记得当时公安也说了，那条咸鱼啊，已经死了有一段时间啦，说是半夜死的。”

“那其他村民呢？有跟这个司机认识的吗？”

老罗想了一下：“应该没有。这些过路的大货车，都不会停在我们村的，直接开过去，都不认识。你们不知道啦，以前村长还在这开过个餐厅啦，结果拉不到客，都倒闭了。”

“所以你们也从来没见过这个司机，是吗？”

“反正我是没见过，别人我不知道啊。”

廖喜点点头，没再说什么。

山林雨问道：“罗叔，那截断掉的食指，是在哪里找到的？”

“这个哦，我就不清楚了，反正就在附近吧。”

“那还有什么细节吗？”

老罗想了想：“没有了。”

老罗把廖喜刚才送他的烟拆了一包，递给廖喜：“老板，来一根？”

廖喜摆摆手：“戒了。”

老罗便自己点了一根，美滋滋地抽了两口：“对了，老板，你们问这个干吗？看你们也不像公安，是那个司机的家属，朋友？”

廖喜跟山林雨对视了一眼：“哦，不是，我是写剧本的，拍悬疑电影，你知道吧？就过来搜集一下素材。”

其实他写的是玄幻网文，跟悬疑电影差了十万八千里，不过这种解释，总比说自己想要破案要方便很多。

老罗听廖喜这么讲，便睁大了眼睛：“哇，老板，不对，导演，到时能给我个群众演员当吗？你不知道啦，我演技可好啦，本色出演。你们不知道啦，钱不钱的无所谓，我就是想亲眼看看女明星啦，电视里那么好看，面对面看一下，是不是比小芳还漂亮。”

廖喜打了个哈哈：“行啊，到时联系你。”

“那你记下我电话，到时记得通知我。”

老罗报了个电话号码，廖喜装模作样记了一下。

然后，廖喜跟山林雨对了个眼色：“老罗，我们还急着赶路，到下一个地方去……”

山林雨连忙补充道：“去勘景，就是看哪个地方，适合拍电影。”

“对对对，去勘景，今天就到这里吧，辛苦了。”

老罗说他不回小卖部了，要去别的地方转转，三人就此道别。临别前老罗千叮万嘱，到时候拍戏了，一定要喊他去当群众演员。

廖喜跟山林雨往回走，却突然听到老罗在喊：“老板，等一下老板！”

廖喜回头喊道：“知道了，会打你电话的！”

“不是不是，你们不知道啦，我想起了一件事。”

山林雨问道：“什么事？”

老罗走过来神秘兮兮道：“那个卡车上哦，有好多那种手工，就是用纸做的，叫那个什么啦……”

山林雨表情一紧：“折纸？”

“对对对，就是折纸啦，什么都有，船啊，飞机啊，长颈鹿啊，掉在车上、路边，到处都是。有几个还沾上了血，半红半白的，你们不知道啦，很吓人的哟。

“所以啊，我们村有个问米婆，就是搞算命的那种啦，你们知道吗？她就说啊，这个司机呢是怎么回事呢，就是他折的这些东西，都是有灵性的，杀人的那个怕司机死了以后在阴间啊，拿着烧给他的纸钱折成各种东西到阳间来报仇，这样，才把他手砍掉咯。

“不过都是搞封建迷信啦，信不得，信不得啦。”

折纸。

山林雨大脑飞速转动，如此看来，丁一一之所以喜欢折纸，是因为她的继父，丁司机。那个年代，国道上非常繁忙，塞车是家常便饭。那时候又没有智能手机，丁司机无聊，就会玩折纸，回家之后，当成礼物送给丁一一。丁司机死后，丁一一又把这个爱好继承了下来。

如果是这样的话，也能反过来佐证，当年死在大卡车上的男人，确实是丁司机，而不是什么长得跟他一模一样的男人。

但是，还有一个问题。

那天下午在星巴克里，丁一一讲关于她的故事，提到丁司机每次出车回来，都会给她买礼物，文具、玩具、小裙子之类的，但是，关于折纸这个爱好，丁一一并没有说。是遗漏了，还是有别的原因？

“丁司机喜欢折纸，丁一一也喜欢折纸，对吧？昨晚还发了一个……”廖喜看了山林雨一眼，若有所思道。

山林雨的脸唰一下就红了，转移话题道：“罗叔，你说的我们都知道了，谢谢。”

然后他头也不回，朝着小卖部走去。

两人骑着车，重新上路，傍晚六点多，终于到了穗州城区。

这一路上，山林雨都心不在焉的，廖喜问他什么，他都敷衍过去，心里既有被识破的心虚，又有一种说不清道不明又酸又痒的感觉。看起来，廖喜的想法跟他一样，丁一一那个想象雨的折纸，确实指的是山林雨。

廖喜照例挑了家五星级酒店，办好入住后，廖喜便催着山林雨赶紧收拾，之后一起出去吃饭。

“我约了人。”廖喜说。

“谁啊？”

“一个能给我们线索的人。现在我们的信息，一些是来自小丁讲的故事；另一些是我们自己上网搜的，非常零碎，而且跟小丁讲的多数重合了。所以，我们需要一个当事人。”

“当年经办这个案子的警察吗？”

廖喜夸奖道：“聪明。”

“可是，这起案子还没破，按道理说，他不能向我们泄露信息吧？不然的话，违反条例的。”

廖喜笑道：“刚夸你聪明，怎么就变笨了？在职的不行，不在职的还不行？我也不是套他资料，朋友间聊聊天，讲讲当年的故事，总可以吧？”

“廖老板人脉真广，在穗州也有朋友。”

“也不算朋友吧，今天第一次见。”

“啊？那你们是怎么认识的？”

廖喜叹口气：“你想想啊，上次带你去找陈所，你以为真的是拜码头，登门道谢啊？”

“六六六啊，廖老板，那我赶紧去洗个澡。”

两人收拾妥当，到达约定好的大排档时，已经是晚上八点，晚饭跟消夜连着一起吃。

陈所介绍的那位朋友，身材很高大，坐在那里就显得熊腰虎背，站起来简直像巨人。

廖喜迎上去，跟他握手："老刘！"

老刘用力握住廖喜双手，以浑厚的男中音喊道："老廖！"

两个曾经的刑警，初次见面，却有着战友重逢般的喜悦。想来两人的峥嵘岁月，都已经通过陈所互相介绍了一遍，所以颇有些惺惺相惜。

老刘已经点好了菜，又从桌子底下变出两瓶五粮液，爽朗笑道："三个人，两瓶，不够我车尾箱还有！"

"阿雨还小，不能喝酒。"

老刘眨眨眼，显然对这个说法不太认可，不过他还是说道："那行，咱哥俩喝！"

廖喜颇有些踌躇："一人一斤啊？"

"没问题吧？你就别装了老廖，陈所跟我说了，特别好你酒量！"

山林雨发现，这个刘叔讲话，特别爱用倒装句，就是把一句话的顺序掉转过来。廖老板说了，老刘是山东人，可能那边习惯如此吧。

老刘不由分说，先开了一瓶五粮液，拿着大排档用来喝啤酒的钢化杯，咕咚咕咚倒满两杯，递了一杯给廖喜。

廖喜赶忙伸出双手，稳稳接住。

两个中年人喝酒，山林雨喝椰子汁。老刘点了满满一桌的菜，盐焗鸡、咸菜炒牛肉、啫啫鱼头煲、椒盐九肚鱼、酿豆腐、卤水拼盘、胜瓜花甲汤，每一道都是店里的招牌菜，味道自然不用说。

夏夜凉风习习，坐在露天的大排档对着满桌美食，听两位叔叔辈讲当年的威水[1]史，不失为一件乐事。

老刘说自己是山东人，当年刑警学院毕业后分配到了穗州，从二十几岁干到四十多岁。五年前，由于岳父的强烈要求，辞去公职接手老婆家里的建材生意。

老刘喝了一大口酒，感慨道："没意思啊做生意，还是当警察好。我有时候应酬完，回家睡到半夜，醒了，想起自己不是警察了，哎哟，那个难受啊，整宿睡不着，睁着眼睛到天亮。"

廖喜拍了拍他肩膀："懂，我懂！我也觉得没意思啊，写小说，里面的人舞刀弄剑，飞来飞去，都是假的！哪有揣着枪去捉毒贩那种刺激。成就感啊，没有了。"

老刘瞪大了眼睛，对着廖喜举杯喊道："说得太好了兄弟，来，干了！"

廖喜趁自己还清醒，尝试把话题引向丁司机的案子："对了，我跟阿雨不是骑自行车嘛，下午从坡头村那边过来。我突然想到啊，很久以前认识一个女孩子，她说当年她爸，好像是一九九九年，开个东风大卡，在坡头村外面的国道遇害了。这个案子，老刘你有印象吗？"

老刘表情一下严肃起来："哦，'九二一'案啊，我经手的。当时我刚分配过来，还跟着师父呢。不过老廖，你问这个干吗？"

"没事，就想了解下。这案子到现在还没破，感觉很复杂啊。"

山林雨插嘴道："刘叔，当年详细的情况是怎样的？"

"详细情况啊，这个不能跟你们说，违反规定的。"

廖喜哈哈笑道："哪有这么严重，我们就是好奇。跟你说啊，这个

---

1 威水，广东话里的口头语，指了不起、很厉害，常用于赞赏他人。威水史，顾名思义，指光荣的历史。

阿雨，他下学期就高三了，准备考公安大学，以后也当刑警。老刘你就把这案子说说，给他开开眼界，让年轻人先学习一下。”说罢，举起杯子，“来，干了！”

老刘也拿起酒杯，想了想，又放下了，脸色凝重道：“不行，不能说还是。”

廖喜也不管他，自己先一饮而尽：“要不这样，老刘，我们也不难为你。就当我在写小说，写一个一九九九年发生的故事。有一个大货车司机，开到了广东省一个村的国道上，被附近村民发现，死在车里了。情节大概这样，现在我不知道怎么写了，换你来写，要是你写这个小说，会怎么补充细节？”

老刘马上领悟到廖喜的意思，他眨眨眼，想了一会儿，也举起酒杯一饮而尽：“行啊，过把瘾那就，我也来写小说。”

廖喜使了个眼色，山林雨会意，赶紧帮老刘添酒。

老刘一边用手指敲着桌面，表示感谢，一边斟酌道：“小说，我想想啊，我会这样写可能。是一辆东风大卡应该，蓝色，挂着广东省梅州市的牌照。还挺新的车，买了没两年，车主是司机自己，还欠着农信社的贷款，差不多一半还了。”

廖喜把手机放在桌上，用食指敲了两下屏幕，示意山林雨做笔记。

山林雨会意地拿出手机，打开备忘录。

老刘注意到了，打趣道：“记口供啊还？”

廖喜笑道：“说哪里去了，我年纪大，记性差。”

“嗐，行吧那就。继续啊我，当地派出所七点钟接到村民报警，七点三十分赶到现场，民警到场时，死者身体已经开始僵硬，推测死亡时间是在凌晨一点到三点之间。后来死者家属的口供，也反过来证明这一点，死者是前一天早上六点半发车，目的地深圳，开到穗州段，起码是当天下午三点。”

廖喜说：“但是他因为什么原因没有直奔深圳，而是在穗州，或者穗州之前的什么地方，停留了一段时间。”

“对。民警到达现场后，发现卡车驾驶室车门敞开，死者双臂交叉，放在方向盘上，脸枕在中间。”

“车门敞开，是不是说明凶手没有意图掩盖犯罪现场，反而是希望别人发现？”

“有可能。因为凶手还砍断了死者的双掌，撬掉了他全部牙齿，非常残忍，也说明了一个问题。说明什么呢？他们有充足的作案时间，杀人之后还停留了，不至于仓促逃离现场。”

山林雨插话道：“他们？”

“对，有充分证据表明，凶手起码有两个人。但是具体是什么证据，我不能透露。不对，写小说吧我们现在是，具体的证据，我想不出来。”

“没事，你继续。”廖喜说道。

“如果凶手想要毁尸灭迹，不会把尸体留在车上，可以拉到路边哪里埋了。那年头你们知道，也没个摄像头路上，国道旁到处是荒山野岭，埋个把人，以后会找到可能，永远找不到也可能。”

山林雨总结道：“也就是说，凶手不但不怕被人发现死者，正好相反，是希望他被发现？”

“没错小伙子。我当时在区里刑警中队，跟着我师父，我们确定了死者身份后，调查的第一个人，就是死者的老婆。”

“我知道，谋杀案里有七成左右，都是熟人做的，里面配偶占很大比例。可是，为什么会这样啊？”山林雨不解道。

廖喜接过话茬：“这个我来答，因为杀人说到底是一种最低级的解决问题的方式。如果你讨厌一个人，恨一个人，有一万种方法对付他，最简单的，就是远离这个人。但有一种情况，是你没办法远离的，那就是配偶。”

“不能直接离婚吗？”

“离婚，说得简单，但会有财产分割、子女抚养权、抚养费……一系列的问题，所以对一些蠢人来说，让老公或者老婆消失，是他能想出来的最好的处理方式。”

“太可怕了。”

廖喜拍了下老刘：“老刘，你继续。”

“结果，嘿，一调查，出问题了这就。”

说完这句，他卖关子似的停了下来，吃菜喝酒。

“刘叔，什么问题？”山林雨急着问道。

老刘喝完酒，咂巴着嘴说：“当年啊，我就跟着师父去了死者老家，梅州的一个县城，就不说了具体是哪。找了他老婆一问，倒是很正常，杀人动机她没有，作案时间也没有，看上去也不像是会买凶杀人谋杀亲夫的那种。但是啊，问题就在于死者生前买了两份保单。”

老刘毕竟是喝了酒，也忘了写小说这个茬，就按着当年的记忆说了起来。

廖喜皱眉道：“保单？”

“没错，死者在一年前分别向两家保险公司各买了一份巨额的人身意外险，也不说了啊具体金额，很多反正就是。受益人，没错，就是他老婆。”

廖喜跟山林雨对视了一眼，脸上表情都颇为惊讶。

丁一一在她的故事里，提到了指纹，提到了农信社的贷款合同，但是并没有提到这两份保单。她是年纪太小不知道这两份保单的存在，还是故意没说？

“我们在现场附近找到一个空烟盒，里面放了一根食指。食指上的指纹，跟保单上确实能对应。这就太奇怪了不是吗？凶手砍了两只手，偏偏留下一根食指，不就是为了证明，怎么说呢，有点绕啊，为了证明死者确实是他的身份信息显示的那个人，不是别的什么人。

“所以我们当时啊，就怀疑，死的这个人不是看起来的那个人，而是一个替死鬼。死者，不对，就是这个司机，跟老婆串通起来，杀了替死鬼，骗保。”

“逻辑上没有问题。”

“你说得太对了老廖，逻辑上没问题，可事实上见了鬼，问题大了。你说死的是替死鬼吧，跟司机长得真是一模一样，百分百一样，年龄、身高也一样，连血型都一样。我们就怀疑，会不会是司机的孪生兄弟，结果查他的出生证明，确实他妈当年就生了一个。是不是见鬼了你说？”

山林雨问道：“一九九九年那会儿，没有基因鉴定技术能用，但是以后有了，有再查过吗？”

老刘竖起大拇指：“不错啊小伙，有，怎么会没有？当时我们就知道，有这个基因鉴定，或者说脱氧核糖核酸鉴定，以后能用得上，所以保存了死者的血液样本。去死者家里调查时，也带回了梳子上的男性头发，还有他用的牙刷。然后呢，你猜怎么着？”

老刘一拍大腿，大声道：“基因鉴定表明，这就是同一个人！”

廖喜问："为什么只提取了头发，没找死者亲属抽血吗？"

山林雨补充道："还有断指跟尸体上的DNA，有比对过吗？"

老刘说："嗐，这个死者啊，他没有兄弟姐妹，你知道吧，当年就剩一个老母亲，身体也不太好。我们想着有头发也就够了，没敢惊动老人家。毕竟儿子死了，她哭得眼睛快瞎了都，再告诉她怀疑儿子是凶手，还要抽她血，她不抽我们血都阿弥陀佛了。

"断指这个问题嘛，有同志后来也提出过要取样，但当时早被家属连同遗体一同火化了。到了二〇〇三年，再想查亲属的血，他母亲也走了，一个带血缘的亲戚都找不着。再加上已经有了头发跟口腔黏膜上的基因，对比起来确实没问题，后面不了了之了也就。

"就是他那个女儿，你知道吧，老廖你说认识的那个，是继女，本来就没有血缘关系，更无从查起。

"疑点很多啊，但是没证据。死者老婆确实不知情，这个没问题。没法证明死的人不是丁司机，证据说话，那他就是了，货车司机，丁国强。保险公司也理赔，给了死者老婆一大笔钱，后来她们就搬走了，去了广州吧应该。"

廖喜问道："那么多钱，她们拿来干吗呢？"

"这个不知道啊，有点儿忘了，可能是给女儿治病吧。"

山林雨深吸了一口气。

治病。

这就对应了丁一一之前说的，她到广州，先在医院里住了一段时间。看来，是用保险公司赔的钱到医院治疗，甚至可能做了一个比较大的手术。

廖喜问道："老刘，还有什么吗？"

“暂时就这些，这不喝了酒嘛，想不起来了。等我想起来再跟你说吧，不是有微信吗我？”

“刘叔，当年那个大卡车上，是不是有很多折纸？”山林雨问道。

老刘一愣：“折纸，什么折纸？”

“就是纸做的工艺品，各种形状都有。”

“忘记了我，可能有吧。你问什么问小伙子，你又不喝酒，别问了。”他又咋咋呼呼喊道，“啊，老廖，你酒咋还剩这么多，养鱼呢你在？赶紧，赶紧，干了，开下一瓶。”

老刘斜着眼看了一眼山林雨，又看一眼廖喜：“老廖啊，你不够意思啊你，是不是就来套我话的，我说完了，你就不喝了？”

廖喜也喝得有点上头，便一饮而尽：“啥也不说了，喝酒！都在酒里了。”

老刘喜笑颜开，两人推杯换盏，继续一些中年男人间的话题。

山林雨坐在一边，沉默不语。

老刘刚才说了很多，他需要消化这些信息。

目前看来，案件有两个可能性。

第一个，还是按照原来的假设，也是警察们当年的结论，死者确实是丁司机。

第二个，死的不是丁司机，而是另一个人。那就意味着这是一桩教科书式的“完美”谋杀案。

从丁一一讲的故事到老刘说的案情，不知为何，山林雨心里的天平逐渐向第二个可能性偏斜。

半个小时后，第二瓶五粮液见底，老刘还想去车上再拿，被山林雨好说歹说终于劝住了。

两个老男人醉得七荤八素，在饭桌上热烈交流，仔细一听，却是牛头不对马嘴，各说各的。山林雨看时候到了，便趁着上厕所偷偷把账结了。这是廖喜一早交代好的，必须埋单，但绝对不能当着老刘的面，不然拉扯起来不太雅观。

他还给老刘喊了个代驾，又搀着他上了副驾。刚要关车门，老刘突然一个激灵，酒醒过来似的紧紧拉住山林雨的手。

老刘对着山林雨喊:“老廖，你听我说，老廖，把人抓住啊，当年这个案子没破，憋屈啊我。不骗你，憋屈真的，太憋屈了！我师父去年走了，临死前还跟我说这件事，我是脱不开身啊我是，不然我就跟你们一起，一起破案去。”

山林雨点点头:“好的，一定，刘叔，不，老刘你放心。”

老刘眼里闪烁着泪花，钳子般的大手握得更紧，口里反复道:“答应我啊，老廖，一定。”

山林雨好不容易把老刘哄好，目送着他们离开，这才返回大排档，去扶另一个喝多了的中年男人。

回到酒店后，廖喜用仅存的一点意识向王争打了个电话报平安，然后倒头便睡。不到一分钟，如雷的鼾声再次响起。

八

山林雨睡不着。

自从早上给丁一一回复了一个动画表情后，他今天一整天都刻意不去看微信。他怕丁一一没有回复他，这样心里就会失落，他更怕丁一一回复了，因为不知道该跟她聊什么才算恰如其分。

这种患得患失、畏首畏尾的表现，不要说旁人，就连山林雨自己都觉得可笑。

当一份感情太炽热、太耀眼，宛如天上的星辰时，想要摘星的手，总会犹豫不决。或许，只有经历过的人或者正在经历的人才能感同身受，并对这种懦弱予以谅解。无论懦弱的是自己，或是别人。

安顿好廖喜后，他躺在床上，惴惴不安地打开了微信。

丁一一果然给他发了消息。

消息是下午发的：你在龙港吗？

像这种简单直接的问题再不回复的话，就非常不礼貌了。

山林雨按捺住内心的激动，想了想，回复：不在哦，陪廖老板出来玩几天。

丁一一马上便回了一条：那算啦，下午想找你去唱歌。过两天我也要出趟门，那等回来再约。

山林雨鼓起勇气，马上回复：好，我还想听你唱蔡健雅的歌。

丁一一回复：没问题，我会的你尽管点。

得到了这个许诺，山林雨心里充满了踏实感，好像未来的日子有了盼头。

他突然心血来潮，发过去一条消息：对了，能让我看看你爸爸的照片吗？

山林雨意识到好像不对，赶紧补充一条：我说的是丁司机。

丁一一回复得很快：好呀，我找找。

过了一会儿，丁一一发来一张照片。

是在家里的客厅拍的，丁一一坐在橙色的人造革沙发中间，左边是她妈妈林安之，右边是一个相貌平平的男人。

对比之前跟生父的全家福，丁一一长大了，妈妈却没有老，丁司机从外貌上看显然比不上丁科长。

照片上的三个人都笑着，看上去确实是发自内心由衷的笑。客厅收拾得很干净，能看出女主人手脚勤快，爱整洁。

不过，最引起山林雨注意的是丁一一手里的东西，似乎是一个折纸。

山林雨想夸丁一一从小就好看，打了几个字，又删掉了。

最后，他发了一条：一一，你跟阿姨长得好像。

丁一一：其实也像我生父。

山林雨：你手上拿的是什么，折纸吗？

丁一一：对呀，是一个犀牛的折纸，我爸给我做的，我可喜欢了。

山林雨：所以你喜欢折纸，是因为爸爸吗？

丁一一：有一部分原因吧。

山林雨踌躇了一会儿：对哦，我看你朋友圈，也发了一个。

丁一一：那个云跟雨吗？喜欢的话，送给你呀。对哦，刚好你名字里也有一个雨。

山林雨心里同时被欣喜跟失落支配，欣喜的是，自己将得到一个丁一一亲手做的折纸，失落的自然是那个折纸跟自己无关，纯属巧合。

自作多情了呀。

山林雨：谢谢，那我请你吃饭，作为报答。

丁一一：你一个小屁孩请我吃什么饭？好啦，我睡觉了，等我回来约唱歌呀。

山林雨：晚安。

丁一一：晚安。

山林雨关了微信，颇有些心潮澎湃。无论是第几次跟丁一一说话，也不管是线上还是线下，都跟第一次一样，紧张，刺激，又充满新鲜感。

他想了一下，又打开手机，把丁一一发的那张全家福照片，放大了看，观察里面的每一个细节。

丁一一手上拿的折纸，似乎是一个四只脚的动物，具体是什么看不出来。动物身上，有正方形的格子，山林雨没见过这种纸，想来应该是写信用的。

山林雨又去看丁司机，他是国字脸，单眼皮，典型的大众脸。

这样的长相，其实很适合当特工。像电影里那种扮演间谍的俊男美女，现实世界里因为太引人注目，行动几乎注定要失败。如果是丁司机这样的脸，配合他人畜无害的笑容，就能神不知鬼不觉地做成什么大事，然后再悄无声息地潜伏起来。

山林雨希望能记住这张脸。

如果像他推测的那样丁司机并没有死，他还活在这个世界上，那么只要记住这张脸，说不定某一天在路上就能恰巧遇见。

山林雨转过头去，看见廖喜在另一张床上睡得四仰八叉。

这两天的骑行下来，他逐渐感觉到对于这一桩冷案，廖喜并没有表现出迫切的查清的愿望。或者更准确地说，廖喜确实按部就班尽他自己能力去寻找线索，但案子最终有没有破，对他来讲并不重要。破案的过程本身，也就是这次骑行，才是廖喜心里的重点。

就目前的情况来看，找到了当年的现场目击者，还有经手的刑警，确实了解到一些相关案情。但这些信息，二十年前警方早就掌握了，当时没有破的案，事隔多年，还按照同样的思路去侦查，应该很难找到凶手，除非是奇迹出现。

山林雨觉得应该换一个思路，像廖喜有时会讲的那句话，“搏一搏，单车变摩托”。先不管丁一一的动机，或者是其他逻辑问题，就把赌注押在丁司机还没死这个可能性上面。

完美谋杀案。

如果是这样的话，接下来要做的就是去找丁司机。

找到照片里的这张脸。

具体应该怎么找呢？如此没有特征的一张脸，靠网络搜索显然不现实，发布寻人启事的话，恐怕会让丁一一不舒服，或者招来其他麻烦。真的期望哪天在路上遇见，世界那么大，更无异于痴人说梦。

不如再转换思路，假如我是丁司机，把跟自己一模一样的人杀掉了之后我要去哪呢？

他想着想着，便有些困了，不知不觉睡了过去。

山林雨做了一个梦。

他成了丁一一的男朋友，被带去见家长。

两人站在油漆斑驳的绿色防盗门前，梦中的山林雨，似乎有些犹豫。

丁一一问道："阿雨，你不是要找我爸吗？他就在里面呀。"

"可他是个杀人犯。"

"可他是我爸。"

山林雨站着不动。

"这么胆小，你还是个男人吗？"

即使是在梦中，山林雨也被这句话刺激到了。他伸出手，拉开防盗门。

两人走进一个房间。房间很大，有无数白纸折成的动物，都和自然界中一般大小，并被赋予了生命。一群千纸鹤在天花板下飞翔，大象、犀牛、长颈鹿在房间里来回走动。一只同样是纸做成的乌龟，慢悠悠地爬到山林雨脚下。

丁一一蹲下来，怜惜地摸着乌龟壳："巴巴，你还在呀。"

乌龟说话了："对呀，我一直都在。"

房间正中央，有一个橙色的皮革沙发，一个男人坐在上面，全身被黑暗笼罩。

丁一一站在山林雨身后，催促道："快叫人啊。"

山林雨走上前去，怯生生喊了一句："叔叔。"

男人在黑暗中说道："来啦。"

他的嗓音毫无个性，听不出多大年纪，更缺乏情绪，也不知道说话的人心情如何。

“过来，让叔叔看看。”

山林雨靠近那团黑影。

一只右手，突兀地从黑暗中伸出。

那只手出奇地大，又布满老茧。

手上缺了一根食指。

缺了食指的巨手死死捂住山林雨的脸，让他无法呼吸。

山林雨拼命挣扎，余光之中，却看见丁一一站在一旁，脸上带着微笑。

他惊醒了。

窗帘外天色大亮，山林雨浑身大汗淋漓，但与此相比，更加黏稠发腻的是胸腔里挥之不去的厌恶感。

从梦境中感受到的厌恶感。

廖喜从卫生间里走出来：“醒啦？”

廖喜捂住胸口：“今天是不行了。”

山林雨还沉浸在梦里的情绪中，随口道：“什么不行？”

“骑不了车，我宿醉，头痛，今天歇一天吧，明天再走。你下去给我买点药，治急性肠胃炎的。”

说完这句，廖喜又冲进厕所，随之而来的是对着马桶的呕吐声。

山林雨摇摇头，苦笑了一下。等廖喜从洗手间出来，他简单洗漱了一下，便下楼买药。

刚才的梦，给了他一些启发。

如果丁司机还活着，他应该是缺了一根食指的。杀了人之后，他砍下自己的食指，丢弃在现场附近。那根食指，就像是一根铁钉，把作为替死鬼的死者稳稳钉在丁司机的身份上。

山林雨在楼下药店买了一盒蒙脱石散，一盒肠炎宁，又在隔壁早餐店打包了一份肠粉、一份白粥。

上楼摁电梯时，山林雨突然呆住了。

他伸向按钮的食指，僵在半空中。

不，不对。

山林雨摁下电梯，赶紧上楼。

廖喜已经又睡了过去，山林雨把药跟外卖都放一边，打开手机浏览器。

一番搜索之后，他更确定了自己的猜想。

手指是可以异体移植的。

想来也是，既然连肾跟肝这样的内脏都可以移植，长在外面的手指没理由不行。

山林雨心中对自己要找的那个男人，有了更清晰的画像。

这个男人，是丁司机，但又不再是丁司机。那么，该如何称呼他才妥当呢？山林雨回想起那个梦，橙色皮革沙发上的黑影，心中一动，决定把他要找的男人，称为黑影。

见不得光的黑影。因为，他是假冒被杀之人的身份而生活着。

既然杀了人之后的丁司机有个代号叫黑影，那就索性给被杀的替死鬼，也起个代号吧。总叫人家替死鬼，替死鬼，即使只是在心里，山林雨觉得，也颇有些不敬。

这个被杀掉的男人，跟黑影对应，就叫白光。

对，就这样。杀人之前的丁司机叫丁司机，杀人之后又鸠占鹊巢，取而代之的丁司机，叫黑影。白光则无论何时，都叫白光。

黑影，一九六七年出生，今年五十二岁，国字脸，单眼皮。肯定不再姓丁，而是换了别的姓名。或许是换了白光的名字。职业应该也更改了，可能是顶替了白光，也可能没有。

白光，既然外貌年龄跟黑影相似，那么他也是出生在一九六七年前后。姓名、职业、生活在哪个地方，全部未知。

黑影接受过手指移植，或者说，断指再植手术。毕竟是接上去的食指，运用起来，应该不如正常人灵活。食指根部留有疤痕，不，或许他会戴上戒指，以此为掩饰。

这样的一个人，此刻，生活在世界上的什么地方呢？

山林雨想，他有两个突破口。

第一个是找到丁一一读高中时去过她妈妈服装店的陌生女人。这个女人，应该是作为黑影的信使，向林安之传递他还活在世间的信息。陌生女人既然能得到黑影的信任，必然跟他关系紧密。找到这个陌生女人，顺藤摸瓜，也就能揪出黑影。

可惜，仅凭丁一一的印象，没有任何其他信息帮助，希望渺茫。

第二个是去搜索一九九九年九月二十一日，在穗州市内的医院，有无做过断指再植手术的患者。这一点颇为可行，但不知道要耗费多少人力跟时间，也不知道二十年前的档案，是否能保留到现在。

无论难度如何，起码方向是有了。

山林雨不由得兴奋起来，接下来要做的，便是说服廖喜，让他也朝着同一个方向出发。

到了中午十二点多，廖喜总算醒了过来。打包回来的粥已经冷透了，他便带着山林雨，到酒店楼下饮茶。

广东人，尤其珠三角一带的广府人，一般说的饮茶，并不是真的喝茶，而是吃茶点，叉烧包、豉汁凤爪、金钱肚、虾饺、烧卖，诸如此类。

午饭时，山林雨把自己的思路向廖喜一五一十和盘托出。

廖喜揉了揉太阳穴："福尔摩山，你这一套推理，花里胡哨的，整挺好，可惜有一个问题，大问题。"

"什么问题？"

"你刚说的这些，当年警方有没有考虑到？你想啊，一九九九年，穗州市内能做断指手术的医院，不多吧？老刘他们不是吃素的，肯定去找了，只不过没找到。"

山林雨皱着眉头："能找老刘确认下吗？"

廖喜苦笑道："晚点行吗，大侦探福尔摩山？我现在宿醉，头疼啊。"

山林雨固执地看着他："廖老板。"

廖喜叹了口气："行吧。"

他掏出手机，打电话给老刘，说了几句之后，又交给山林雨。

山林雨便把刚才的思路，复述了一遍。

老刘倒是没泼冷水，先夸山林雨想法不错，然后才告诉他，当年确实去医院找过，并没有在九月二十一日，或者随后的一两天内，进行断指再植的患者。

而且假如山林雨的推断是正确的，那么，杀了人之后的丁司机肯定没有生活在穗州。不然的话，几次人口普查还有各种证件办理，他早就暴露了。同样的道理，被杀掉的替死鬼，如果真的存在，也肯定不是穗州人。

最后，老刘在电话里说：“小伙子，好好加油。”

山林雨谢过老刘，把手机递回给廖喜，廖喜又寒暄了几句，便挂了电话。

“怎么样，这下死心了吧？”廖喜问道。

山林雨不甘心道：“没在穗州，那如果在隔壁市呢？”

廖喜掰着手指头，数了一遍：“穗州旁边有四个市，这得多少家医院，怎么查？”

“一个一个查。”

“好，哪怕我们真有这本事，把穗州相邻所有市的医院都查一遍，那查完之后也没有呢？”

“真要这样，到时候，再想别的办法。”

廖喜头痛欲裂，沉下脸：“你还讲不讲道理了？”

山林雨看着廖喜不说话。

廖喜也睁大眼睛盯着山林雨。

两人就这样大眼瞪小眼，半分钟后，廖喜突然笑了。

“你看看你这个样子，跟你爸太像了。茅坑里的石头——又臭又硬，”廖喜叹了口气，“行了，我怕你了。这样吧，我认识个医疗系统的哥们，等这次回深圳，我请他喝一顿酒，拜托他帮忙。”

“廖老板真好！我就知道你会答应的！”

“你就是吃定我了呗，算了。不过丑话说在前头，我去求人家帮忙，人家愿不愿意帮，我可不打包票啊。还有，他哪怕愿意帮忙，能不能帮得上，也是另一回事。哦对了，哪怕他愿意帮忙也帮得上忙，真能查到也不知道得等多久……”廖喜一句话说太长，被口水呛到，咳了起来。

山林雨赶紧起身帮他拍后背。

廖喜咳完以后，喝了口水："福尔摩山，请问，我现在可以吃饭了吗？"

"准了。"

两人吃完饭上了楼，廖喜想继续睡觉，山林雨睡不着，申请下楼转转。

廖喜嘱咐道："转转可以，别惹出什么麻烦啊。"

"怎么会。"

"也别走丢了，人生地不熟的。"

"我又不是三岁小孩。"

"行吧，你去吧，六点前回来，一起吃晚饭。"

山林雨便出了酒店。

下午一点多，阳光猛烈，街上女人撑着伞，男人也多走在树荫下。

山林雨突然不知道要去哪。

他确实无处可去。

陌生的城市，陌生的脸孔，没有一个人可以登门造访，没有一条街边长椅产生过回忆。

山林雨想，深圳这座城市对丁一一来说是否也同样陌生？一定是吧。以至于她会走投无路，在某一个下午和只有一面之缘的高中生相约去唱歌。

不光是深圳，放大到整个世界也是同样的道理。丁一一是个无依无靠、孤独忧伤的女人。山林雨有妈妈、廖老板、老板娘，还有阿峰跟管管。相比之下，丁一一没有任何亲人，甚至连宠物都不敢养。

这个世界上，没有任何她可以寄托感情的人或者活物。所以，她才会喜欢芭蕾，喜欢折纸，喜欢唱歌。这些爱好，都不需要依赖另外的生命。

山林雨突然有些明白为什么丁一一那么执着，不惜一切代价都要找到杀丁司机的人，或者是丁司机本身。这个案件虽然残酷，尽管痛苦，却是她与这个世界建立联系的方式。

可能是最重要的方式。

等山林雨回过神来时，才发现自己在酒店门口呆站了许久。

他当机立断决定去穗州市的图书馆翻看一九九九年的报纸。虽然希望渺茫，但没准儿能找到什么破案的线索。

傍晚，眼看快到六点，廖喜收拾妥当准备下楼吃饭。睡了一下午，他总算摆脱了宿醉，精神和肉体恢复正常后食欲也随之而来。

但是阿雨这个家伙跑哪去了？微信没有回复，刚才打了两个电话也是忙音。该不会真让人拐走了吧？廖喜眼前浮现出衡久远发怒的脸，这是他惹不起的女人。他深吸了一口气，准备下楼去找山林雨，打开房门时却差点跟人撞了个满怀。

廖喜还没来得及抱怨，山林雨一把拉住他，兴奋地喊："廖老板，快跟我走！"

廖喜有些莫名其妙："去哪？"

"带你去见一个人。"

"谁？"

山林雨一边拉着他往电梯走，一边掏出手机硬塞到他眼前："你看。"

手机里的照片却是一张旧报纸。

廖喜拿过手机，仔细研究。一篇关于“九二一”案的报道，只有豆腐块大小，夹在其他新闻中间。报道很短，简要说明了近日在穗州市穗阳县坡头村228国道旁发生了一起恶性杀人案件。公安机关已经展开调查，希望在近期将杀人凶手捉拿归案。

仅此而已。

廖喜不由道:“这什么啊？就这几句话，我们早知道了啊。”

“内容不重要，看作者。”

廖喜便眯眼再看，报道下方，有一个署名：记者，赵博。

电梯里，山林雨兴冲冲地介绍了他下午的斩获。原来，在图书馆里翻到这篇报道后他马上打电话给他妈妈。衡久远之前在特区法制报社上班，认识不少同行，通过两三层关系还真就找到了这个赵博。

找到人以后，衡久远又打回电话给山林雨，顺便聊了会儿学习，一聊就是大半个小时，所以廖喜的电话才打不通。

挂电话前，衡久远特意交代:“阿雨，这个记者是我老前辈，你记得要喊他赵老师，尊敬一点。”

跟衡久远聊完，山林雨更加兴奋了。这个当年的赵记者现在就生活在穗城区，离酒店十几分钟的车程。

赵博没有微信，山林雨记下了他的手机号码打了过去，衡久远的同事已经跟赵博转达了此事，所以在电话里他也爽快地答应帮忙。于是，山林雨便跟赵博约好六点半在他家里见。

听山林雨说到这，廖喜强烈抗议道:“六点半？干吗约那么早，我饭都没吃呢。”

“我等不及了，去完他家，我们再去吃饭。”

“不行啊，我快饿死了，等下晕倒在别人家里。”

“那我给你买个面包。”

廖喜跟小孩子一样闹情绪：“我才不吃面包，要不你自己去吧，我去吃饭。”

“廖老板，别这样，别人一看我一小毛孩儿，能认真跟我说话吗？真的廖老板，没有你不行。”

廖喜抱怨道：“我是你雇的群众演员啊？不对，你是把自己当柯南，把我当成毛利小五郎？来，给我一针麻醉药，赶紧的。”

“廖老板，别闹。”

廖喜叹了口气：“行吧，真是上辈子欠你的。”

两人出了酒店，打了辆出租车，直奔赵博住处。

一路上，廖喜还是不停地嘀咕：“事情过去了那么久，说不定人家早就忘了。”

“没有，他跟我说了，记得清清楚楚的。他还说，有一样东西要交给我。”

“什么东西？”

山林雨看了他一眼：“你们这种写字的人，是不是都喜欢卖关子？他在电话里就是不肯讲，说等我上门，就知道了。”

廖喜翻了翻白眼，倒在座椅上，半死不活的样子。

到了赵博住的小区门口，廖喜突然又问：“阿雨，你说，这个赵记者家里，会不会有什么好吃的？”

两人上了楼，敲开赵博家的门。赵博看上去有六七十岁，不胖不瘦，头发花白，脖子上挂着一副老花眼镜。

山林雨微微弯腰：“赵老师，不好意思，打扰您了。”

赵博眯着眼，摆手道:“什么打扰，我一个老头子，有人来陪我聊天，高兴还来不及。来，快进来坐。”

三人走进屋内，厨房里飘来一股香味，廖喜忍不住问道:“红烧肉？”

“对，红烧肉。啊，对了，你们吃过饭没？要不，在这随便吃点？”

廖喜刚想说话，山林雨抢道:“谢谢赵老师，我们刚吃完。”

廖喜又翻了个白眼，闷闷不乐地倒在沙发上。

山林雨简单介绍了下自己，又强调了下廖喜前刑警的身份，之后便聊起当年的案件。

赵博回忆道:“‘九二一’案，我记得，记得很清楚。当时就我一家报纸去的，拍了照片，还采访了村民和警察。不过，最后只发了一块豆腐干。”

“那您能跟我说说详细的情况吗？”

赵博眯起眼睛:“好啊。”

接下来的十分钟里，赵博将当时的情况完整讲述了一遍。如果不是肚子饿得发慌，廖喜还挺佩服他的，居然能把二十年前的一次采访，记得这么准确。

山林雨一边听着，一边煞有介事地点头记录。但在廖喜看来，赵博的叙述跟坡头村那个前保安老罗所说的大同小异，没有什么新的价值。

说完了之后，赵博站起身:“来，给你们看样东西。”

廖喜瘫在沙发上，有气无力地说:“你们去吧，我吃太饱了，饭气攻心歇一会儿。”

山林雨便跟着赵博走进他的书房。

赵博从抽屉里取出一个又厚又大的硬皮笔记本。

笔记本有些年头了，赵博把它捧在怀里，像是什么了不得的珍藏。

“你看啊，我这一辈子，全在这里面了。”

他把笔记本放到书桌上，小心翼翼地翻开，里面的每一页都贴满了剪下来的报纸。

赵博如数家珍：“你看啊，第一页，一九八四年，这是我发的第一条报道。你还没出生吧？不对，你爸妈都应该还小。再看看这里，最后一页，二〇一五年。我当了三四十年记者，横跨两个世纪啊。”他继续翻动笔记本，“一九九九年，刚好，最中间这里。”

山林雨看着笔记本的那一页，上面贴着“九二一”案的报道，也就是他在图书馆里看到的那条。

不过，吸引他眼光的，不是报道本身，而是夹在笔记本中间的，像是书签一样的东西，那却不是书签。

一只犀牛形状的折纸。

赵博拿起折纸：“喏，这个，就是我要给你的。”

山林雨伸手接过，仔细观察。在厚重的笔记本里夹了二十年，这个折纸被压得很实，却依然维持着当初的形状。

犀牛身上，有许多黑色方框，就像是披着盔甲。

这个折纸，似乎就是丁一一发的照片里她手中拿的那一只。起码，是用同样的信笺纸，同样的手法折成的一只。

“赵老师，这个折纸，是从哪里来的？”

“当时在村里田边捡的，应该是哪个小孩觉得好玩从现场拿走，但是被家里人说不吉利，就扔掉了吧。喏，你翻到背面看看。”

山林雨闻言照做，看到在犀牛背部，有一个黑褐色斑点，那是陈年的血迹。

“怎么，你也觉得不吉利？”赵博问道。

“不会，谢谢赵老师。”山林雨慎重地将折纸放进自己口袋。

“我这个剪贴本里，还有别的凶杀案，比这个刺激多了，要不要了解下？”

“不用了，谢谢。”

赵博似乎有些失落：“那好吧。”他合起笔记本：“我们有缘分啊，幸好你现在来找我，下个月我就去加拿大了，我儿子在那边定居了，老伴已经过去了，儿子下个月来接我。可惜了，你看这书桌、书柜、柜子里这些书，陪了我二三十年啊，都带不过去了。”他拍了下手中的笔记本，“能带走的就只有这个。”

说完这句话，他把笔记本重新放回抽屉里，脸上的表情像是在跟一个多年老友互道晚安。

山林雨走出书房，看着瘫倒在沙发上的廖喜：“廖老板，我们走吧。”

廖喜如逢大赦，一下子便精神了，跳了起来：“赵老师，再见！”

九

凌晨一点。

廖喜早就睡着了。

山林雨坐在酒店的书桌前，翻来覆去摆弄那个犀牛折纸。

不得不说，这个折纸非常精巧，近乎艺术品。虽然隔了至少二十年，但还能看出丁司机在做这个折纸时，花费了不少心血。

丁一一也说过丁司机对她很好，经常给她买礼物，休息时还带她去兜风。想必这些惟妙惟肖的折纸，也是他讨好继女的努力之一。

此刻，山林雨手上的折纸，确实是一个很珍贵的证物。它不仅是丁一一照片里的同款，还沾着丁司机，或者是替死鬼，也就是白光的血。但同时，它也是一个毫无价值的证物。正如吃晚饭时廖喜所说，当年的受害者身上，该提取的血液样本早就提取了，该检测的基因也早就检测了。现在多这么一滴血，纯属画蛇添足。

不对。

他脑袋突然炸开了。

一个近乎疯狂的设想，蹦了出来。

假如这些折纸，并不是经由丁司机转交，而是白光亲手送给丁一一的呢？

先入为主，又是先入为主。山林雨之前假设，丁司机杀了白光，然后取而代之，以白光的身份，生活了二十年。也就是说，他们两人交换身份，白光作为丁司机死了，丁司机以白光的身份活着，却化成了一道黑影。

这个推测已经很大胆，但是，还不够大胆。

假如说，并非在九月二十一日后，而是在之前，白光还活着的时候，两人就曾经交换身份呢？

山林雨自己还跟廖喜说过，看完那个国外摄影师的作品，会觉得一模一样的两个陌生人，即使交换身份，身边的人也难以察觉。或许，除了小孩。

有些小孩，生性敏感，大人察觉不到的地方，他们也能注意到。她察觉到了，在身边的爸爸，并不是那个爸爸，而是另一个男人。或许她对这个男人，并不反感，因为他会折纸，可以折出任何她想要的东西。并且，这个男人还教她折纸。对一个小女孩来说，这些神奇的折纸，无异于魔法。

山林雨飞快地整理思路，构建出一套逻辑。

所以，早在命案发生之前，丁司机跟这个不明身份的死者，白光，就已经认识了。因为某种原因，某种非常重要的原因，两人交换了身份。白光作为丁司机，生活了一段时间。或许是一星期，或许是两个月，也可能长达半年。

身边的人，或许就连丁司机的妻子，林安之，也没有察觉出异常。所以，她在面对警察询问时，才会什么都不知道，什么都没有泄露。

但是，丁一一发现了。

白光为了稳住丁一一，就教她折纸。丁一一爱上折纸的同时，也对白光产生了一定的感情。

正因为如此，那天在星巴克，丁一一所讲的故事里，提到了丁司机送她的礼物，提到连衣裙，提到兜风，唯独没有提及折纸。因为折纸这个爱好，原本就不是丁司机的，而是白光的。

想到这里，山林雨兴奋得跳了起来。他迫不及待地想要打电话给刘叔，证实自己的猜想。

当年在案发现场，警方肯定带走了一些折纸，并检验了指纹。如果说折纸上面，出现了跟丁司机不同的右手食指指纹，那山林雨就能断定，这些近乎艺术品的折纸，创作者并非丁司机，而是真正的死者，白光。

可惜，现在已经是凌晨一点半，山林雨努力让自己冷静下来。

夜深人静，有时就会这样。坐在椅子上，想着自己该去睡觉了；到床上躺着，又知道自己一定睡不着。

最后，山林雨还是选择关灯上床，闭着眼，迎接即将到来的失眠。出乎意料的是，他后脑勺刚碰到枕头，睡意便汹涌而来。不到两分钟，山林雨沉沉睡去。

一夜无梦。

第二天醒来，廖喜在洗手间刷牙，山林雨就跟在他身后，把昨晚的想法说了一遍。

廖喜哇啦啦地漱口："好了好了，我知道了。"

"就这样？"

廖喜擦了擦嘴巴："不然呢，福尔摩山？"

"不然，可以打个电话给刘叔，证实一下我的猜想。"

"不用老刘，我都可以告诉你。你说的是对的，现场的折纸肯定被警方带走了一部分，也提取了指纹检验，并且这个指纹，不属于丁司机。那又怎样？只能证明做折纸的人，确实不是丁司机，没了。"

"可是，通过折纸上的指纹，就能确定被杀的人是谁了。"

"错了，你逻辑有问题。折纸是另一个人折的，没法推理出死的也是另一个人。"

"可是……"

"好，就算你说的是对的，被杀的不是丁司机，是替死鬼，不对，是什么白光，好吧，那可是一九九九年，二十年前啊，福尔摩山，只要他没有前科，就不会留下指纹档案，怎么找他？"

"那现在二十年过去了，技术进步了，说不定能找到？"他想了一下，又推翻自己道，"不对，白光已经死了，不可能产生新的指纹记录。"

"对啊，所以有什么用？找不到他的。"

"但是我怀疑，一一，不对，小丁姐姐……"

"你别矫情了好不好，一一，小丁，小丁姐姐，爱喊什么喊什么，别磨叽。"

山林雨脸色一红："我是觉得，这个小丁姐姐，她还小的时候，跟白光见过面，甚至生活过一段时间。"

"那有两个可能性。第一，她不知道白光是白光，还把他当丁司机，直接结束；第二，她发现这是另一个男人，但当时还太小了，所以不知道他的真实姓名，也不知道他是哪里人。要不然的话，她自己就去找了，对吧，还用得着我们？所以到这里，也结束。"

山林雨沉默不语。

“阿雨，我知道你很想破这个案子，才会想那么多。可是你考虑一点啊，就是一个案子，当你设想了足够多的可能性，里面就会包含那个真相。但是有什么用呢？你无法知道哪个可能性才是正确的，更无法去验证它。

“你把手指放尺子上，从三厘米滑动到四厘米，你肯定摸到了圆周率，π。可惜，你还是不知道 π 具体是多少，更无法通过这种方式，知道 π 的小数点后一百位。对吧，福尔摩山？”

山林雨还是不说话。

廖喜拍了拍他肩膀：“走啦，吃早餐去，吃完上路。”

吃完早餐，他们退了房，便骑着单车再次出发。

经过昨天一整天的休息，廖喜身心都恢复得很好，把一辆折叠单车骑得虎虎生风。

山林雨却有些无精打采，不紧不慢地跟在廖喜身后，廖喜也不去招惹他。

说实话，山林雨的那些推测，并非没有道理。廖喜心里隐隐约约地也把完美谋杀案、丁司机还活着，当成真实的可能性来考虑了。

山林雨这小子，确实继承了他父亲山林雪的天赋。

当年山林雨出生时，衡久远为了纪念山林雪，才给儿子起了这么一个名字。衡久远说，深圳太热了，雪就会化成雨。现在看来，衡久远确实有先见之明。在推理能力这方面，山林雨活脱脱就是个转换了形态的山林雪。

不过，哪怕山林雨的推测是对的，这个案子破获的可能性，在廖喜看来，还是希望渺茫，比中彩票都难。

这个“九二一”案，跟他们去年协助警方破获的冷案，有本质的不同。

“七二三”案，发生于二〇〇一年，经手的办案刑警，就是廖喜跟山林雪。当年，他们已经锁定了嫌疑人，只是因为证据不足等原因，没能把他捉拿归案。在之后的十几年里，廖喜一直关注着嫌疑人，搜集他的相关信息。

所以，在决定重启冷案后，他们要做的，就是找出嫌疑人的犯罪证据。过程尽管艰辛，也走过不少弯路，但至少方向是明确的。

回到这个“九二一”案，廖喜也好，山林雨也好，在认识丁一一之前，对案情基本一无所知。这一路查下来，别说嫌疑人是谁不知道，就连受害者的真实身份也弄不清楚。这样的情况下，说要捉拿凶手无异于大海捞针。

除非有奇迹出现，否则的话，这个案子注定破不了。

另外，廖喜还担心山林雨的感情问题。很明显，这小子已经泥足深陷，无法自拔了。对象自然是小丁，丁一一。

山林雨如此执着想要破这个案子，有两个原因。第一是案情本身扑朔迷离，激起了他的挑战欲；第二，自然是他对丁一一的单相思。为了取悦自己喜欢的人，想尽一切办法，去满足对方的愿望。几乎每个情窦初开的少年，都会经历这样的阶段。

虽然担心，但廖喜还是不打算出手阻止。他的想法很老旧，很传统，毕竟山林雨是男孩子，就算受点伤，能伤到什么程度？换句话说，如果山林雨是女孩，廖喜早就用尽一切方法阻止这场注定没有结果的恋爱了。

廖喜也知道，自己这种想法，有些男权主义作祟，不符合近几年流行的价值观。但他不是圣人，也不想成为圣人，他只想做个有缺点的、不那么正确的普通人。这个世界上，圣人不多，更多的是那种以圣人标准要求别人，以烂人标准要求自己的人。

总之，管他那么多，还是好好享受骑行吧。

这一天，两人的状态都不错，骑了整整八个小时，途经汕尾的海丰、陆丰，到揭阳河婆住了下来。明天再骑四个小时，就可以到达梅州汤县。

两人晚饭吃的是客家擂茶，说是茶，在山林雨看来，更像是加了茶叶的粥。擂茶里放了炒米、花生、黄豆瓣、米果、烫皮，还佐以鱼腥草、藿香、陈皮等香料，据说有祛暑的功效。

吃完饭回到酒店，洗了澡，临睡前，山林雨帮廖喜按摩肩膀。

廖喜在椅子上坐着，裸着上半身，山林雨站在他身后，表情肃穆。他从小就帮廖喜按摩，清楚他肩膀上每一个酸痛处，手劲也拿捏得恰如其分。廖喜觉得，山林雨按摩的效果，比外面的专业推拿师都强。

按着按着，山林雨突然说道："对了，廖老板，我还有个问题。"

"什么问题？"

"我想问你，你听说过电车难题吗？"

"哇，舒服。电车难题，是不是那个，就是有人被绑在铁道上那个？"

"对，有个疯子，把五个人绑在铁道上，电车马上开过来了，你面前有个装置，可以让电车改道，但是另一条轨道上，也绑了一个人。就问你会不会扳这个装置。廖老板，你会吗？"

"我当然不会。痛痛痛，对，就是这里。"

“为什么？”

“我是警察啊，不对，我当过警察。警察要做的，就是把这疯子抓起来，关牢里去。你说，他能把五个人抓住，绑铁道上，对吧，还能给别人设置这样的难题，他能是疯子吗？肯定不是。就是个装疯卖傻的绑架犯，这种人，一定得抓。”

“可是，在这之前呢？你稍微动一下，就可以救下五个人。”

“但是会死另一个人。除了法律，没有人有权利，剥夺另一个人的生命。你千万别以为，五大于一，五条人命就比一条人命值钱，不是的。人的生命都是无价的，五条人命是无价的，一条人命也是无价的，根本没办法衡量。如果是你呢？”

“我不知道……但我清楚，廖老板你说的是对的。可是，假如说，那五个人里面有自己想保护的人呢？有自己哪怕犯错，不，哪怕犯罪，也想保护的人呢？一个人，为了保护另一个人，不惜去犯罪，这在法律上当然是错的，可是在情感上，在人性上，也完全是错的吗？”

廖喜敏感道：“你想说什么？”

“算了，没什么。”

廖喜也没再追问：“阿雨，我只希望啊，你永远不用站在那个铁道旁。”

两人聊完，四十五分钟的按摩，也就差不多结束了。

廖喜放松了筋骨，躺在床上不到五分钟，便开始了节奏感十足的打鼾。

山林雨坐在书桌前，拿出平板电脑，整理案子的相关线索。他按照之前的推理，把案子涉及的人和地点用线串联起来，看上去有点像思维导图，或者是某个编剧在写故事大纲之前画的人物关系图。

山林雨自己也觉得，他整理出来的这一起案件，确实像个充满悬念的故事。

故事的起源，是他明天就要去到的那个群山环绕的小县城。

这个故事里，有一个弱小无助的小女孩，一个被迫坚强的家庭妇女，还有一团黑影，一道白光。把四个人串联在一起的，是种种计谋、复杂的人性，还有爱和恨。

花了二十分钟，整理完思绪后，山林雨突然觉得，自己所做的这一切，毫无意义。

廖喜说得没错，山林雨根本没有任何证据，来验证自己的猜想。在无数次的推测中，总有一次是最接近真相的，但他却只能跟这个真相，擦肩而过。

这么想着，山林雨关掉平板电脑，轻轻叹了口气。

过了一会儿，他又拿出那只犀牛折纸，在手中把玩。

这么精美的折纸，是怎么折出来的呢？

山林雨心中一动，想要拆开这只犀牛，研究下折法。但他又有点犹豫，生怕拆开来之后，折不回去。

算了，山林雨收起平板电脑跟犀牛折纸，熄灯，上床睡觉。

今天晚上，他没有用海绵耳塞阻挡廖喜的鼾声，而是戴上耳机，听丁一一唱的歌——《红色高跟鞋》。

在歌声跟鼻鼾的合奏中，山林雨意识渐渐模糊。

蒙眬中，他想起廖喜早上说的话。手指从直尺上滑过，必然会触摸到圆周率 π，但是依旧无法确定，π 具体在哪个点。

或许，人类总是这样追求真理，却又求之不得吧。

十

第二天早上，两人睡到九点才起床，优哉游哉地吃完早餐，再慢腾腾地上路。

经过几天的骑行，两人身上的肤色都黑了几度。廖喜尤其好笑，他穿的是镂空的凉鞋，脱了鞋之后，暴露的地方黑，被挡住的皮肤白，就有了像老虎一样的斑纹。

下午三点，两人进入了汤县境内。

“阿雨，温泉是怎么形成的？”

山林雨跟他父亲山林雪一样，热衷于地质学，对这类问题了如指掌，便详细地跟廖喜解释了一遍。

廖喜听完后，得意地说：“知识是你懂得多，但是温泉嘛，还是我泡得多。广东省的、其他省份的、国外的，七八个地方有了吧。我跟你说，泡温泉真的太舒服了。”

山林雨说：“可惜，现在是夏天，你也泡不了。”

廖喜笑道：“谁说夏天就不能泡？我订了个酒店，汤县最高级的，有一个温泉水游泳池，温度调得刚刚好。夏天泡温泉，跟三伏贴一个道理，治未病，你不懂了吧？”

“廖老板，你也信养生这一套？”

“年轻的时候身体好，什么都不信；年纪大了，什么都会信一点。宁可信其有嘛。等你到我这个年纪，你就知道了。”

山林雨笑笑，没有说话。他心想，这个地方，就是一一的故乡了呀。

她故事中那个灰色调的县城，在山林雨看来，跟沿途的那些小镇，没有太大差别。楼房不高，节奏很慢，大街小巷里，摩托车横冲直撞。人们脸上带着笑，似乎每个人都跟每个人互相认识。没有大城市的繁华跟秩序，却多了些小县城的悠闲和趣味。

汤县有一条河，卫星地图上显示，名为清水河。两人溯河而上，下午四点，到达廖喜所说汤县最为高级的御泉大酒店。名字非常大气，星级稍微差了一点，只有三颗星。

两人办好入住后，廖喜便带着山林雨在县城里四处转悠，寻访美食。廖喜做一个导游或许不够格，但当一个美食纪录片的编导，却是绰绰有余。两人走街串巷，尝遍了浮油豆干、薯粉、绿豆爽、各式菜粿。

他们还品尝了鸭汤煮的牛肉粿条，白灼牛肉淋上滚烫的蒜头油，还没到晚饭时间，肚子都吃得圆滚滚的，像是怀胎十月。

吃东西的时候，廖喜的情绪饱满而高涨，像是真正的美食家，对每道小吃热情讲解。至于这次汤县之旅的目标，寻找“九二一”案线索，似乎早被他置之脑后，忘到了九霄云外。山林雨数次想要提醒，话到嘴边，还是选择了放弃。

两人回到酒店后，稍事休息，便到廖喜所说的温泉游泳池，痛快畅游了一番。

再次回到房间时，廖喜颇有些运动过度，浑身像是散了架，躺在床上动弹不得。

山林雨毕竟是年轻人，身体并不觉得累，反而是游完泳后，肚子又开始饿了。

他突然想起来："廖老板，我们今天还没吃到捆粄。"

"明天早上吃。"

"我现在就想吃。"

廖喜翻了个身，看一眼山林雨："你想吃就去吧，捆粄这东西，消夜也有的。"

"我不知道哪家好吃。"

"汤县这种地方，小县城，做的都是熟人生意。能开下去没倒闭的店，你随便选一家，都好吃。"

"行，那我就自己去吧。"

出门前，他又问："廖老板，要给你打包吗？"

"不用，我马上睡了，明天起来去店里，吃刚蒸好的。"

山林雨便下了楼，走出酒店大门。酒店坐落于清水河畔，此时是晚上十点，河边栏杆上的彩灯亮起，映着河水，颇有些如梦如幻的感觉。

他打开手机地图，搜索到距离最近的一家捆粄店，过了一道桥，再走二百米，便到了店门口。

屋檐下摆着一个方形蒸笼，雾气弥漫，一个上了年纪的男人站在其中，像是什么门派的武林高手，或者山上隐居的老神仙。

男人便是这家店的老板，他用当地的客家话问道：“后生，吃什么？”

山林雨听不懂却也猜到了，便用普通话回应：“捆粄。”

老板也换了一口塑料普通话：“要什么馅？”

山林雨指着桌子上放馅料的不锈钢盆：“要这个，这个，这个，还有这个。”

“要炊的还是捆的？”

山林雨不明其意，随便答道：“捆的。”

“好咧。”说这话时，老板脸上带着笑，笑容里是对外地人的蔑视和宽容。

“要炖盅吗？你看看墙上这些，都有。”

山林雨随便指着一个没听过的菜，地斩（胆）头炖水鸭，说：“就要这个。”

可能是还没到消夜时间，店里很冷清，山林雨随便找了张桌子坐下，几分钟后，老板便将八筒捆粄，一盅炖汤，端到了桌上。

老板正要转身走时，山林雨突然心里一动，问道：“老板，你认识丁司机吗？”

老板愣了一下：“丁司机？哪个丁司机？”

“丁国强，开货车的，以前在财政局上过班。”

老板眼睛向上看，思考了一下：“哦，这个丁司机啊，认识。他不是早就……”

老板突然警惕起来：“你问他干吗？”

“哦，没事，随口问问，我是他女儿的朋友。”

“一一？”

“对，丁一一。”

老板暧昧一笑：“朋友？男朋友吧。”

“没有，就是朋友。”

“还装，她带你回来的吧？年轻人真有意思，吃个捆粄都要分头来。”

山林雨呆了两秒，反应过来：“丁一一也回来了？”

老板皱起眉头，疑惑地看着他。

山林雨赶紧改口道：“我是说，她也来吃捆粄了？都不告诉我，等我晚点再找她算账。”

老板便笑道：“哦，闹矛盾了啊。一一是个好女孩啊，特别乖，就是命苦了一点，你要对她好些，不能欺负她啊。”

山林雨深吸一口气，转移话题道：“那个，丁司机他，以前来这里吃捆粄吗？”

“有啊，他出事的那一天早上，到现在快二十年了吧，他出车之前，就来我这吃的早餐。那时候，我这家店才开两年呢。”

“那他有什么异常吗？就是说，有没有什么奇怪的地方，比如特别紧张、特别暴躁什么的？”

“没有啊，很正常。”

“那他有没有什么特殊的爱好，比如说，折纸？”

老板用蹩脚的普通话重复道：“折纸，什么东西？”

山林雨一边比画，一边说：“就是用纸，折起来，做成各种形状。”

老板想了一想：“他还有这爱好？没听说过。”

山林雨还想再问，店门口来了新的客人，老板便扔下他，迎过去招呼。

山林雨便开始吃捆粄。在捆粄的发源地，开了二十多年的店，这里的捆粄，要比龙港的好吃吧？他却吃不太出来。

此时此刻，山林雨的心里，只有一个人的名字——丁一一。

她也回了汤县。

山林雨突然想起，前两天在微信上，丁一一确实说过，她也要出一趟门。

他当时却没有想到，丁一一说的出门，是要来汤县。

她回汤县干吗呢？该不会是来找自己的吧？

山林雨自嘲地笑笑，自作多情到这个份上，也是够可以了。

他胡乱往嘴里塞着捆粄，一边掏出手机，发消息给丁一一。

不知道为什么，这一次，他没有畏缩不前。

山林雨：你回老家了吗？

丁一一很快便回了信息：是呀，怎么了？

山林雨没有再说话，而是发了一条位置信息，定位是这家捆粄店。

出乎山林雨的意料，丁一一没有问他为什么来汤县，更没有怀疑这条位置信息的真假，相反，她也发了条定位信息。

山林雨点开地图，发现两人所隔的距离，还不到五百米。

他顾不上吃剩的捆粄，站起身来，几步冲到店外。五秒钟后，他又跑回来，扫二维码埋了单。

然后，山林雨便头也不回，闯入了异乡的黑夜里。

几分钟后，山林雨日思夜想的那个女人，便出现在路灯底下，他的眼前。

山林雨气喘吁吁：“一……一一。”

丁一一笑着问道：“跑那么快干吗？我又不会消失。”

她身上穿的，是第一次见面时那一条蓝底碎花的连衣裙。大晚上的，如果路人在暗处遇见，说不定会吓一跳。

“你在这里干吗？”

两人正对着的，是一片围起来的工地，水银灯亮如白昼，围挡后传来机器的声音。

“这里要建一个大商场，”她指着工地围挡后面几栋破败不堪的居民楼，“你看，左边这栋，四楼，最靠右的那间，就是我家。

“我在里面住了七年，换了两个爸爸。后来，我妈把房子卖掉，带我去了广州。买我们房子的人，我也认识，小地方嘛，大家都认识的。我喊他徐叔，徐叔一家四口，在里面住了快二十年，对，现在要拆迁了，才搬走的。

“每次我回老家，都会到楼下看看。不过我从来没上去过，太尴尬了。我就站在楼下，看窗户里灯亮着，幻想住在里面的，还是我，我妈，我爸，一家人其乐融融。怎么说呢，这里不再是我家，但它还是我的家，记忆里完整的那个家。有爸爸，有妈妈，有我。做梦都会梦见的。

“现在好了，这个家也要拆了。以后再回来，也没的看了。”

山林雨看一眼那间房，又看一眼丁一一，想了想：“一一，你回来有事吗？”

“明天是我爸忌日，”她笑了笑，“是洪水冲走的那个爸。我妈也跟他葬在一起了，明天，给他们扫墓。”

“对不起，又提起你伤心事。”

“没有啦。”

“再过两天，月底，也是我爸忌日，等这趟回去了，我也要去扫墓。”

丁一一惊讶道:“怎么会?你还这么小,你爸爸应该也很年轻吧?”

“我出生前，我爸就走了，我都没见过他。”

“我能问问，是发生了什么吗?”

“小谌阿姨没跟你讲过呀?我爸是警察,就是廖老板的搭档。我妈是记者，她写了篇报道，得罪了人，那人就派了杀手，要害我妈。我爸救了我妈，但是他也牺牲了，”山林雨提高音量，“不过啊，我爸可厉害呢，以一敌三，撂倒了两个，还有一个后来也被抓了。我妈一根头发都没伤着。”

“阿雨，你爸爸真厉害。”

“对，我一直很崇拜他。所以我才想当警察，跟他一样，保护想保护的人。”

“真好。不过，你连他一面都没见过，还是会难过吧?没想到，我们还有点同病相怜。”

可能是为了表达安慰，她轻轻碰了下山林雨的手背，山林雨顿时浑身僵直，口干舌燥。

她终于想起来似的:“对了，你怎么在这?”

山林雨深深吸了口气，挠挠头:“跟廖老板骑行到这，也顺便，找一些线索，就是你爸爸的那个案子。”

丁一一看着他，脸上的表情并没有山林雨预料的惊喜。

“真的吗?”丁一一问道。

“对啊。”

“好啦，其实我也猜到了。小谌姐说的，她说廖老板这个人，没有十足把握的事，绝对不会答应的。他表面说不行，其实背地里已经开始在做事。果然是这样啊，小谌姐太了解他了，廖老板真是个好人，”

她看了一眼山林雨，说，“你也是好人。”

山林雨毫无防备，收了张好人卡，只好说：“哪里，又没能帮上忙。”

“那，你找到线索了吗？”

“说不上什么线索，就我有了一点思路。”

“阿雨，我想听。”

他看看周围：“就在这讲？”

“是哦，太晚了，我们换个地方吧。”

她看一眼手表，又说：“现在快十一点了，咖啡厅什么的都关了。你说，去哪好？”

山林雨不假思索道：“不能去我那，廖老板睡着了。”

丁一一哦了一声：“也不能去我那，我男朋友还没睡。”

山林雨顿时心里一紧：“啊！”

丁一一笑道：“骗你的啦，我哪来什么男朋友。怎么，你还想跟我回酒店啊？”

山林雨脸上一阵红一阵白：“我不是那个意思。”

丁一一饶有兴致地观察了他一会儿：“不逗你了，但是去我那里，孤男寡女的，确实也不方便。这样吧，我们去找个唱歌的地方，开个包间，在里面聊，还不怕被人偷听到。”

“好。”

丁一一指着河对岸一个花里胡哨的霓虹灯招牌：“巴黎春天，就这家吧。走过去可能要十几分钟，可以吗？”

“可以。”

他心里想的是，十几分钟，太短了，要是一个小时才好呢。

丁一一轻轻拍了拍他的手臂：“走吧。”

两人过了来时那道桥，桥上行人稀少，桥底流水潺潺，山林雨跟在丁一一身后，像是还没开始恋爱，或者在一起太久的情侣。

如果真的像捆粄店老板所说，自己是丁一一的男朋友，那该多好。就在这个县城里，随便做点什么工作吧，不，最好还是当警察。丁一一继续当舞蹈老师，教人跳舞。给他几年时间，肯定可以学会当地方言的，然后就融入这个县城，像当地人一样生活。

丁一一不是想要一个家吗？都会有的，亮着灯的窗户，爸爸，妈妈，小孩。最好是两个小孩吧，一个儿子，一个女儿。儿子长大了跟他一样，当警察；女儿嘛，当然从小就要学跳舞。

每天都有小吃，到了冬天，一家人一起去泡温泉。

对了，丁一一说过，她妈妈会做一种蛋卷，听起来也不是很难的样子。休息的时候，山林雨要反复尝试，做出她记忆里的味道。

年龄的差距不是问题呀，只要丁一一愿意，等他五年，自己就有了一份工作，经济独立，可以养活她跟小孩。

走一道桥的时间，山林雨脑海里已经跟丁一一过了半辈子。

他心里有千言万语，但实际上，却一句话都没有说。他只是低头走路，看着丁一一的裙摆起起落落。

今晚月色很美，风也温柔。许多话不需要表达，许多期盼就埋在心里，能这么一起走着，已经足够。

过了桥，丁一一突然说道："阿雨，我有件事情瞒着你。"

"什么事？"

"那天下午，我讲我爸的事的时候，还有一件事情没说。倒不是专门瞒着你们啊，我怕说出来，你们觉得我在编故事，或者觉得我疯了，精神错乱。"

“不会的，你讲吧。”

丁一一想了想：“我记得，五岁那年，有一次我爸出车回来，整个人都变了。”

山林雨愣了两秒，明白过来之后，一股兴奋之情，从脚底升起，直冲脑门。

丁一一看了他一眼：“该怎么讲呢，我记得有半个月吧，我爸天天都待在家里，不出门。那段时间，我妈晚上跟我一起睡，我爸自己睡一间。他本来吃东西喜欢蘸酱油，那个月也不蘸了，我倒给他也不用。对了，他还不说话，问他什么，都是嗯嗯啊啊的，不回答我。

“我当时就问我妈，爸爸是怎么了？我妈说，爸爸身体不舒服，没事的，过段时间就会好。等过了半个月，我爸终于出门了，再回来时，就变回原来的样子，会讲笑话逗我，还会带我出去兜风。”

山林雨深吸了一口气：“那个月里，你爸爸，还有没有什么其他的异常？”

“我想想，对了，他好像突然喜欢起折纸，不光自己折，还教我折。”

山林雨强忍兴奋，从口袋里掏出那只犀牛：“折纸，是这个吗？”

丁一一接过折纸，没有说话。

她停住脚步，翻来覆去地，看着那只犀牛。

丁一一双手颤抖了起来。

刚才，她可以很自然地谈论父母的死，好像在说别人的事。如今手上的折纸，却像是一把钥匙，打开了某一道门，让她再也无法控制自己的情绪。她的声音都在发抖：“哪里来的，这个折纸，是从哪里来的？”

山林雨解释道：“是在穗州，一个当年报道了你爸案子的记者，给我的。”

“这就是他给我的折纸，是爸爸做的，第一个折纸。天哪，犀牛，是这个犀牛。”丁一一突然就哭了。

丁一一左手拿着犀牛折纸，右手捂住嘴巴，就这样在路旁，抽泣了起来。几秒钟后，她似乎承受不住那么多的悲痛，蹲了下去，失声痛哭。

山林雨束手无策，他想要把丁一一扶起来，把肩膀借给她哭，但是又不敢。他只好蹲在丁一一身旁，静静地等她哭完。

过了几分钟，丁一一肩膀终于停止了耸动，她把脸埋在手里，问道:“有纸吗？”

山林雨懊恼道:“没有。”他想了想,脱下身上穿的短袖,“给你擦。”

丁一一看了他一眼,破涕为笑:“谁要啦,一股汗味。你赶紧穿上。”

她胡乱往肩膀上擦干眼泪,深吸一口气:“对不起啊,吓到你了吧。”

“没有。”

山林雨穿上衣服:“真的是这样,我的推理是正确的,真的有白光。”

丁一一疑惑道:“什么光？”

山林雨说:“一一，你刚才说，你爸爸好像变了一个人，对吧？你有没有想过，他不是变了个人，而是直接换一个人？我的意思是，你爸爸不是你爸爸，而是另一个男人，一个陌生的男人。”

丁一一脸上表情有些奇怪，但一闪而过。她重复道:“另一个男人？”

丁一一手中，是那个犀牛折纸。

那个人。

那个不说话，不吃酱油，也不喝酒的男人。

那个会折纸的男人。

那个刷牙很认真的男人。

记忆的闸门拉开，一些堆积了多年的往事，如同泄洪一般，汹涌而至。

没错，是那个人啊。不是爸爸，是巴巴，哑巴的巴。丁一一心想，看来自己低估了山林雨。他居然在那么短的时间里，就推测出了巴巴的存在。

她抬起头来，看着眼前稚气未脱的少年。说不好，他真的能找到丁国强。

山林雨突然说："这个犀牛，我们把它拆开，里面会不会有什么？"

十一

一九九七年，春，海丰县。

春雨绵绵，让人平添一分困意。坑坑洼洼的国道上，积满了水，车速稍微一快，泥水便溅出几米外。

中午十二点，丁国强蹲在快餐店门口，无精打采地吃一份盒饭。

米饭半生不熟，几片油腻的肥猪肉，半个卤蛋，底下垫着水煮大白菜，就这样一份盒饭，居然敢卖五块钱。

如果丁国强开的不是货车，而是卧铺车，情况就会大大改观。只要把一车乘客拉到饭店，老板就会招呼司机到包厢里吃大鱼大肉，吃完还有红包拿。卖给旅客的盒饭，一份八块钱，方便面也要五块一包。嫌贵的话，可以不吃，饿着肚子再坐四五个小时的车。

若干年后，这种店会被称为黑店，人人喊打，很快就被有关部门取缔。但在那个年代，人们只是见怪不怪，习以为常。改革开放春风吹拂，一场雨过后，万事万物都在野蛮生长，不管是好的，还是坏的。

丁国强一边吃着盒饭，一边想，香港马上就要回归了，听说那边的货车司机，一个月就有两万港币，够自己挣大半年。要是能去香港开货车，那就好了。可惜呀，自己不是香港人。

盒饭虽然难吃，丁国强还是吃了个精光，然后把白色的塑料饭盒随手扔到路边。路边到处是这种白色饭盒，晴天是老鼠的餐厅，下过雨后，又成了孑孓的乐园。

丁国强站起身来，掏出一包双喜，点了一支。长年累月地抽烟，喝浓茶，让他的牙齿变得焦黄。

就在这时，一个男人撑着伞从国道对面走过来。

收伞的瞬间，男人愣住了，对丁国强说："你怎么在这？"

男人跟丁国强年纪相仿，三十来岁，穿一条黑西裤，一件藏蓝色的梦特娇短袖。穿得起这个牌子的人，要不就是有钱，要不就是很爱面子。他说的是本地的潮州话，虽然跟汤县的有所不同，丁国强还是听懂了。

丁国强笑眯眯地看着他，猛吸一口烟，没有说话。

男人一脸诧异："你还会抽烟？不得了啊。"

丁国强把烟扔到积水里，用普通话说："你认错人了，老板。"

男人像是活见鬼，吓了一跳："你能说话了？"

丁国强不由得好笑："我又不是哑巴，当然能说话。"

男人反倒变成了哑巴，张口结舌，说不出话来。

丁国强笑了笑，从墙边拿起粉蓝色折叠伞，准备走去斜对面的汽修店。王老板分配给他的这辆解放货车，有些年头了，三天两头出问题。这次是爬完坡之后，发动机履带断了。幸好坡下面就有汽修店，丁国强挂着空挡，硬是滑了下来，这才不用叫人来拖。不然的话，又得耽误时间。对于货运司机来说，时间就是金钱啊。

丁国强想，这辆破车真是受够了，等年底攒一笔钱，再找农信社贷点，买辆新车，自己当老板。

男人却拦住了他。

男人问：“你真的不是江仔？”

男人也换了一口普通话，说得比丁国强还蹩脚。

丁国强说：“什么江仔，不认识，我是开货车的。”

男人看着丁国强身上的衬衫，说：“货车司机啊，穿成你这样，少见喔。”

丁国强笑笑，没有说话。他之前在老家的财政局，给领导开了好几年车，穿的都是衬衣。后来改跑货运，也没有特意去买圆领短袖。开大货车穿衬衫，在他的同行里，确实算是异类。

男人又点头道：“也对，江仔不会说话。”

男人上下打量着他，啧啧称奇：“这也太像了。”

“我吗？跟你说的江仔，长得很像？”

“对，像得他妈都分不出来。不过，江仔不会抽烟，牙齿也比你白。

“还有还有，你会讲话，江仔不会，他是个哑巴。”说完这句话，男人开心地大笑起来。

丁国强也附和着笑了笑，他不觉得自己跟一个哑巴长得很像有什么好笑或者好玩的。这个男人有点烦人，最好赶紧走开，别耽误自己挣钱。

丁国强于是说：“老板，我还要赶路。”

“啊，不好意思啊，不阻你（时间）啦。”

丁国强撑开伞，走过积水的国道，到了汽修店。汽修店外的土坪，下雨后便成了沼泽，店里地面流淌着黑色的机油，散发出刺鼻的气味。汽修师傅跟小工们，脸上手上都是黑的，衣服更是惨不忍睹，像刚从窑洞里钻出来。

车子还没修好，丁国强便一边赔笑，一边给满手油污的师傅们散烟，希望他们能早点把车修好，更希望他们修车时，不要做什么手脚，让货车开出去几十公里又抛锚。

那个男人，却又跟了过来。

“那个，你出来一下，我有话跟你说。”

丁国强有些不耐烦，但还是笑着问：“老板，什么事？”

男人右手做了个数钞票的姿势：“赚钱的门路。”

丁国强想了想，反正车还没修好，等着也是无聊，就姑且听他一说。

男人鬼鬼祟祟道：“这里人多，走，我们出去说。”

此时雨已经停了，丁国强跟在男人身后，走到汽修厂外的土坪上，各自选了一个废弃的大货车轮胎站定，以免泥巴弄脏鞋子。

男人给他递了根烟，好家伙，中华，还是软盒的。

丁国强把烟叼在嘴里，男人殷勤地给他点烟，丁国强赶紧双手围上，以示尊重。

男人问：“贵姓？”

丁国强说：“免贵姓丁。”

男人说：“哦，丁师傅。”

丁国强说：“叫我丁司机就行。”

男人笑笑：“好的，丁司机。”

他又自我介绍道：“我姓谢，谢罗周。”

这个人的名字里，却有三个姓，想来是父母没什么文化，乱起的名字。

丁国强说:“谢老板，你做什么生意的?”

谢老板自己也点了支烟，摆摆手说:“做点小生意，这个不重要啦。我找你，是有个赚快钱的门路，看你有没有兴趣。”

丁国强想了想，说:“谢老板，你太看得起我了，我没那个胆子。”

他听跑车的同行说过，货车走到半路，会有些做偏门生意的人找上来，要求帮忙捎一些货。当然不是好货，走私品，贼赃，甚至有更严重的。酬劳当然不少，虽然丁国强想挣钱，但也不想坐牢，家里还有老婆女儿等着呢。

谢老板愣了几秒，突然爆发一场大笑。他笑得太用力，被口里的烟呛到，又咳嗽了起来。等他好不容易折腾完，这才说:“丁司机，你误会了。我谢罗周，你到武举镇问问，你问问，都知道我，正经生意人。镇上有我两家录像场，你知道吧，我在宝安十九区，还有家服装店，我老婆在管。”

他扯着身上的梦特娇，说:“你看，这就是我老婆卖的衣服。我昨天刚从宝安回来的，巧了，今天就遇见你，缘分哪。”

谢老板又说:“我想请你做的事，不犯法，不光不犯法，还积德哟。”

丁国强半信半疑，问:“是什么事?”

谢老板吸了口烟，说:“等你有兴趣，我再讲。”

丁国强又说:“老板，别捉弄我一个开车的了，不说就算了，我回去看修车了。”

谢老板却拉住他，说:“你就不问问，能挣多少钱?”

丁国强说:“多少?”

谢老板伸出一只手指头。

丁国强说:“一百?”

谢老板摇头。

丁国强又问:“一千?”

谢老板说:“再猜。”

丁国强皱着眉头:“一万?”

谢老板说:“对，一万。”

谢老板又说:“啊，不过这个钱也不是我出，我估计一万，可能少点，也可能更多。五千是少不了的。不花你多少时间，半天就行。”

丁国强想了想，突然笑了:“谢老板，你的好意我心领了，这钱我赚不了。”

谢老板问:“为什么?”

丁国强懒得解释，说:“半天能挣一万，我哪有这个命。”

虽然不知道这个谢老板葫芦里到底卖的什么药，但丁国强坚信，世界上没有那么好的事，哪怕有，自己也遇不上。到时候，别钱没挣到，自己连命都丢了，划不来。

正好这时，汽修店的师傅来喊，说是车修好了。

丁国强便趁机告辞，跟汽修店老板砍完价，付了钱，又拿了收据，便爬上解放大货车的驾驶楼，打着了火。

他正准备开车，谢老板却又凑了上来。

谢老板站在车窗下，说:“丁司机，你再考虑一下，有兴趣了找我。”他伸长手，递进来一张纸条:“这是我传呼机号码。”

丁国强接过纸条，说:“好，谢老板再见。”

“一路顺风，”他又笑着说，“我等你找我。”

丁国强踩了脚油门，脸上笑着，心里却想，那你就慢慢等吧。

蓝色的解放货车驶出汽修厂，融入春雨过后繁忙的国道中。

晚上八点，丁国强终于到了龙胜厂，开始卸货。货车半路抛锚，耽误了一个多小时，加上雨天塞车，总共晚了四个小时。厂里负责收货的仓管和搬运工，为了他这一车货，都得加班。

丁国强自知理亏，便全程赔笑，又四下散烟。所幸出门在外，都知道对方的不容易，仓管小周没有太为难他。

卸完货已经是八点半，丁国强把车停在工厂门口，又在附近小摊上随便吃了顿晚饭，便走向不远处的粤丰招待所。招待所门口，放着个白色的灯箱，上面写着广告词，二十四小时热水供应，标准间，单人间，双人间，今日有房。

招待所老板姓蔡，老家在汤县农村，说起来是丁国强老乡。丁国强待人和气，又经常来住，最重要的是，从来不带不三不四的女人回来。蔡老板便在原来的房价基础上给他打七折，有时赶上饭点，还招呼他一起吃饭。

出门在外，讲究的是有来有往，丁国强有时也顺便帮蔡老板带点土特产什么的，不收他运费。

丁国强走进招待所，蔡老板坐在窄小的柜台后，打招呼道："来啦。"

丁国强笑着说："来了，抽烟？"

蔡老板说："来一根。"

两人点上烟，蔡老板又问："明天走？"

丁国强说："对，等明天上午的货。"

蔡老板说："我看这年后，你跑得很勤啊，怎么样，什么时候能攒够钱买车？"

丁国强说："年底吧，还得找农信社贷一笔。"他又笑着说："老蔡，要不你借点给我，利息照算。”

蔡老板说：“我可没钱，有钱就借你了。”

丁国强说：“开玩笑的，别怕。”

不过说到这里，丁国强心中一动，想起中午修车时那个黏着他的谢老板。一万块，如果真有这一万，买车的时间，起码能往前挪两个月。可惜，哪有这么好的事。

丁国强自嘲地笑了笑，看一眼墙上的挂钟，便说：“老蔡，我先打个电话。”

老蔡也笑，说：“到点了啊。”

丁国强抄起桌上的红色电话机，先拨了区号，又拨了家里六位数的电话号码。

每次他出门在外，晚上九点前，都要打个电话，跟家里报平安。跟老婆聊两句，是表示自己在外没有拈花惹草，也没有喝醉酒，一切正常；更重要的是，女儿一定要跟他聊两句，不然就不去睡觉。

有时候，他会觉得这样挺好，也有时候，心里难免有些厌倦。毕竟，不是自己亲生的女儿。当然这种厌倦，他在别人面前，从来不会展现半点。无论是外人也好，林安之也好，丁一一也好，在他们面前，丁国强必须维持自己完美继父的形象。

长途话费不便宜，丁国强看着挂钟，掐着点，在满三分钟之前，哄好女儿，挂断了电话。

蔡老板笑道：“真是好老爸啊，我要是有你这么疼孩子，老婆就不会三天两头跟我吵架了。”

汤县是个小地方，蔡老板肯定听说了，丁国强的老婆离过一次婚，女儿也不是他亲生的。当然，在丁国强面前，蔡老板只假装不知道，从来不提这茬。

丁国强笑了笑，说：“没办法，女儿还小，黏人。”接着又说：“我先上楼了。”

蔡老板便叼着烟，给他找了把钥匙，说：“你那间今天有客啊，给你另一间，四楼，四〇六。”

丁国强接过钥匙，说：“好。”

他抽完烟便上了楼，楼梯又窄又陡，灯光昏暗。单人间不比货车的驾驶楼宽多少，也没有单独的卫生间。房间里弥漫着一股可疑的味道，掀开潮乎乎的被子，床单上还有几根鬈曲的毛发。

不过，出门在外，能睡在有天花板的地方，已经很不错了。

丁国强推开铝合金窗，靠在窗台上，看着楼下湿漉漉的地面上积水倒映的灯箱，抽着烟。

他对于目前的生活状况，有一些思考，有一些感慨。

古人说，三十而立，他今年刚好三十岁，确实算是立了起来。老婆孩子全都有了，全都得靠他来养。

回望过去的日子，这三四年来，尤其是从财政局辞职，当上了货车司机以后，他的生活发生了翻天覆地的变化。

先是跟林安之结婚，一夜之间，从一个单身汉，变成了有老婆有孩子的男人。娶这个老婆，他妈妈是坚决反对的，还哭过好几次。

他妈说：“国强啊，你一个没结过婚的男人，怎么娶这样的女人啊，帮别人养孩子，养一辈子哟。这个女人，你别贪她这张脸皮，没用的，我找人算过了，她八字很大，克夫。

“你爸就你一个儿子，三代单传啊，你要是有什么三长两短，我该怎么办啊？我不如死了算咯。”

他妈哭天抢地没有用，其他人说什么更不管用，丁国强铁了心，就是要娶林安之当老婆。他喜欢林安之，不是一天两天，也不是一年两年的事了。

一九九一年，也就是六年前，财政局元旦晚会，请了县歌舞团来表演。那是他第一次亲眼见到林安之，也就那一次，他被彻底迷住了。

怎么会有这么好看的女人？

怎么会有一个女人，能把舞跳成这样？

在那场晚会上，林安之的举手投足，一颦一笑，吸引了在场所有人的目光。

丁国强很快发现，看上了林安之的人，可不止他一个。单位里正式编制的那些小年轻就不说了，就连四十多岁、孩子都上了高中的秃头徐局长，都围着林安之乱转，像是盯上一块蛋糕的绿头苍蝇。

丁国强很快意识到，他对林安之的爱恋，只能深深埋在心里，连说都不能说。不然的话，会被人笑话的。她是什么人？他又是什么人？一个家境贫寒，在财政局开车，连编制都没有的小小丁司机，有什么资格，说他喜欢林安之？

更糟糕的是，喜欢上林安之以后，他对别的女人都失去了兴趣。那年他已经二十四岁，在小县城里，算是到了男大当婚的年纪。他妈也好，朋友同事也好，都轮着给他介绍对象。他倒没有拒绝相亲，只是女方来了，他看一眼，就连话也懒得说。

这些女人，连林安之的一根汗毛，不，连她穿过扔掉的舞鞋，都比不上。

小县城里人本来就不多，这么折腾几次过后，大家都知道财政局的丁司机，人有点问题，就再也没人给他牵线了。说难听话的也有，不过丁国强毫不在意，正好，再也没人来烦他了。

他就一心一意地单恋着林安之。只要是有她的表演，公演的也好，外单位内部的也好，他必定削尖脑袋，想方设法进场。每次看到林安之跳舞，他就觉得，人生太美好了，其他的一切，都不重要。

丁国强的心理失衡，是从得知丁国风跟林安之恋爱后开始的。等到他们要结婚时，丁国强便濒临崩溃了。

谁都可以娶林安之，唯独丁国风不行。

丁国风是丁国强的远房堂兄。他比丁国强大两岁，从小读书就好，待人有礼貌，长一副小白脸的样子，走到哪都有人喜欢。

丁国强的爸爸还在世时，一喝完酒，就拿皮带抽儿子，一边抽一边骂："生你有什么用，脸都给你丢光了，也不学学你堂哥，啊，都姓丁，人家考一科的成绩，够你考两科。"

丁国强便犟着脖子，脸上还笑嘻嘻的："打死我啊，你打死我，让国风当你儿子，看他肯不肯。"说完，他便一溜烟地跑了。

丁国风高考时，考出了全县最高分，到武汉上大学。毕业后，他回到汤县，分配进了县政府，后来又调到财政局，当然，是正式编制。丁国强虽然比他小两岁，但念的是中专，所以反而比他早毕业两年。他又花了一年学车，家里托遍了关系，才进了财政局，此时已经开了一年的车。两人成了名义上的同事。

有时在单位里或者街上遇到，丁国风总会笑着喊一声堂弟，但是丁国强给他敬烟，他却从来不抽。丁国风摆着手，说："没学会，没学会。"

丁国强明明看见过，他这位远房堂哥跟领导同事们一边抽烟，一边谈笑风生。他心里明白，堂哥这是看不起自己，也看不起自己手里的这包红双喜。

毕竟，丁国风，丁科长，是抽中华烟的人。

这时候，丁国强便会点一根红双喜，脸上笑嘻嘻的，心里暗骂道："狗眼看人低，看你能得意到什么时候。"

所以，样样比他强的堂兄，居然要娶自己心目中的仙女林安之当老婆。这世界上的便宜，还真就让丁国风一个人占尽了。

丁国强无论如何都接受不了。

无数个睡不着的夜里，他甚至想过，要不开车把丁国风撞死算了。他那么瘦，开到时速六十公里，不，五十公里就行，撞一下，腰骨肯定就断了吧。最好别马上就死，瘫在马路上，丁国强会走下车，点一根烟，塞到他嘴巴里。

想到这里，丁国强会在床上笑出声，好像他真的把丁国风撞瘫了一样。

当然，丁国强只能想想。无论心里有多恨，杀人的事情，他可不敢做。谁年轻的时候，没有恨一个人恨到牙痒痒，欲除之而后快呢？谁都有的。真这么做的人，毕竟少之又少。

丁国强，毕竟只是丁司机。

无论有多不情愿，他也只能眼睁睁看着丁国风跟林安之将恋情昭告天下，发请柬，摆喜酒。作为同事兼远房堂弟，他不光被邀请出席，还承担了开花车的重任。

穿着婚纱的林安之跟一身黑礼服的林国风，坐在他开的皇冠车后座，这是丁国强这辈子最绝望的时刻。如果能有一个机会，让他跟堂哥换个位置，无论付出什么代价，他都愿意。

那场婚礼上，平时滴酒不沾的丁国强，喝了个烂醉。

翌年，也就是一九九二年，林安之跟丁国风生下了一个女儿，起名丁一一。满月时，丁国强跟同事们一起去探望，林安之怀里的那个女婴，如同天使般可爱。可惜，她们身后还站着丁国风。

丁国强没有想到的是，两年之后，他在花车上想要的那个机会，真的来了。前程似锦的丁科长，丁国风，天之骄子，他的堂哥，居然被洪水冲走了。

要说丁国强心里没有一点幸灾乐祸，那绝对是骗人的。

更重要的是，他的机会来了。死了丈夫的林安之，还带着个“拖油瓶”，身价自然有所下降。丁国强这两年努力工作，颇受秃头林局长的赏识，虽然编制还是没有解决，但是作为林局长信任的司机，他在小城里的社会地位，也略有上升。一升一降之间，丁国强跟林安之的差距，看起来没有之前那么大了。

丁国强知道，这是他最后的机会了。

他决定放手一搏。当然，这个搏的过程，不是轰轰烈烈的，而是细水长流。他也没条件轰烈，只能靠韧性，靠潜移默化，慢慢打动林安之。

最终，丁国强成功了。

堂哥的老婆，现在成了他的老婆。堂哥天使一般的女儿，现在要喊他叫爸爸。堂哥跟林安之的婚房，现在成了他的家。当然，他把婚床换掉了，他自己倒没什么，林安之好像有些顾忌，晚上做那事时，会有些心不在焉。

总之，堂哥的一切现在都归他了。人年轻时得意没有用啊，还是要活得久一点，才能笑到最后。

所以，对于目前的生活状态，丁国强没有什么怨言。反过来说，他心里憋着一股劲，要努力挣钱，让他的老婆跟女儿都过上好日子。

从他和林安之结婚起，汤县的那些人，都在等着看笑话。越是这样，丁国强越不服输。他要给林安之跟丁一一穿最漂亮的衣服，骑着摩托车带她们兜风时，让她们展现最灿烂的笑容。这样一来，就等于给那些看不起他的人，那些狗眼看人低的家伙，一个响亮的巴掌。

更何况，他堂哥丁国风，也在天上看着呢。

窗外，雨又下了起来。

丁国强深吸一口烟，把烟头扔到楼下地面。

他关了灯，钻进潮湿的被窝里，准备睡觉。

明天起床，要到镇上给女儿买点礼物，再开上半天车，明晚这个时候，就得讲故事哄她睡觉了。

十二

第二天早上，雨彻底停了，天开始放晴，丁国强的心情却不太妙。

在镇上买了个美少女战士铅笔盒，回到招待所，他接到了货主的传呼。打电话过去，货主说，这批货取消，不运了。

丁国强问为什么，货主却不回答，蛮横地挂了电话。

这样一来，丁国强空车回去，就少挣了一笔运费；如果继续在平山镇等，又不知道什么时候能找到货。更何况，女儿还在等着他回家呢。

接下来，丁国强打电话给车主王老板，汇报情况。

挂电话前，他分明听到话筒另一边传来王老板一声冷笑。

电话里，王老板虽然没明说，但话里话外都是对丁国强的不信任。确实有这样的货车司机，跟货主串通好，假装说取消运货，然后偷偷把货运到沿途某地。这样一来，省下车主那一份，司机能多收钱，货主能少给钱。

但是他，丁国强，从来不屑于这么做。

丁国强走到招待所门口，站着抽烟，不远处，停在龙胜厂门口的，是那辆破旧不堪的解放大货车。

他迫切需要一辆新车，这样一来，不光不用受王老板的气，还能挣到更多的钱，给老婆跟女儿花。

他迫切需要钱。

突然之间，一个声音在他脑海里响起。

谢老板说："对，一万。"

谢老板还说："不花你多少时间，半天就行。"

谢老板最后说："我等你找我。"

丁国强心里一动。虽然谢老板很可能是骗子，但听他讲话这件事本身，并不会导致任何损失。只要听完觉得不对劲，不搭理他就可以了。

更何况，谢老板留的是一个传呼机号码，呼一下，等他打回来，连电话费都不用自己掏。

写有他传呼机号的纸条，就放在货车的驾驶楼里。

这么想着，丁国强扔掉烟头，大踏步走向停在厂门口的货车。

十分钟后，粤丰招待所一楼，丁国强等来了谢老板的电话。

谢老板问："谁呀？"

丁国强说："谢老板，是我，开货车的小丁。"

谢老板说："哦哦，丁司机啊。"

谢老板又说："怎么样，有兴趣了？"

丁国强说："对，我想听你讲讲，到底是什么赚钱门路。"

谢老板迟疑了一下，说："我现在旁边有人，不太方便。"

丁国强说："行，那我在这里，等你方便了打给我。"

谢老板却说："我们还是当面讲吧。"

丁国强说:“当面讲?”

谢老板说:“对,你是开到深圳去,对吧?今天晚上六点,你回到海丰,武举镇富豪大酒店,谢先生订的房。很好找的,镇上最好的酒店,随便问谁都知道。”

丁国强说:“谢老板,我……”

谢老板在那边说:“一定要来啊,我带几个人,跟你见面,你就知道是什么事了。”

谢老板又说:“记住啊,晚上六点,富豪大酒店。”

说完,谢老板便挂了电话。

丁国强把红色的话筒放回红色的机身,时间已经接近中午,如果现在马上出发,六点前赶到海丰,问题不大。

不对。丁国强笑了笑,什么事电话里不能说,非得要当面说?明显是个陷阱,傻子才会上当。

晚上六点,丁国强准时出现在富豪大酒店,他终究没赢过自己的好奇心。

正如谢老板所说,这个富豪大酒店,确实是武举镇最好的酒店,金碧辉煌的,按照他在财政局当司机的经验,这一顿吃下来,少则七八百,多则两三千,比自己一个月挣的还多。

丁国强下意识地整理了下衬衫领子,对门口穿旗袍的咨客说:“你好,谢先生订的包间。”

咨客说:“好的,谢先生订的包间是维也纳房,在楼上,我带您过去。”

丁国强便跟随着咨客往楼梯走去。

推开房门,包厢很大,有一张能容纳十二人的圆桌,谢老板已经坐在那里。

他好像愣了一下，片刻笑道："啊，是丁司机啊，你来啦。"

丁国强打招呼道："谢老板。"

他又说："你要介绍我认识的人呢？"

谢老板给他递了一支烟："他们马上就到。"

谢老板突然笑了起来："等会你别吓到啊。"

丁国强说："放心，我没这么胆小。实不相瞒，我去年才开货车的，以前在老家公安局给领导开车，大世面不敢说，小世面见过的。"他故意把之前的单位从财政局换成了公安局，以此威慑谢老板，让他有所顾忌。

谢老板却毫不在意，反而说："哦哦，那就好，那就好。"

两人又聊了几分钟，包厢门再次打开，一下来了三个人，鱼贯而入。

第一个，是五十多岁的男人，穿着花衬衫，大背头油光锃亮，手里捏着一个大哥大。这个粗笨的蜂窝移动电话，就是身份的象征。

第二个，年纪差不多的妇人，穿金戴银，脸上堆满了笑，看起来像前面那男人的老婆。

第三个，是丁国强。

丁国强怔住了，他怀疑自己在做梦。他揉揉眼睛，最后一个走进包厢的，真的就是他自己。

这人年纪跟他差不多，脸长得完全一样，身高也毫无二致。穿着跟他一样的白色短袖衬衫，灰西裤，黑皮鞋。不过神态多少有些区别，他畏畏缩缩的，低垂着头，似乎有些害羞。总之，不是一个三十来岁男人应该有的表情。

纵然有这些细微的差别，也还是太像了。

一个人在遇见另一个自己时该有多震惊，丁国强现在就有多震惊。

前面进来的那对中年夫妇，看见丁国强之后，也是一脸不敢置信的惊愕。反倒是那另一个丁国强，看不出神色有什么变化，还跟原来一样低着头，表情羞涩。

谢老板站起身来，介绍道："啊，这就是我跟你们说的，丁司机。这两位是江老板、江太太，还有这个，跟你长得像双胞胎的，江仔，江有月，就是江上有个月亮。"

丁国强从震惊中缓过劲来，点头道："江老板，江太太，江仔，你们好。"

江有月，倒是个好名字。

江老板跟江太太都跟他打了招呼，唯独江有月，腼腆一笑，并不说话。

谢老板让大家都入座，又安排服务员上菜。

江老板的视线一直停留在丁国强脸上，让后者颇有些不自在。

江老板转头对江太太说："太太，你看，能行吗？"

江太太点头道："很明显啦，肯定没问题。"

丁国强发现，这两人的普通话有些古怪，像电视里的港台腔。

谢老板哈哈大笑，说："对，我就说了，肯定行！"

丁国强心里模模糊糊的，大致有了点想法，但还是问道："我想知道，现在是个什么情况？"

江老板摸了下他的大背头，说："啊，对不起对不起，我们光顾着开心，忘记跟你说明了。"他看了眼江太太，"太太，要不你来说？"

江太太清了清嗓子："情况是这样的啦，你看呀，你跟我们家江仔，长得很像的啦，很明显啦，对不对？”

谢老板插嘴道：“什么很像，简直是一模一样。我都怀疑，你们是失散多年的亲兄弟。会不会是江仔他爸爸年轻的时候犯过什么错？”

江太太摇了摇手：“哎呀谢先生，你不要乱讲话啦，江仔的爸爸可是正经人，对吧，不会做这种事的。丁先生的爸爸，肯定也是正经人。谢先生，你乱讲话，等下丁先生听了，要生气的啦。”

丁国强说：“谢老板说得对，我自己都有点怀疑。”

谢老板听完，哈哈大笑起来：“我就说嘛，对吧？”

丁国强其实很肯定，自己跟这个江仔，是没有血缘关系的。他妈当年，就生了丁国强一个。

而且，从面貌上看，丁国强跟他爸爸长得很像，眼前的这个江仔跟他父亲江老板，长得也挺像的，他们应该是父子关系吧；但是说来奇怪，丁国强的爸爸，跟江老板在面貌上却几乎没有相似之处。

这样的两个男人，分别生下来的儿子，居然长得一模一样，实在是令人费解。或许，这就是老天爷故意开的玩笑。

江太太继续道：“所以呀，我们就想请你帮个忙。”

“什么忙？”

“就是帮江仔去相亲啦。”

“你儿子去相亲，为什么要我帮忙？”

江太太跟江老板对视一眼，笑了起来。

江太太说：“哎呀，丁先生，你误会啦，他不是江仔的爸爸，是叔叔啦。”

谢老板说：“怪我怪我，没介绍清楚，江老板，我们武举镇人，早年移民新加坡了，娶了这位江太太，当地华人。他们两位，是为了江仔的婚姻大事特意回国的。江仔呢，父母已经去世了，一个人待在国内。你看他这样子，也幸亏江老板照顾，要不然早饿死了。”

江老板抢断道:“什么幸亏，我自己侄子我不照顾，会给人戳背脊的。我可是要脸的。”

谢老板轻轻往自己脸上打了一巴掌:“唉，又说错话了，我自罚一杯。”

他喝了一杯酒，又拿过丁司机的杯子，示意道:“喝点？这可是好酒，茅台，江老板带来的。”

丁国强说:“不了，我晚上还要开车。”

江老板也劝道:“放心，不会让你喝多的，就一点。”

江太太说:“对呀，喝点酒，心情愉快，好谈事嘛。”

丁国强想了想，说:“行，那就喝点。”

谢老板倒酒的时候，丁国强问:“那江仔为什么不自己去相亲？”

江太太看了眼江有月:“哎呀，不瞒你说，我们家江仔，他不会讲话啦。”

丁国强笑道:“不会讲话没关系啊，有些女人，就是喜欢老实的男人。”

江太太说:“他不是那种不会讲话，是那种，哎呀，很明显啦。”

“江仔是个哑巴，”江老板用手指点着自己太阳穴，“而且啊，这里也有点问题。”

被说成脑子有问题，江有月却没有生气，只是看着叔叔，腼腆一笑。

江太太轻轻拍了江老板一下，说:“什么有问题，别乱讲啦，江仔就是不会讲话而已，他其实聪明得很啦。而且我们说话，他都能听得见，听得懂的。可是啊，女孩子呢，对吧，我们也理解的，多多少少会介意的。”她又看了眼江有月：“所以啊，我们江仔呢，今年都三十岁啦，还没娶上老婆，可把我先生愁死了。”

江太太看向丁国强道：“对啦，丁先生，你是哪一年的？”

“我属羊，一九六七年的，虚岁三十一，周岁三十。”

江太太拍手道：“哇，好巧，跟江仔一样，真的是缘分啊。”

江老板说：“对，我是很头疼啦，我们这一辈，就我两兄弟，我生了两个，还都是女儿。要给江家传后，只能靠他咯。”

江老板拍拍江有月的肩膀，对方却毫无反应，眼睛直勾勾的，盯着桌上的碗筷。

江太太说：“所以啊，谢先生昨天跟我们说了这个事情，我们就很兴奋的啦。我们就想着，让丁先生帮忙相亲，了却我先生这一桩心事。”

丁国强说：“我去相亲，女孩子同意了，然后嫁给江仔？这不是骗人吗？”

“哎哟，也不算骗人啦，你们本来就长得一样嘛，很明显啦。我们是给个机会，让女孩子先嫁过来，然后再慢慢感受江仔的好。你别看他这样子，其实很温柔的啦，手又巧，很会照顾人的啦。”

谢老板也说：“江仔呢，确实不会讲话，但是他不烟不酒，不嫖不赌，不会打老婆，对吧，更不可能出轨。说实话，比正常男人好太多了。”他看了眼江老板，笑着解释道：“我的意思是，比我好太多了，男人该有的毛病，反正我一个都不少。经济方面呢，也完全不用操心，有江老板江太太在呢。说实话，我要是女人啊，我也愿意嫁给他。”

江太太一脸期待地看着丁国强：“丁先生，你觉得怎么样？”

江老板说：“当然这个忙，不能让你白帮，我们一定会答谢你的。

我在新加坡混了那么多年，什么都没有，钱还是有一点，丁先生，你尽管开口。”

谢老板说：“江老板拔根毛，够你吃一年。”

江太太嗔道：“哎呀谢先生，讲话不要这么粗俗啦。”

丁国强却没有说话，脸上带着笑，把这群人所说的话在脑子里复盘。

这个长得跟他一样的男人，江仔，江有月，是个残疾人，不能说话，而且智商跟正常人有些差距。江老板是他叔叔，江太太是他婶婶，两人为了江家香火的传续，希望江有月娶妻生子。为此，他们愿意支付一定的酬劳，可能是谢老板说的一万，也可能更多。

至于这个谢老板，组了这么一个局，可能是想从中挣一笔介绍费。

江老板有钱，也愿意给钱，而丁国强自己，则迫切需要钱。这么看起来，是一个双赢的局面。

可是，被骗的那个女孩子呢？

前几年，丁国强也相过亲，虽然因为他自己的原因，最终都没有成功，但是他知道，愿意来相亲的女人，都怀着同样的期待。她们想要一个好男人、好丈夫，组织一个能产生幸福的小家庭。

假设，有一个女人，跟自己相亲之后，同意了这门婚事，她最终会得到什么呢？一个哑巴弱智的老公，一个或许同样带有遗传疾病的孩子，那她这辈子就毁了。

江有月会得到一个妻子，一个他这辈子不应该有的妻子。江老板和江太太，会得到他们想要的生育工具。

丁国强会得到什么？一笔钱，能让他加快买车的进程，还有一辈子的内疚。丁国强内心朴素的正义感，不允许他这么做。

江太太笑着说：“哎哟，丁先生，你说句话嘛。”

丁国强笑了笑：“对不起啊，这个忙，我可能帮不上。”

江老板的脸色一下就变了：“钱不是问题，你尽管提。”

江太太说：“丁先生，再考虑下嘛，不要那么快下定论啦。”

刚好这时，包间的房门打开，服务员开始上菜。

谢老板打圆场说：“来来来，我们先吃饭，边吃边聊。”

这一场晚宴，持续到九点才结束，中间丁国强要打电话回家，江老板慷慨地递过大哥大，让他随便打。

丁国强便跟林安之汇报，说在半路跟几个朋友吃饭，要晚点才能回家。老婆倒是一贯的善解人意，可是女儿不好哄。丁国强想让她不要等爸爸，早点睡觉，结果女儿不依不饶，说他是大骗子，好话说尽都没有用。

尽管如此，丁国强还是按照习惯，在满三分钟之前，挂掉了电话。

这时候他发现，江老板跟江太太，正满脸带笑地看着自己。

谢老板说：“好，汇报完工作了，我们继续喝！”

整顿饭的过程中，那个长得跟他一模一样的男人，就那么傻乎乎地笑着。无论谁说什么，他都只是笑。三十岁的人，只有十岁的智商，不，应该是七岁，比起丁国强的女儿，丁一一，要稍微懂事一点。

这个晚上，丁国强喝了足足六两白酒，才跟这群人握手道别，上了他的解放货车。

开了那么多年车，他听说过，更亲眼见过许多酒后开车造成的悲剧，甚至还希望，酒后驾车的惩罚再严厉些，交警多上路查，抓到不光罚款，最好还要送拘留所。这样一来，交通事故就会减少很多。

不过，今天晚上，他倒是暗自庆幸，他的想法还没有变成现实。

丁国强酒量很好，醒酒也很快，凌晨两点回到家时，醉意已经完全消退了。

他轻手轻脚地进门，主卧里没有人，看来，老婆为了哄女儿睡觉在她的房间睡了。丁国强走到女儿房门，手握住门把，几秒后还是缩了回去，还是不要打扰她们的美梦吧。

他转身进了浴室，把身上的衣服脱下来扔进洗衣盆里泡着，避免被闻出酒味。毕竟，自己是个完美的继父。

洗完澡后，丁国强坐在床沿，回想起酒局上达成的交易。虽然有违他的道德观，但江老板最终开出的条件实在让他无法拒绝。

按照他们的约定，丁国强要替江有月去相亲。女方姓王，二十四岁，隔壁文举镇人，好像在图书馆上班。相亲当天，只要丁国强现身，无论最终有没有成功，他都可以拿到一万块。如果事情进行得顺利，事后，还有另外一万块的奖励。

江老板甚至说，如果丁国强担心的话，这一万块可以现在就去取。当然，丁国强婉拒了。

至于谢老板的中介费，事实证明，是丁国强想多了。谢老板大小是个老板，他根本不在乎这点小钱，看重的是给江老板帮忙这个人情。丁国强听他意思，好像想跟江老板合伙，做点什么外贸生意。

丁国强最终答应交易，是因为他想到了一个折中的办法。只要他稍微敷衍下，去了相亲，但不要促成这件事，那么他可以拿到一万，那个素未谋面的女人，也不用嫁给一个哑巴丈夫。反正，对于搞砸相亲这件事，他有着充足的经验。

一万块。丁国强算了一笔账，他现在每个月拼命跑车，运气好的话，一个月到手能有三千多。这里面，还要减掉他路上的开销，能结余三千块，就已经谢天谢地、菩萨保佑了。

一万块，起码等于他开车三个月的净利润。

买给女儿的美少女战士铅笔盒，老板开价十五块，他还价到了十块钱。明天早上丁一一醒来，肯定会惊喜地抱着不放。一万块，足够给女儿买一千个惊喜，换她一千次的拥抱。

当然，最合理的使用方式，还是用来买一辆新的大货车。早一天有车，早一天摆脱王老板，就能挣更多的钱，让老婆女儿过上更好的生活，让等着看笑话的那帮人大失所望。

这一万块，丁国强非赚不可。反正只要搞砸相亲，不要害了那个女人，问题就不大。

心里主意已定，丁国强便躺了下去，准备睡觉。他给江老板留了传呼机号，就这一周时间里，江老板会提前两天，跟他确定时间、地点。无论到时他是去程还是回程，在文举镇歇半天就行。相亲时穿的衣物，江老板也会打点好，总之丁国强只要出一个人，其他一概不必操心。

不过，还有一个问题。这件事情，到底要不要跟林安之交代？

平心而论，一个已婚男人，代替另一个男人去相亲，无论怎么说，都算不上一件光明正大的事。

林安之确实明白事理，善解人意，而且可能是因为二婚的原因，她对丁国强一直体贴备至，在家里大小事情，都会跟丁国强商量。但是丁国强知道，林安之绝不是没有想法、逆来顺受的那种女人。她有想法，而且很坚定，只是她把想法藏了起来，不轻易表露。换句话说，林安之是个好强的女人。

丁国强在演完美继父的同时，林安之演的是温婉的妻子，两人棋逢对手，势均力敌。

丁国强代人相亲这件事，如果跟林安之交代，她可能会同意，也可能不同意。哪怕她同意了，在这个过程里反复拉锯产生的嫌隙，控制在家里还好，要是被外人看出来，那就不太妙了。

丁国强想，既然如此，那就不告诉她吧。钱挣了是给家里花的，但是钱是怎么挣来的，不一定要家里人都知道。

毕竟，在中途耽搁的半天，随便找个借口就可以隐瞒过去。多出来的一万块，可以说是找朋友借的，甚至根本不用说也行，丁国强可以存起来，到买车时再用。

他深吸了一口气，心想，好吧，这是我对安之隐瞒的第一个，也是最后一个秘密。

一定要保守这个秘密，万一被知道的话，吵起架来，左右邻里，楼上楼下，都能听见的。

丁国强闭上眼，准备睡觉。

十三

江有月睁开眼，醒了过来。

他做了一个梦。

梦里，他的爸爸妈妈，带着他去广州动物园。动物园里，有许多动物，他最喜欢狮子，狮子总是在打盹，但它很强大，很威风，没有谁敢招惹它。人们哪怕隔着铁笼子，也只敢远远地逗弄。

江有月经常做这个梦，爸爸牵着他右手，妈妈牵着他左手，三个人并排，走过虎山猴山，走过一个个铁笼了。不过，这是他第一次梦见犀牛，他突然觉得，犀牛也很可爱。

江有月便坐起身来，从床头柜上拿起一本信笺纸，撕下一张，开始折纸。

他从来没有学过折纸，但却无师自通，只要见过一遍的东西，活的也好，死物也好，只要琢磨十分钟，顶多半小时，就能折出来。

或者说，在他眼里，折纸跟实物，两者之间并没有差别。

整个世界对他来说，就是一个无比巨大的折纸博物馆。

他房间里，也确实堆满了折纸。汽车轮船，飞机大炮，飞禽走兽，蛇虫鼠蚁，无所不包，大大小小成百上千个。如果有贼半夜闯入，会以为自己进了纸扎店，吓出一身冷汗。

待在这样的房间里，江有月不光不害怕，还感觉到安心。他也从来不孤独，这些折出来的东西，汽车是会走的，白鸽是会飞的，海豚和猴子，甚至还会给他讲笑话。

这个满是折纸的房间，对他来说，是一个小小的世界。

江有月唯一不折的就是人类。他害怕人类，他唯一不怕的人，爸爸，还有妈妈，都已经不在这个世界上了。

江有月已经忘了爸爸妈妈是怎么死的。自从小时候，发了那场高烧，他就记不得许多事情了，就连发烧那年到底是几岁，他也记不清了。

他的记忆，就像是此刻手中的信笺纸，被折进去的部分，就藏了起来，消失不见。他想要记得的只有美好的那些，比如说，跟爸爸妈妈牵着手在动物园里散步。

十五分钟后，一只活灵活现的犀牛，静静卧在江有月的掌心里。

他拿着这个作品，左看右看，感觉颇为满意。欣赏完之后，他便将犀牛折纸放在床头柜上，到卫生间里刷牙洗脸。

刷牙时间，一定要超过五分钟，这样牙齿才会干净洁白。牙齿好看，人才会好看——这是他还小的时候，爸爸跟他说的。

爸爸的样子，他还记得，跟叔叔有点像，但要好看一些。他总是穿得很整洁，脸上笑笑的，但是外面的人都很怕他。江有月想，爸爸应该是个了不起的人物吧，就好像动物园里的狮子，不会发火，但没人敢招惹他。

梳洗完毕，换上出门的衣服，江有月便下楼吃早餐。他会刷牙洗脸，会洗澡，上完厕所也知道冲水，但是他不会做饭。所以，江有月的一日三餐，都在楼下的这家店解决，不用他自己结账，叔叔会按月付清。

应该说，哪怕他想要结账，身上也没有钱，他的口袋比脸还要干净。叔叔说，不给他钱，是为了他好。因为他太听别人的话了，不管是认识的人，还是不认识的人。如果有一个烂仔，或者是乞丐，走到江有月旁边，让他把身上所有的钱全掏出来，江有月只会照做不误。

他无法分辨，谁说的是对的，谁说的是错的，谁说的话该听，谁说的话不该听。他能做到的，就是无论谁说了什么，他都服从命令，乖乖执行。

早餐端了上来，是一碗牛肉丸粿条。

江有月看了眼隔壁桌，别人碗里有五颗牛肉丸，他的碗里只有两颗。

他很喜欢吃牛肉丸，他也想每天早上能吃五颗牛肉丸，但是他不懂该怎么说，因为他根本就不会讲话。不知道几岁时的那一场高烧，不光烧坏了他的脑子，还搞坏了他的声带。

老板娘一屁股坐在他旁边，说："江仔，你要娶媳妇了啊？"

江有月看着她，笑了一下，然后埋头继续吃粿条。牛肉丸是他喜欢吃的，只有两颗，所以他要等粿条吃完，汤喝完，最后再吃牛肉丸。

可能就因为这样，老板娘以为他不喜欢吃，才会克扣牛肉丸吧。毕竟叔叔付的钱，是按照每碗两块钱，正常给的。因为他喜欢吃牛肉丸，所以关于牛肉丸的话题，他听了进去，关于牛肉丸的事情，他也都记得。

老板娘又说：“你一个傻子，娶个傻婆，再生个小傻子，我一天早上，得给你们做三碗粿条咯。”说完，老板娘哈哈大笑起来。

江有月不知道她在笑什么，或者是知道了，不想搭理，只是埋头吃粿条。

粿条一条条，白白的，也有点像纸。粿条没切开之前，一整张，就更像纸了。

江有月想，如果把像纸一样的粿条，做成折纸放在家里，也挺不错。这样肚子饿的时候，就可以吃粿条折纸。只可惜，没有牛肉丸。

老板娘逗了他一会儿，看他毫无反应，便起身走了。

临走前，她扔下两个字——白痴。

江有月也不太懂,什么叫作白痴。可能白痴就是人类里的折纸吧，看起来像人，却不会被当成真正的人来对待。

没错，江有月在这个世界上，就像一个折纸，单薄、脆弱，谁都可以伤害他。江有月这个折纸，当然是有他自己的优点，甚至有艺术的成分。只可惜，愿意把他捧在手上，好好欣赏，挖掘他灵魂里精妙之处的人，还没有出现。

吃完粿条，江有月便又上了楼。叔叔说了，今天他可以不用出门。

他要娶那个老婆，有人会帮忙。就是那个人，那个跟他长得一样的人。江有月没有时间观念，他不知道是在多久前，可能是两天，也可能是一年，他还跟那个人一起吃过饭。

那个人叫什么名字？忘了。

总之，那个人会讲话，会笑，还会喝酒。叔叔也好，婶婶也好，还有另一个不知道是谁，都把那个人，当成真正的人。

上楼的时候，江有月想，那个人就是真正的自己吧。现在一阶一阶，慢慢爬楼梯的这具躯体，不过是照着那个人，用纸折出来的一个形状而已。单薄，脆弱，缺少灵魂。就像他现在住的套房，是他叔叔买的，只住了他一个人，所以只是房子。在他还小的时候，那个住着一家三口的老房子，才能叫作家。

江有月走进套房，小心翼翼地绕过满地折纸，在客厅里唯一的桌子前坐下。今天，他有一整天时间，琢磨新的折法。

丁国强坐在方桌前，左边是江老板，右边是谢老板，正对面是江太太。

今天，他有两份工作。第一份是从汤县出发，送货到平山龙胜厂。本来要在下午五点交货，但他以两包中华烟的代价，搞定了收货的仓管小周，换到明天早上入库。

眼下，他正在海丰武举镇谢老板家里，听从新的工作安排，一份日薪一万的工作。

现在，江太太不再是江太太，变成了江导演。丁国强也不是丁司机，他成了演员。江老板正在给丁国强说戏。

今天跟丁国强对戏的，是个名为王婉莹的女人。只不过，她手里没有剧本。上次酒桌上，丁国强听错了，原来王婉莹不是在图书馆上班，而是自己开了一家小型的租书店，可以在店里看书，也可以出租带走。这种租书店，前几年很流行，现在已经没什么人去了，生意冷清。

王婉莹有个弟弟，比她小一岁，也快到了结婚的年纪。她家境不怎么好，所以父母让她跟隔壁镇有名的傻子相亲，多少有点卖掉女儿给儿子筹彩礼钱的嫌疑。

这么说来，这也是个苦命的女人。

丁国强看了王婉莹的照片，微胖，戴个眼镜，鼻子稍有点塌，嘴唇过于肉感。丁国强想，这个女人其实说不上丑，比他几年前相亲的那几个，要好一些。当然，如果比较的对象换成林安之，那差距还是很大。

江太太说："丁先生，啊，不对，从现在起你就是江仔啦，有几件事要提醒你一下了啦。"

丁国强说："好的，江……"

江太太打断道："很明显啦，你是江仔，是哑巴，哑巴不会讲话的。"

丁国强顿了一下，闭上嘴，点头微笑。

"这个女孩子，很明显啦，她看中的不是江仔，是江仔背后的我们啦，你懂我意思。所以呢，你不用太紧张，只要不出什么大的差错，都没问题的啦。"

丁国强点了点头，心里却想，要真是这样，他会更紧张。毕竟，他的打算是拿到一万块酬劳的同时，搞砸这一场相亲。

江太太又说："因为这个文举镇啊，跟武举镇两隔壁，对吧，所以江仔你是个哑巴这回事，女方家里呢，肯定是有耳闻的。不能说话，对他们来说关系不大，少说点话还不会烦人呢，对吧？"

江老板说："对对，就是这样。"

江太太说："可能还会有那些八卦的，说江仔是智障。那就不行了，如果是傻子，那都要人照顾的，女方肯定不愿意。所以嘛，今天你要做的，就是证明给女方看，你虽然不会说话，但不是傻子，脑子是正常的。”

谢老板在一旁说:“傻不傻这个事情，本来就很主观嘛，只要你演得好，女方不会怀疑你的，只会认为是镇上那些人瞎说，看不得别人好。”

丁国强说:“暂停一下啊，就是说，我不能讲话，但是反应要像正常人，是这样吗？”

江太太点头道:“对对，差不多。哎呀，真是太好了，我们请的这个丁先生啊，好聪明的，一听就会。”

丁国强说：“不能讲话，又要像个正常人，具体应该怎么做？”

江太太说:“很明显啦，别人问你问题，对吧，你不能讲话，但是你可以有肢体语言啊，或者你写出来，都行。来来，我们先试一下。现在我不是江太太，我是王婉莹她妈妈。”

他点了点头。

江太太清清嗓子，问：“江仔呀，你今年几岁啦？”

丁国强张开口，又把话吞了回去。

“你这个反应不行，记住，你是个哑巴嘛，别人问你话，第一反应肯定不能张嘴。我们再来，江仔呀，你今年几岁啦？”

丁国强眨了眨眼睛，伸出三根手指。

江太太摇头：“这样也不行，还是有点呆。”

丁国强想了想，便用食指在桌面上写阿拉伯数字“30”。

江太太鼓掌道:“好，太好了，这样做就很好。再来，江仔，你是属什么的呀？”丁国强又伸出手指，在桌面上写了个羊字。写完，他抬起头来，对江太太笑了笑。

江太太高兴道：“对对，就是这样。”

江老板这时也终于开口，说道：“哇，丁先生，你不说话的时候，跟我们家江仔，真的好像。”

江太太捶了下江老板：“什么丁先生，这就是我们江仔呀。”

江老板轻轻掌自己嘴：“对对对，哎哟我这猪脑子。”

江太太又说：“我为了你们江家的香火，操碎了心，你可别给我添乱。要是下午露馅了，唯你是问。”

江老板说：“好好，老婆，我知道了。”

丁国强看着眼前这对夫妻，心里不由好笑。很明显这个江老板是靠着岳父家的财力，才发达起来的。所以，他哪怕在外人面前，也只能唯夫人马首是瞻，甚至像她豢养的一条哈巴狗。江太太生了两个女儿，按照传统思想，其实是理亏的。但是，她却能把江家香火这件事，说得理所当然，趾高气扬，像是在前线督战的女王。

江太太笑着说：“总之啊，江仔，等下辛苦你了。”

丁国强点点头，比了个没问题的手势。

谢老板提醒道：“还有喔，我们江仔是不抽烟的，所以你今天要忍一下咯。”

“还用你讲，很明显啦，江仔肯定知道的，对不对？”江太太道。

丁国强笑了笑，没有说话。他低下头，进入扮演江有月的状态。

如果自己是个不会讲话的三十岁男人，该怎么说话，怎么走路，坐姿又该如何呢？遇见人的时候，应该先笑，还是等对方笑了再笑？如果自己是江有月，内心的状态到底如何呢？

丁国强有些入戏了。

在这样的揣摩里，他人生第一次，体验到了扮演另一个人的快感。演戏，好像比开车，开长途车，十几个小时握着方向盘，看着千篇一律不断延展的路面，要有趣多了。或许，如果他不当司机的话，还可以去做一个实力派演员呢。

从江太太他们的反应来看，自己的演技应该是不错的。不过，到底能不能行，还得靠下午的相亲来检验了，时间是检验真理的唯一标准嘛。此刻的丁司机，已经做好了准备，甚至有些跃跃欲试了。先演一场好戏，把那个姓王的女人骗过去再说吧，然后偷偷留下她的联系方式，委婉跟她说明就好。就这样办。

丁国强屏蔽江老板等人的谈笑，心里默默念着：我是江有月，江有月，江有月……

悄无声息的客厅里，江有月坐在桌前，默默玩他的折纸。

前两天，他偷偷听到，其实也不算偷听啦，叔叔婶婶是当他面讲的，因为也不怕他听懂。总之，叔叔婶婶说，要跟他结婚的女人叫王婉莹。

江有月只上到小学三年级，王婉莹的王字，他会写，至于剩下的两个字，婉是哪个婉，莹又是哪个莹，他心里就没数了，更别提要怎么写。

江有月想，莹，应该就是萤火虫的那个萤吧。他闭上眼睛，回想起小时候，爸爸妈妈带他到河边看满天飞舞的萤火虫。爸爸还捉了两只，放进玻璃罐里带回家。那时候，江有月对着罐子里的萤火虫，仔细看了两天，然后才放生。

那么，就为了他将来的老婆，折一只萤火虫吧。

下午的相亲，进行得极为顺利，顺利得让丁国强有些担心。

文举镇一家茶馆包厢里，挤满了阵容庞大的双方亲友，充分显示了他们对这场相亲的重视。江家有江老板、江太太、扮演江有月的丁国强，还有个谢老板。女方这边，有女主角王婉莹，还有她的妈妈、姑姑，以及小她一岁的弟弟。

整个相亲的过程里，丁国强感觉愉悦而轻松，他似乎完全代入了江有月这个角色。

一个年逾三十，被误认为是哑巴跟智障，但实际脑子很正常的男人，应该是个什么样子，丁国强就演成了什么样子。他从男方亲属跟女方亲属的脸上，分别看到了对自己演技的认可。

王婉莹说话时，他就带着笑，看着她的脸。

这个相亲对象，本人比照片好看，或许是因为她化了妆，或许是她不太上相。王婉莹的话也不多，该笑的时候笑，该安静的时候安静，不像有些聒噪的女人，一直说个不停。

丁国强心里，总是忍不住拿王婉莹跟林安之做比较。当然，林安之要漂亮很多，但她毕竟是快三十岁的女人，而且生了孩子，日夜操劳家务，多少有一些疲态。仙女远观时是仙女，近距离看久了，也不过是凡人，同样会掉头发，来月事，同样要吃喝拉撒。

王婉莹比林安之年轻四岁，皮肤光滑细腻，一双近视眼迷迷糊糊的，似乎另有一番风情。尤其是她那对硕大的乳房，还有同样壮观的臀部，都是林安之所缺少的。老一辈人，似乎最喜欢这样的儿媳妇，认为喜庆，好生养，三年抱俩不成问题。

丁国强想，如果当初自己娶了这样的老婆回家，他妈妈肯定会笑得合不拢嘴吧。

让他感到担忧的是，直到相亲结束，他也没能找到机会跟王婉莹独处。按照之前的计划，他想给对方留一个传呼机号，等她打电话过来再说明原委。可惜，江家这一边，压根没有给他机会。

包间里一直坐满了人，他自然没机会搞小动作。中间有一次，王婉莹起身上厕所，丁国强也表示要上厕所，想借机给她传呼机号。没料到，谢老板马上说他也要去，于是紧随其后。半路上，他跟王婉莹擦身而过，但有谢老板跟着，他什么都不敢说。丁国强无可奈何，只好规规矩矩地上完厕所，又回到原位。

可能是担心时间太久，丁国强会露馅，所以这一次相亲，江家并没有安排晚饭。到了下午四点，双方在一片欢声笑语中结束了会面。

江家这边四人，坐着谢老板的皇冠车，从文举镇开往武举镇。谢老板开车，江太太坐在副驾驶位，江老板和丁国强坐后排。四个人的地位高低，一目了然。

回去的路上，江太太跟江老板还沉浸在相亲成功的喜悦中。作为这次行动的总导演、主策划，江太太自然是最开心的一个。她兴高采烈，言辞之中，仿佛刚刚结束的，不是一场以欺骗为目的的相亲，而是什么拯救全人类的伟大举动。

江老板跟谢老板像是皇后身边的佞臣，变着法子奉承江太太，让她更加得意扬扬。丁国强默默地坐在后排，无人搭理，像是一件用完之后被随意丢弃的工具。

江太太说:“这下好了，你们江家啊，不担心绝后了。”

江老板说:“太太英明，多亏了太太啊，我哥哥嫂子，还有老头子老太太，九泉下也瞑目了。”

谢老板也说:“是啊，江老板能娶到江太太，真是江家几辈子修来的福气。”

江太太摇摇手，说：“哪有这么夸张啦，你们真的是，太夸张了。”

江老板说：“彩礼怎么说，五十万够吗？”

丁国强吓了一跳，五十万的彩礼，看来这个江老板比他想象的还有钱。

江太太说：“哪里用得着，最多三十万。很明显啦，这家人就是拿了彩礼钱给儿子娶老婆的。三十万，什么样的老婆娶不到，仙女都到手了。他们儿子又跟我们江仔不一样，对吧。”

谢老板说：“对对，三十万肯定够了。”

江老板说：“行，三十万能给江家留个后，那真的太值了。不对，摆喜酒还得花一笔钱，十万够不够？”

听江老板这么说，江太太从前排回过头来，一脸嫌弃的表情：“还办婚礼？办什么婚礼啦，人那么多，江仔当场吓得尿裤子，看你到时怎么收场？夜长梦多，很明显啦，等女方收到彩礼钱，就把江仔跟那个女孩子拉去登记结婚，再送进洞房，把门一锁，我们守在外面。生米煮成熟饭，哪怕这个女孩子或者他们家里人，发现江仔跟今天的江仔不太一样，也没办法了。”

江老板恍然大悟道：“对对对，还是太太高明，就这么做。哪怕他们一定要办婚礼，我们也不答应，最多把办婚礼的钱，再折算成彩礼给他们。”

江太太欣慰道：“总算你有点脑子。”

谢老板见缝插针道：“江仔的终身大事搞定了，接下来我们的合作……”

江太太说：“谢先生，你别心急，答应你的，跑不了。”

谢老板嘿嘿一笑，心满意足地继续开车。

江太太要回过头时，眼角余光扫到了丁国强，她似乎终于想起车上还有这么个人。

“啊，丁先生，你稍等一下，”她从包里翻出一个信封，递给丁国强，“喏，这是给你的酬劳。”

丁国强有些犹豫，坐在那里没动。

江太太把信封塞到他面前：“哎呀，丁先生，别客气啦，这是你应得的。”

丁国强看着那个厚实的信封，想了想，伸手接了过来。

信封出乎意料地沉，从凸起的形状看，里面装的不止一叠钱。

江太太说：“这里是两万块。”

丁国强有些意外，问：“不是说，先给完一万，等事成了再给一万吗？”

谢老板笑道：“怎么，嫌钱多咬人啊？”

江老板说：“丁先生你就别担心了，看今天下午这个情况，事情能不成吗？迟早都要给的，一次性给完，省得麻烦。”

就这么一下午时间，两万块，被装在信封里，如今沉甸甸地压在丁国强手里。

江太太说：“不用不好意思，这两万块收好，你应得的。”

丁国强喉咙发紧，涩涩地说：“谢谢江太太。”

他抬起头来，江太太脸上却没有笑意，换上一本正经的神色。

江太太说：“还有一件事情，要拜托丁先生。这段时间发生的事情啊，你就当没发生过，更不要跟任何人说。还有啊，如果没什么必要的话，可不可以请丁先生，以后都不要到我们镇上来？没有别的意思啦，你知道，虽然说不怕女方反悔，但万一被抓包，解释起来也很麻烦的。”

谢老板也说：“反正你开货车，也不会经过这里，不影响你的。”

“对对对，丁先生帮我们到这就可以了，以后就不麻烦了。”江老板道。

丁国强捏着信封，笑道：“当然，没问题。”

这群有钱人啊，脸翻得真是快。当要用到他的时候，这几个人笑脸相迎，虽然都是假的，都是装出来的，但人家起码摆出了这个姿态。如今，丁国强的戏演完了，没有利用价值了，这些人就当他是鼻涕虫，恨不得立刻甩掉，甩得越远越好。

丁国强觉得，自己就像是个妓女，信封里的两万块，是客人给的嫖资。不，他比妓女都不如，有些嫖客完事之后，还会语重心长，劝妓女从良。这些有钱人，却连半句话都不想跟他多说。

当货车司机这两年来，他遭遇过不少冷眼和刁难，但所有这些，他都当成是工作的一部分，从忍耐到麻木，最终习以为常。而且，能够带给他麻烦的人，实际上，社会地位都跟他差不多。

车上这三个人，不太一样。对丁国强来说，他们是另一个世界的人。江太太对他说不上刁难，甚至说不上鄙视，因为在她眼里，根本没有丁国强这个人，就像那个已经死去的堂哥当年对他的态度。这种无视，深深刺伤了他。

一路上，丁国强没有再说话，江老板他们也不再谈这桩婚事，聊起香港回归、国际形势等重大话题。

车到了武举镇，丁国强下了漆黑锃亮的皇冠车，跟三人告别，然后走向镇上，去找一家银行存钱。

丁国强把信封揣在怀里，左顾右盼，生怕突然冲出来一个人，把这笔出卖尊严换来的钱一把抢走。

从银行出来，丁国强看一眼手表，还不到六点。他想，还是不在武举镇过夜了，赶紧把车开到平山，晚上还在粤丰招待所睡。

走向停在路边的破旧货车时，丁国强心想，文举镇也不大，找一家租书店，应该不是什么难事。

十四

一星期后，丁国强再次来到文举镇。

他把车停在镇口一处空地旁，准备走路到镇上去。从货车上下来的那一秒，当鞋底接触到文举镇地皮的时候，丁国强并不知道，他的命运已经注定，要发生一些深刻而剧烈的改变。

果然如他所料，文举镇并不大，要找到王婉莹开的那家租书店，不是什么难事。但是他没有料到，这家租书店已经关门歇业了。

此刻，丁国强站在婉婉书吧的简易招牌下，面对的却只是紧锁的铁栅门。

昨晚下了场暴雨，店门口坑坑洼洼的都是积水，铁门两边的花盆里，种着些半死不活的植物。丁国强站在店门口，点了支烟。除了抽烟，他确实想不出接下来该怎么做了。

如果去隔壁几间店搭话，应该能问出王婉莹的住址。但是这样一来，他到文举镇这件事，就会留下无法掩盖的口实。

丁国强确实想提醒王婉莹，一方面出于内疚，另一方面多多少少是对江家人的报复。他甚至想好了，把到手的两万块分出一半，作为给王婉莹的补偿。但是，他并不想让江家人，尤其是江太太知道这件事。肯掏两万块让丁国强参与一场假相亲的人，说不定愿意出更多的钱，让他尝尝背叛的苦头。

烟抽了一根又一根，丁国强最终决定，离开这个是非之地。可能有些事情，是上天早就注定好的吧。这个叫王婉莹的女人，注定要嫁给一个傻子，再生一个小傻子。他有心阻止，也付诸了行动，但同样注定要无功而返。

丁国强踩灭最后一个烟蒂，转身离开，就在这时，身后响起一个女人的声音。

"江仔。"

丁国强回过头去，却正是王婉莹。

王婉莹站在雨后潮湿的路上，说："江仔，真的是你。你怎么来了？"

她今天戴了眼镜，手上拿了把折叠伞，身穿纯白的佐丹奴圆领短袖，更掩盖不住衣服下隆起的胸罩花纹。

王婉莹皱着眉头："江仔，你还会抽烟？"

丁国强笑了笑："对啊。"

王婉莹吓了一跳："你会说话？"

丁国强摇摇头，指着紧锁的铁门，说："进去聊。"

王婉莹紧皱着眉头，掏出钥匙，打开铁栅门上的锁。两人走进店内，丁国强又把铁栅后的木门重新关上。

租书店内，逼仄昏暗，弥漫着纸张受潮的气息。

孤男寡女，共处一室，王婉莹却并不紧张。她似乎预感到有什么超出正常生活的事情，一些刺激的事情，即将发生。或者说，她正在期待这样的事情发生。

丁国强深吸了一口气，接下来的十分钟里，他把最近半个月发生的一切，向王婉莹和盘托出。他也做好了心理准备，王婉莹或许会暴跳如雷，指着他的鼻子骂，或许会泪如雨下，感叹自己命苦。然而，他预想的这些情形，都没有发生。

听完丁国强的陈述，王婉莹淡淡地说："哦，是这样啊。"

丁国强重复道："是这样？"

王婉莹坐到了柜台后，说："对啊，不就是这样嘛，你自己说的。"

"我的意思是，你就不生气吗？"

"有什么好生气的？"

丁国强一时无语，过了会才说："我跟江家那些人合伙骗你，害你要嫁给一个傻子，不生气吗？"

"不生气啊，傻子有什么不好？男人本来就不是什么好东西，像我爸那样，喝了酒打老婆，赌钱输了打老婆，平时闲着没事，还是打老婆。你说的这个傻子，江仔，听起来人还挺好，应该不会打老婆吧。嫁给这样一个不会打老婆的男人，我赚到了。反正啊，不管傻不傻，会不会讲话，三十万彩礼，一分都不会少。"

听她这么说，丁国强反而有些生气。他冒着被江家报复的风险，好心好意来提醒，对方却完全不当回事。又或者，他生气的点在于，对王婉莹来说，嫁给一个傻子，跟嫁给作为正常人的自己，并没有什么不同。

江太太说得没错，这桩婚事，女方看重的并不是人，而是钱。丁国强释然了。他该说的都说了，既然眼前这个女人为了三十万的彩礼，甘愿嫁给一个傻子，那自己就没什么好内疚的了。

丁国强说:“这样，行吧，那我走了。”

王婉莹却说:“不，你等一下。”

“还有什么事？”

“你看看我这店里，都是什么书。”

丁国强便驻足观看，店内三面墙的书架上，一半是言情小说，另一半却是古今中外各种推理、悬疑、侦探小说。

他随手拿起一本书，阿加莎·克里斯蒂的《东方快车谋杀案》，翻了几页，又看向王婉莹，问:“你什么意思？”

王婉莹说:“开这家店，不赚钱的。但是有个好处，我喜欢看书，开一家租书店，就有各种各样的书可以看，光明正大地看，不怕被我爸骂。人的一生，真的好无聊啊，特别是普通人，像我跟你这样的普通人。书里面的世界，精彩多了，什么样的事情都可能发生。你叫丁国强，对吧，国强，你想想啊，两个长得一模一样的男人，一个是傻子加哑巴，另一个是货车司机，因为巧合，你们不光见面了，还在另外一些人的安排下，来了场狸猫换太子。这简直就是书里的情节呀，太刺激了。”

丁国强合上书，皱眉道:“刺激？”

昏暗潮湿的租书店里，王婉莹鼻梁上架的两片近视镜片下，似乎有某种异样的闪光。

她说:“对啊，刺激。店里这些言情小说，都是女孩子租的，里面尽是情啊爱啊，女孩子带回家去看，就会很兴奋……”

王婉莹站起身来，走出小小的柜台，向丁国强一步步逼近。

“不过呢，我从来不看这些言情小说，我觉得没意思。我喜欢悬疑小说，看到里边各种阴谋，各种案件，我就会很兴奋，像她们看言情小说一样兴奋，你懂吧，那种兴奋。”

丁国强吞了口口水，那件被雨点打湿的佐丹奴短袖，在他的视线中，变得越来越立体。

他确实没有想到，事情会朝着这个方向发展。

王婉莹走到他面前，左手搭住他的腰，右手摘下眼镜，搁到了书架上。丁国强往后退了一步，肩膀撞上另一面书架，他结结巴巴道：“你、你要干什么？”

王婉莹说：“让你感受下我的兴奋。”她居然开始脱衣服。无论多么单薄的短袖，穿在身上的时候，至少表明一切还在正常状态；当它被随意丢弃在地上时，气氛急转直下，表明另一种不同寻常的事情，即将发生。

丁国强说：“我、我结婚了。”

林安之的脸浮现在他眼前。是的，他结婚了，妻子是他最爱的女人，林安之。他不可能做出对不起她的事情。

“你结婚了啊？那更好，更刺激。已婚男人出轨，然后身不由己，被卷入什么阴谋里，悬疑小说都这么写的。”

丁国强想，这女人看书看疯了，于是他换了个说法：“王小姐，你清醒点，你也快结婚了。”

“对呀，最多两个月，我就要嫁给那个傻子了。”

“不等到年底？”

一般来说，广东地区都习惯在年底结婚，寓意新人能白头到老，走到最后。深究起来，应该是农耕时代，年底农闲，操办喜事比较方便。

王婉莹说：“不等，你不知道啊？他们家急得很。”

“哦。”丁国强道。

“也就是说，两个月后，我就要被那傻子睡了。”

“哦。”

“给那个傻子，还不如给你。姓江的那个，是个傻子，对吧？你猜，他能不能分辨出洞房花烛夜，新婚妻子是不是第一次？”

丁国强诧异道：“第一次？”

“对呀，第一次，有什么好奇怪的？我又没谈过恋爱。从小做家务，读书，高中毕业开了这家书吧，就一直在看书。没时间啊，家里也管得严。可能我爸妈也是这么想吧，我是处女，才好卖啊，卖个好价钱。三十万呢，他们高兴坏了。”

说这两句话时，王婉莹又向丁国强贴近了半步。他背后就是书架，退无可退，她那对硕大浑圆的乳房，已经贴在了他的胸口上，因为用力挤压的关系，形状都发生了改变。此刻，两人的肌肤之间，只隔着丁国强的衬衫，还有王婉莹身上那件薄薄的胸罩。

丁国强惊奇地发现，王婉莹穿的胸罩，跟林安之的大有不同。林安之的胸罩里，夹着一层厚厚的垫圈，旁边还有固定用的钢圈。丁国强以为，世界上所有女人用的胸罩都是如此，岂料眼前所见的这个，只是简单的一层布。

结婚之前，他谈过两次恋爱，都是连手都没牵过的那种。当然，他也曾经去过街边那种发廊、温州城，诸如此类，但是不知道为什么，他挑的小姐，都是瘦削甚至骨感十足的，胸部自然也就不大。

丁国强努力控制自己，不要想起林安之，不要拿她做比较。在这样的情况下，光是想起林安之这三个字，就是对她的一种亵渎。但他失败了。他想到，林安之跳舞的时候，隔着外衣，胸的形状看上去小巧而优雅，没想到脱了衣服以后，比丁国强想象的还要小，更别提，那是一对哺育过小孩的乳房。

丁国强想，这个女人，真的是处女？相比于硕大丰满的乳房，处女更是丁国强没有经历过的。温州城里的小姐不是，结过婚生了孩子的林安之，更不可能是。

他丁国强，未必这一辈子，就没有权利占有一个处女？

王婉莹是处女，她的初夜，值三十万。自己要开多少年货车，才能挣到三十万？更何况，如果他不用的话，这个机会，就要拱手让给江有月了。那个连话都不会讲，只知道傻笑的白痴。如果非要在他跟江有月之间选一个人，来夺走王婉莹的处女之身，无论怎么看，他丁国强都更有资格。

租书店外，雨又开始下了起来。

王婉莹看着他，胸往前又送了送，说："怎么，没有下文了？"

"不行，没有安全套，会怀孕的。"

"别怕，我刚来完。"

这句话一落地，便压垮了丁国强心里最后绷着的那根弦。

丁国强深吸了一口气，心中已经有了决断。

当然会对不起林安之，不过，仅此一次。离开这间租书店后，他这辈子再也不会见王婉莹。而且，他会永远地保守秘密，绝不让林安之知道，导致家庭破裂。他心想，好吧，这是我对安之隐瞒的第二个，也是最后一个秘密。主意已定，他眼神不再犹疑，身体不再躲避，脸上也恢复了他这个年纪的男人所该有的镇静。

一小时后，丁国强再次站在婉婉书吧门口，抽着烟。

他心想，王婉莹真是个不错的女人。他还是拿出林安之来比较。一个是已婚女人，在床上却颇为被动，似乎那件事对她来说，跟洗衣做饭一样，是家庭生活的一部分，没有什么特殊之处；另外一个，在一小时前还是处女，却表现得出乎意料的狂野。

如今，王婉莹正在店里休息。她很满足，瘫坐在单人沙发上，连衣服都懒得穿。

结束时，丁国强系上皮带，想要对王婉莹讲，以后我们不要见面了。但这句话，他始终没有说出口，反而是在登记借书的本子上，留下了自己的传呼机号码。然后他开门，关门，在门口抽了一支烟，等雨下得小了，便走向停在镇口空地的大货车。

他还要赶到深圳平山去，卸了货，晚上住在粤丰招待所，然后到了九点左右，用招待所楼下的红色座机，给家里打电话。林安之会跟他说两句，主要是哄女儿睡觉，再答应给她买礼物。对了，这次就给她买条裙子吧。那条漂亮的粉红色连衣裙，他在平山镇的步行街见过几次，一直没舍得买。现在不一样了，躺在银行账户里的那两万块，让他有了买任何礼物的底气。

女儿穿着这条裙子，走在街上，肯定会招来很多艳羡的目光吧。不用问也知道，这条裙子是她的继父丁司机买的。

丁国强上了货车，点火，左脚踩离合，右脚踩油门。

他的人生，就像这辆货车一样，正在按照他规划好的道路，慢慢向前。路上偶尔的停歇，绝不会改变他的目标，也不会耽误他的计划。

丁国强当然知道，也有很多司机在路上出了意外，撞上了人，撞上了别的车，甚至在雨后湿滑的路面上，一点点滑向深渊。丁国强却并不担心意外，他知道，开车最重要的，不是踩油门，也不是握方向盘，而是踩刹车。该在什么时候刹车，他有丰富的经验，这也是他开车这么多年以来，极少发生交通意外的原因。

他心里清楚，自己不会再见王婉莹了。不，哪怕两个人再见面，甚至再幽会，问题也不大。丁国强开了那么多年车，当意外来临时，他完全有能力准确预判，在恰当的时机，用合适的力度踩下刹车。

当天晚上，丁国强打电话回家，跟林安之汇报了今天的情况，包括因为雨后路滑，在路上耽误了一个多小时。

正如丁国强所预料，林安之完全没有怀疑。聊了几句，电话线的另一边，却没有平时女儿抢话筒的喧闹。

丁国强便问："一一呢？"

林安之说："她睡了。"

丁国强嗅到了意外的味道。他的右脚，下意识地轻轻踩着地面，像是在刹车。

平时，不管多晚，女儿一定要等到自己这个电话，才肯上床睡觉。今天她那么早睡，一定有什么原因。

丁国强问："一一怎么了？"

林安之说："没什么事，下午有点不舒服，我就让她早点睡了。你别担心，明天早上，我先带她到医院检查。国强，你一个人在外面，也要注意安全。快五分钟了吧，省点钱，等你回来再说。你辛苦啦，早点休息。"

丁国强只能说好，然后便挂了电话。

蔡老板坐在柜台后，问道："怎么，家里有事？"

"女儿生病了，问题不大。"

“你天天这样跑车，家里是会顾不上哦，像我这样，一家人吵吵闹闹，起码每天能见到。”

丁国强便笑：“我也想跟你一样，开个店当老板，就是没本钱啊。”

“别，我这种小破店，就算了吧，一个月下来，哪有你跑车挣得多。”

“都是拿命换的，辛苦钱。我先上楼，趁着还有热水。”

蔡老板却叫住他：“等一下。”

丁国强便转过身，蔡老板提醒道：“你衬衣扣子，掉了一颗。”

丁国强低着头看，从脖子往下数，第三颗扣子确实不见了踪影。他马上反应过来，这是下午在租书店里，两人激情时刻掉落的。

“哦，出门太着急，忘了让老婆缝上了。”

蔡老板笑道：“出门就这样？”

丁国强做贼心虚，说：“当然，要不然呢？蔡老板，我的为人你清楚的，从来不搞那些。”

“我又没说你搞什么，别急啊。”

丁国强也缓和了语气：“我没急。”

蔡老板说笑道：“都是男人，懂的。就是提醒下你，要真是被女人扯掉的，回家前记得钉上。要是出门就这样，那可千万别钉。不然你老婆肯定能看出来，你在外面有女人了。”

丁国强也笑：“我倒是想有女人，可惜啊，没钱没时间。”

“那就好。”

蔡老板又看了眼里间，见他老婆不在，叮嘱道：“我跟你讲啊，这女人的眼神啊，可比我厉害多啦。反正，小心。”

“谢谢蔡老板提醒，以后我要是有了二奶，一定小心。就这样，我先上楼了。”

走在狭窄的楼梯上，丁国强的手指，一直抚摸着纽扣掉了以后空缺出来的位置。

这件事本身问题倒是不大，他可以跟林安之说，是自己脱衣服的时候太用力，不小心扯掉了。纽扣滚到床底下，或者是哪个缝隙里，总之，找不到了。林安之不会多说什么的。问题在于，掉了一颗纽扣，他居然完全没察觉。

如果不是蔡老板提醒，回到家，林安之突然问起，他脸上的表情，或许做不到那么自然。这么一来，她完全可能看出什么，至少会有所怀疑。她要是不问不管，那也就算了，万一吵起来被邻居听到，麻烦就大了。他这个完美丈夫的形象一定会大打折扣。

丁国强想，或许他对意外的敏感程度，并没有自己想象的高。婚外情这件事，比开着满载的大货车，在雨后的盘山路上绕圈，还要危险。稍不注意，就会翻车。

推开房门的时候，丁国强想，踩刹车，就是现在。

这个晚上，丁国强失眠了。他推开房间的窗户，对着楼下抽烟。

女儿病了，是什么病呢？可能只是淋了雨，感冒发烧，过几天就好了。

但丁国强有种强烈的预感，事情没这么简单。如果真的是感冒，在电话里，林安之就直接说感冒了，不会这么遮遮掩掩，字斟句酌。所以，应该是更严重的问题。

当然，无论女儿得了什么病，哪怕倾家荡产，也要给她去治。可是这样一来，他买车的计划，就要无限期延后了。不，都根本不是买车的问题，他原先规划好的生活，挣更多钱，让林安之跟丁一一的日子过得光鲜亮丽，让汤县的街坊都羡慕他，嫉妒他，佩服他，这所有的一切，都成了泡影。

那些街头巷尾袖着手的妇人家，还有录像厅、台球场的后生，会说什么呢？可想而知。或许会先来点同情，但那就像是龟苓膏上薄薄一层的蜂蜜，不过是为了掩盖底下的幸灾乐祸。

道理很简单。自从丁国强跟林安之结婚，县城许多人就等着看笑话，现在终于等到了，能不开心吗？就连丁国强的老母亲，也会反反复复地说："早就让你别娶这个女人，你不听，现在好了，你看。"

对于这样的未来，丁国强无法不感到恐惧。

对了，如果丁一一真的得了什么病，治不好的病，或许还会有人说，这是报应。如果真是报应，那么，犯错的人是谁呢？

自然不会是丁一一，她那么小，又那么可爱，能犯下什么过错？是林安之？可能会有人说，是她八字太硬，把上一个老公克死了，现在还要克女儿。

丁国强觉得，招来报应的人应该是他自己。他假冒江有月去跟一个黄花闺女相亲,害得对方要嫁给那傻子。哪怕丁国强不是始作俑者，起码也是为虎作伥的帮凶。不光如此，他还得意扬扬地夺去了王婉莹的处女之身。

或许就是下午,他在那逼仄的租书店里跟王婉莹颠鸾倒凤的时候，丁一一的身体出了问题。

如果真是这样，那他苦心经营的家庭，必然会面临分崩离析。

丁国强突然惊呼一声。原来是指缝间的烟，烧得太短，烫到了手指头。

他赶紧把烟头甩到楼下，就在这时，他发现招待所门口，空荡荡的街道上，突然出现了一个人影。那人好像颇为年轻，身材高大，骑着自行车，一只脚踩在地面上，也正抬头看着自己。

大半夜的，怎么还有人在街上骑车？不会是鬼吧？来找他索命的？

丁国强揉揉眼睛，再睁开时，那人影便消失不见了。原来是幻觉，一定是自己下午精力消耗太大，加上担心女儿生病，疑神疑鬼的，才会产生幻觉。

丁国强想，无论如何，都要睡觉了。明天回到家里，跟林安之商量了再说。跟王婉莹是绝对不能联系了，否则的话，就让他这辈子不得好死。

躺上旅馆潮乎乎的床，闭着眼睛，他的思绪，却控制不住地又回到了那间租书店里。真是太妙了！

王婉莹当然很不错，但是下午之时的王婉莹，更不错。如果这辈子能够再有一次同样的体验，哪怕再有什么报应，也值了。

十五

一九九七年，秋，深圳。

过去的半年时间，生活像一辆崭新的大卡车，满载希望，照着丁国强规划好的路线，慢慢向前推进。

那个失眠的夜晚，他果然是想多了。第二天晚上回到家，林安之告诉他，带女儿去县人民医院看了，还拍了片，结果一点问题都没有。医生说，应该就是春夏之交，孩子体质比较敏感，偶然有些不适，很正常。

林安之跟丁国强说："国强，我不是故意让你担心，——她突然说胸口痛，我自己也吓到了。"

丁国强说："没事就好。"

他心里也在对自己讲，没事就好。什么报应，根本子虚乌有。想来也是，如果天理循环真有这么灵验，世界上就没人敢做坏事了。

两个月后，丁国强掏光家里积蓄，加上江家给的两万块，又从农村信用合作社借了笔贷款，买了辆崭新的东风大卡车。从拿到行驶证的那一刻，丁国强便不再是王老板手下的司机，而是一名志得意满的运输个体户了。

当然，成了车主，丁国强的工作生活还是跟以前一样，每个月在家的时间少，在路上的时间多。因为人缘好，做事认真，原来汤县的供应商也好，深圳的客户也好，都愿意把一车车的货交给他，所以他从来不愁业务。

不过，虽然跑的是同样的国道，送的是同样的货，到的是同样的地方，丁国强住的，却不再是粤丰招待所。

他已经有三个月时间没去蔡老板那住了。不是因为粤丰招待所倒闭了，也不是丁国强跟蔡老板吵架了，而是现在的丁国强，不需要再住招待所了。

他另有地方落脚。一个有女人在的温柔乡。这个女人，自然就是王婉莹。

自从租书店里的那一别后，中间隔了两个月，王婉莹都没有找过丁国强。他心里庆幸之余，也难免有些空空落落。毕竟那一次，不，应该说那三次冲锋，确实是让他印象深刻，回味无穷。

尤其是在夜里，跟林安之循规蹈矩完成夫妻间的任务时，丁国强的脑海里，总是晃动着王婉莹那对硕大的乳房。甚至有几次，他不得不闭上眼睛，回味当天租书店里的场景，才能把床上的那套流程顺利进行下去。

确实，自从那天下午以后，林安之对他的吸引力就变得越来越小。就如同一个人吃火锅，一辈子都是清汤锅底，偶尔试了一次麻辣锅，顿时大呼过瘾。从此之后，清汤锅底对他来说，就少了些滋味，颇有些寡淡了。

王婉莹还没有嫁给江有月。他们认识那会儿是四月，按照原本的打算，王婉莹应该是在六月份跟江有月领证，但是，她变卦了。

王婉莹同意先订婚，只不过，坚持要在年底才领证。她说是这大半年时间里，要到广州或者深圳学一门手艺，比如美容美发，然后回到文举镇开店。

她的理由也很充分，租书店开不下去了，江有月又是个哑巴，没个正经工作。现在指望着江老板跟江太太资助，可是万一以后两人扔下江有月不管，或者是有个别的什么意外，她跟江有月，到时可能还有孩子，不是得活活饿死？

江家自然是不同意的，江太太三番几次来跟她做思想工作，但王婉莹咬准了，就是要等到年底。如果信不过她，或者连这半年都等不了，那就找别人去吧。

王家的意见更大，王婉莹的妈妈苦口婆心，爸爸暴跳如雷，抄起厨房的菜刀，但王婉莹就是软硬不吃。

她说："砍死我可以，要我六月份就嫁人，没门儿。来啊，砍死我啊，没了这二十万，让小弟凭自己本事娶老婆去。"

就这样，王婉莹争取到了推迟嫁人的权利。她做这一切，都是为了丁国强，又都不是为了丁国强。她像是个沉寂的火药桶，过去二十多年的逆来顺受，就是默默填入的炸药。

如今，王婉莹终于选择了爆炸。丁国强不过是那根火柴，选择点燃火柴的人，还是她自己。

总之，王婉莹的这些经历，丁国强是过后才得知的。对他而言，那个下午过后的两个月时间里，他的生活波澜不惊，有序运转。他害怕传呼机响起，当它真的响起，却不是预想中的号码时，又有那么些怅然若失。

六月份的一天，傍晚时分，他照常到了龙胜厂，卸完货，便走向粤丰招待所。

在招待所门口，他瞥见了一个陌生又熟悉的身影——王婉莹。

蔡老板正坐在柜台后面，好奇地朝外张望。丁国强赶紧拉过王婉莹，她也没有抗拒，跟着走了十几米。

确认从这个角度蔡老板看不见自己后，丁国强才问："你怎么来了？"

王婉莹却说："你看，我是不是瘦了？"

"你先回答我，你为什么在这？"

"不行，你先看看，我是不是瘦了嘛。"

丁国强无可奈何，只好退后两步，打量着眼前的女人。她穿着一条时髦的绣花牛仔裤，脚踩松糕鞋，上半身仍然是佐丹奴短袖，却换了件黑色的。实话实说，王婉莹的脸跟腰，确实比印象中要瘦些，但那对硕大的胸脯，却没有减掉半点。

丁国强说："瘦了。"

王婉莹笑了，问："那有没有变好看？"

"有，特别好看，行了吧？现在你回答我的问题。"

"我为什么在这？你这个问题非常没水平，放在悬疑小说里，就是用来凑字数的。不是很明显吗？我是来找你的。"

丁国强皱眉道："找我，你怎么找到这里的？"

"一点基本的推理咯，别忘了，店里那么多悬疑小说，我全都看了，一本都没落下。"

丁国强深吸了一口气，问：“你找我干吗？”

他心想，这个女人，是来要钱的吧？那天在租书店里，他答应分一万，但是王婉莹没要。可能现在后悔了，想要了。可惜，钱已经用来买车了，他银行里的存款不够一万块。这么想着，他便有些着急。

王婉莹却像是看穿了他的心思，说：“放心，我不是找你要钱的。”

丁国强反而说：“你什么时候要？我随时给你。”

王婉莹上下打量着他，看得他心里发毛，过了会才说：“我真的不要。”

“那你来干吗？”

“我来，是想跟你说两件事，一个好消息，一个坏消息，你想先听哪个？”

丁国强顿觉头大，说：“坏消息。”

王婉莹便道：“坏消息是，我怀孕了。”

丁国强顿时慌了：“不会吧？那天你明明说没事，我才……不对，你怀孕了，是我的吗？”

“当然是你的。”

“你不是结婚了吗，那个江仔，你怀的是他的吧？”

“还没，年底才结。”

“那你想怎么样？”

“你别急啊，还有一个好消息呢。”

丁国强勉强镇定下来，说：“好消息是什么？”

王婉莹笑道：“好消息啊，我是骗你的。”

丁国强一时没反应过来，重复道：“骗我的？”

“对，骗你的，我没怀孕。你以为你是神枪手啊，一枪一个，就你这天天抽烟，开长途车，说不定不孕不育呢。”

丁国强看着她笑嘻嘻的脸，想要发怒，但最终只是闭上眼睛，深吸了一口气。

王婉莹说：“你别气啊，气坏了不值得，我跟你说吧，我来找你，就是想你了。”

丁国强睁开眼，问：“想我了？”

“对啊，那天下午，你弄得我很舒服，所以就想来找你咯。没想到你提上裤子，翻脸不认人了。行吧，要是你不想见我，我现在就走。”

说完，她真的转身便走。

丁国强迟疑了两秒，赶紧追过去，拉住她的手，说：“我可没这么说，你别冤枉我。”

王婉莹回过头来，说：“真的啊？你不嫌我烦？”

“不嫌。”

“那行，你请我吃个饭吧，我饿死了。”

丁国强这才反应过来：“没问题，吃饭，吃饭。”

“我可不在这里吃，到镇上去，有家香港人开的茶餐厅，味道不错。”

“旺记？是挺不错的，不对，你怎么知道有这家店？”

王婉莹刮了下他的鼻梁：“你呀，等你把我喂饱，我再告诉你。”又笑道，“上下都要喂饱喔。”

丁国强瞬间僵硬了，不光是肌肉，还有身上的其他部位。

王婉莹牵起他的手，说：“走啦，放心，我们不从招待所门口过，这个镇上，没有认识你的人啦。”

旺记茶餐厅里，王婉莹没跟他客气，点了一大桌子菜，姜葱炒蟹、铁板牛排、咖喱炒饭、丝袜奶茶，还有这家店的招牌菜芥菜鲮鱼丸汤。

吃饭的间隙，王婉莹把过去两个月发生的事情，一五一十都告诉了丁国强。

她还说，其实自己在平山，已经待了三天。镇上有一家大型的美发培训机构，口碑不错，她报了名，学费都交了，明天就开始上课。

听她说完，丁国强便问："你搞这么多事，为什么？"

王婉莹嗔道："为什么？你白痴吗？当然是为了你啊。"

丁国强愣了，说："为了我？"

"对，就是为了你。"

丁国强不信："你骗我的吧？"

"骗你？骗你的人，还是骗你的钱？你的人嘛，不是打击你啊，你自己照照镜子，确实不帅对吧？放到推理小说里，绝对当不了主角，不是炮灰就是反派。骗你的钱？那更好笑，你有钱给我骗吗？"王婉莹冷笑，"我要是真想要钱，第一次会便宜了你？我拿去卖，明码标价，三十万不行，一万两万不成问题吧？"

丁国强紧张地看向邻桌，说："嘘，小点声。"

王婉莹却不管不顾："凭什么要小声？我专门跑过来找你，你先当我催债的，现在我全说了，你还不信我。我就是要大声说出来，让全世界知道，你丁国强就是个早死种。"

丁国强求饶道："我信了，我信了还不行？我知道了，你做的都是为了我。"

王婉莹上一秒还怒气冲冲，下一秒又喜笑颜开，道："好啦，你信了就好。不过呢，其实说是为了你，也不全是。换个说法，我这么做啊，是为了跟你保持这种不正当的关系。偷情，出轨，搞破鞋，随便你怎么说，反正我觉得刺激。”

丁国强愁眉苦脸道：“小点声，小点声。”

他想了一会儿，又说：“不对啊，哪怕你跟那个姓江的拿了证，他是个傻子，他也管不了你。”

“不，你不懂，你是有妇之夫，我未婚，这样才刺激。如果我也结婚了，就不够刺激了。”

丁国强想来想去不明白两者之间的差异在哪，更不明白为什么前一种情况就比后一种刺激。他想，还是因为这个女人看书看太多，变傻了吧。

“总之，我就是为了你才这样的，怎么样，感动吗？”

“感动。”

平心而论，丁国强确实是感动的。居然有一个年轻女人，为自己推迟了婚期，还差点跟家里人决裂。他一个三十岁的男人，确实像王婉莹说的那样，要钱没钱，要相貌没相貌，能获得这样的艳遇，何德何能？

这一辈子，他从来没被女人追求过。以前的女朋友也好，跟他结婚的林安之也好，无一例外，都是他主动追求的，是他付出的多。不仅如此，汤县几乎所有人都觉得，他丁国强配不上林安之。

可林安之再漂亮，也不过是个丧夫带孩的女人。

而在两个月前的租书店里，身为处女的王婉莹是主动献身的。今天在平山镇，也是她追上门来。这样的对比，不能不让丁国强有些兴奋，有些得意，甚至飘飘欲仙了。

王婉莹说："怎么，感动得晕了？"

丁国强说："没有，开了一天车，有点累。那你接下来怎么打算？"

"现在是六月，我学美发，加上实习，刚好半年，到了年底，就回文举镇结婚。所以啊，接下来还有半年时间，我可以一直待在平山，陪你。"

"真的？"

"骗你干吗？我说，丁国强，丁司机，丁先生，你的命真好。在汤县有个老婆，在平山还有个小老婆，啧啧，还不用你出钱养。"

丁国强仍然半信半疑："你没有别的目的？"

"什么目的，嫁给你？你就放心吧，嫁谁不是嫁，要是比过日子，说真的，你还没有人家哑巴好。最起码，他不会像你这样，光问些低级问题，对吧？"

丁国强张了张嘴，最后道："行行行，我说不过你。"

王婉莹放下碗筷，说："我吃饱啦。"

丁国强心疼道："还剩那么多菜呢，多吃点。"

"不行，再吃下去，又要胖了。不着急啊，你慢慢吃，我等你。"

王婉莹饶有兴致地盯着他，"多吃点哟，不然啊，晚上哪来的力气？"

丁国强看了她一眼，不再说话，埋头吃饭。

吃完饭，丁国强没有再回粤丰招待所，而是在路边随便找了个公共电话打回家里。他不禁有些庆幸，家里的座机没有来电显示，不害怕穿帮。

跟林安之汇报完情况，又跟女儿聊了几句，丁国强放下话筒，正好看见王婉莹从隔壁药店出来。她手里攥着的是两盒避孕套，不对，是三盒。

王婉莹走了过来，挽住丁国强，或者说，用她的胸跟胳膊夹住丁国强的手臂。

她说："委屈你了喔，今天不是安全期，你得戴这个。"

丁国强笑道："你还怕怀孕啊？不是说我开长途车不孕不育吗？"

"哎哟，那不戴也行，要是真怀了，我就不嫁哑巴了，你离婚，我嫁给你，给你生个大胖儿子。"

"我可没有三十万礼金。"

王婉莹狠狠捏了他一下，道："再说？"

丁国强倒吸一口凉气，忍痛道："不说了，不说了。"

王婉莹笑骂一句，把他挽得更紧。

两人向她租的房子走去，一路打情骂俏，在夏夜温热的风里，俨然一对恩爱夫妻。

自从那天重逢后，到今天，已经过去了三个月。

丁国强已经习惯了他的双重生活。三百六十公里的国道，起点处，丁国强有一个家，家里是他温柔贤惠的老婆，以及一个五岁女儿；终点处，丁国强还有一个家，住着他年轻丰腴的小老婆。

丁国强还没结婚时就听财政局的同事说，香港的很多货柜车司机，在深圳向西村，包养了二奶，年轻漂亮，还有些是女大学生。当时他就颇为不忿，都是当司机，为什么人家有两个老婆，自己却连一个都娶不上？

没想到，今年香港回归，他还真有了香港人的命。至于这种命是好是坏，未来又会如何，他不清楚，也不想弄清楚。就像许冠杰唱的那首歌《有酒今朝醉》，以后的事情，以后再说。

这天晚上七点多，丁国强在龙胜厂卸了货，停好车，便像往常一样，绕过粤丰招待所，徒步走到镇上。对蔡老板，他当然不需要解释，给林安之的说法则是，他找到了另一家招待所，本地人开的，比较新，而且更便宜。

林安之没有怀疑，起码，她没有去验证，更没有能力验证。毕竟在一九九七年，移动电话只有粗笨的大哥大，那种能拍照、能视频、二十四小时联网的手机，在绝大多数人的梦里，都尚未出现。

王婉莹在出租屋里，已经煮好了米饭，洗好了菜，等丁国强一到，便钻进厨房，手脚麻利地炒起菜来。

跟丁国强最初想象的相反，酷爱看书还有些疯疯癫癫的王婉莹，不仅会做饭，而且厨艺了得。更重要的是，她会依照丁国强的喜好，不断调整手法，购置他喜欢的食材，所以做出来的饭菜，丁国强越吃越爱，还胖了两三斤。

相比远在汤县的那个家，林安之厨艺也不错，但她做饭的重心，永远在女儿丁一一身上。比如说，女儿爱吃一种蛋卷，林安之就天天做。丁国强吃一两次还可以，到后来就完全没了兴趣，但是既然女儿爱吃，他也不好说什么。

丁国强最爱吃空心菜，但是女儿完全不吃，所以林安之很少做。不仅如此，在家里当着女儿的面，丁国强也很少喝酒，抽烟更是要到阳台，甚至楼下。到了王婉莹这里，她备好烟灰盅，随时随地都能抽，酒更是不在话下，基本每一次晚饭都会有。

今天晚上，王婉莹做了豆瓣酱炒空心菜、土豆焖牛腩、胜瓜花甲汤，都是丁国强爱吃的。酒是一瓶劲酒，按照王婉莹的说法，给他补身子用。

九月的平山镇，天气依然闷热。王婉莹坐在折叠餐桌对面，身穿一件白色短袖，里面没有胸罩，给丁国强夹菜添酒时，衣服下面那一对“兔子”便跳动得厉害。

丁国强抿了一口酒，说:“以后能不能穿个胸罩，你这样，我没法吃饭。”

王婉莹反而用手臂夹着胸，嬉笑道:“吃什么饭，来，吃我。”

所谓饮食男女，这三个月以来，维系两人感情的，除了饮食，就是男女之事。说来也怪，丁国强以前没觉得自己多强，可能因为租书店里那一次表现得异常勇猛，往后便有了自信，越战越勇，甚至让王婉莹难以消受。王婉莹总是求战的一方，却也总是战败的那一方。

而对王婉莹来说，第一次可能纯粹是寻求刺激，或者是对她家人的逆反和报复，但日子久了，便产生了一些变化。丁国强欲行还拒，说:“不了不了，吃不消。”

王婉莹说:“怎么，吃腻了？这才三个月，你们这些臭男人，果然喜新厌旧。”

丁国强反击道:“哪些臭男人？除了我，你还有别的男人？”

“好啊你，丁国强，得了便宜还卖乖，我这身子白白给了你，亏大了。”

丁国强笑道:“亏了你能怎样，现在后悔来不及了。”

“我能怎样？我能这样。”

她站起身来，往丁国强身上扑，说:“我亏都亏了，就亏到底，看我把你榨干，等你回去缴不了公粮。”

“等一等，等我吃完饭，不然都凉了。”

王婉莹手开始往下摸，说：“饭凉了，我给你热。”

丁国强抬头看了眼挂钟，抓住她的手，说：“不行，还是等会儿。”

王婉莹脸色瞬间黯淡了一下，过了两秒，又笑着说：“好，那等你打完电话，回来再收拾你。”

“对不起。”

他伸手去摸王婉莹的脸，却被她打掉了。

“有什么好对不起，又不是你骗我的，我自愿当你二奶，送上门。”

“是我的错，我要不是图那两万块，我们也不会这样。”

“哦，你是后悔跟我在一起咯。”

“我不是这个意思。”

王婉莹脸色冷了一会儿，还是勉强笑道：“算了，你先去打电话吧。我自找的，不能怪你。”

丁国强再看一眼挂钟，差五分钟到九点。

“好，我马上就上来。”

王婉莹笑笑，说：“去吧，我等你。”

丁国强便起身下楼。

楼下有个日杂店，店门口三台长途电话，中间用薄木板隔开。来打电话的，自然都是些异乡人，有一头黄发的打工妹，有边讲电话边抠脚的保安。过去三个月里，丁国强就是在这里打电话回家报平安，哄女儿睡觉。

因为怕人多轮不上，所以每一次，他都需要提前下楼。

今晚电话倒是有空闲的，他急着上楼，便提前三分钟，拨通了家里的号码。

电话响了，却没有人接。

丁国强怀疑是自己拨错了号码，挂掉，重新打了一遍。然而，还是没有人接。

他心里便隐隐有些不安。

出门在外，每天晚上九点打电话回家，对丁国强来说，就像是国道上的路牌。每打一次电话，每经过一个路牌，都说明他运行在正确的轨道上。

丁国强接连打了三个电话，一直无人接听。后面排队的人催促起来，用不知哪里的方言叫嚷，像是骂他占着茅坑不拉屎。

他只好起身，把位置让了出来。

这时，王婉莹却从楼上奔了下来，手里拿着丁国强的传呼机。

“响好几次了，没停过。”

他接过来一看，区号是汤县所属的市，号码却是他从未见过的。

丁国强的心，突然往下一沉。

他右脚用力踩着地面，鼻腔里满是意外的不祥气息，像一路蜿蜒的刹车油，或正在燃烧的塑料制品。

丁国强又排了会队，打寻呼机上的号码，电话的那一头，果然是林安之。

这一通电话，也花了不到三分钟。倒不是嫌长途话费贵，而是林安之要传达的信息，简单明了，用不了几句话。

挂了电话，丁国强的表情，就像是遭遇了车祸。

这时候他才想起，路上的许多意外，并不是开车技术好、经验丰富就可以避免的。纵然遵守一切交通规则，但要是有一个疯子，突然冲到马路上往你的车上撞，这样的情况下，再怎么踩刹车，也都无济于事。

刚才，林安之在电话里跟他说的，就是这样的一桩意外。

王婉莹站在旁边，看着男人的苍白的脸。她内心深处，突然涌起一股感觉。说是感觉也不恰当，似乎是某种生理反应，近似母爱。

王婉莹想，这个男人遇到麻烦了。

王婉莹又想，可以的话，我要帮他。

王婉莹最后想，最好用很刺激的方式。

十六

一九九七年，冬，228 国道。

江有月坐在副驾驶座上，开车的是谢老板。

自从爸爸妈妈走了以后，他还是第一次坐那么久的车，到那么远的地方去。

虽然叔叔婶婶跟他解释过了，但他还是不清楚，自己为什么要出这趟门。不过在这个世界上，他搞不清楚的事情太多，早就习惯了。

当然他还是有印象的。有一个晚上，可能是昨晚，也可能是昨晚的昨晚，还可能是昨晚的昨晚的昨晚，江有月记不清了，反正叔叔婶婶带着他，在那个金灿灿的地方吃饭。叔叔告诉江有月，他和婶婶马上要回新加坡了，等年底再回来，给江有月办个简单的婚礼。

听到婚礼两个字，江有月肩膀往后缩，一副害怕的样子。他被带去过别人的婚礼，好多人，好吵，他吓得半死。那还是别人的婚礼，如果他是主角，站在台上，是真的会吓得尿裤子。

婶婶说："江仔，不要怕，说是婚礼，很明显啦，就是两家人简单吃个饭。”

叔叔也说：“对，到时候证也领了，哪怕有什么问题，反悔都来不及。”

叔叔还说：“放心啦，反正你这个老婆啊，煮熟的鸭子，飞不了。”

婶婶说：“什么鸭子，你讲话太粗俗了啦。”

就在这时，房门突然被推开了。那个他们刚刚提到的女人，江有月未来的妻子，名字里有萤火虫的女人，闯了进来。

叔叔婶婶先是吓了一跳，然后婶婶笑着说：“哎呀，侄媳妇来啦，赶紧坐下，一起吃饭。哎呀，你来了太好了，可惜，江仔今天有点不舒服，不能陪你喝酒。”

她抛了个眼色给叔叔，被江有月看见了。

叔叔连忙说：“对对对，他头疼，没睡好，人有点蒙。”

江有月嗓子其实不疼，也没有不舒服。他想告诉闯进来的女人，自己折了很多只萤火虫，以后结婚了就送给她。不，现在送也可以。

可惜，他说不了话，他是一个哑巴。而且，这个名字里有萤火虫的女人，根本懒得看他。

接下来，萤火虫跟他的叔叔婶婶，不知道为什么吵了起来。过了一会儿，叔叔赶紧领着他先回家了。

江有月模模糊糊听到，什么婚礼要大的，三十桌，彩礼可以少点，我家我自己解决，可以的话下个月就办，诸如此类的话。像这样的事情，他都不感兴趣，不太喜欢，所以也记不清楚了。

现在想起来，好像就是因为萤火虫说的话，他才坐在车上，被谢老板载着，要去一个什么地方。

就在这时，谢老板开腔了。

“江仔，睡着了？”他似乎意识到车里只有他们两人，于是换了个称呼，说，“江哑巴，你命可真好啊。”

江有月眨眨眼睛，看向窗外。说实在的，他不知道什么是命好，更不关心自己的命到底好不好。关于命的话题，也是他不喜欢，所以记不住的。

谢老板却不管那么多，继续道：“别人娶老婆，得自己挣钱，自己去追，追到手了，娶回来还要自己养。你可好，什么都不用干，相亲有别人帮，哈哈哈，现在连结婚也有别人帮。我看啊，进洞房也让那个丁司机代劳吧。”

谢老板像是说到了全天下最滑稽的事情，笑得停不下来。过了好一会儿，他才终于止住笑，摇下车窗，往外吐了一口痰。

“你那个新娘子啊，要我说，跟你一样，都是神经病。三十万礼金，现金啊，放着不要，宁肯只收十万，硬是要办婚礼。你看见没，她眼眶都青了，哦，那次你不在，反正啊，肯定就是家里人打的，她爸爸，要不就是弟弟。

“还是你婶婶厉害啊，江太太，要我说，真他妈成精了。长得好看一点，那就是妲己啊。难怪你那个叔叔，被她吃得死死的。她算了笔账，十万彩礼，十万用来摆喜酒，剩下十万，刚好给那个丁司机。演个新郎，能挣十万，这笔钱还真他妈好赚。

“不过啊，这个丁司机，还真有两下子。搞这个摆酒，前前后后半个月，你叔叔婶婶正愁不知道把你放哪合适，怕你被人发现穿帮，又怕你没人照顾。丁司机就出来了，说把你送到他家去，天才啊，真的是天才。”

谢老板继续滔滔不绝：“不是夸他这个想法天才，是夸他，居然能搞定自己老婆，让你这个哑巴到他家去住。等于说，他老婆也清楚这件事，放自己老公去演新郎，然后换个傻子回家，当成是老公伺候。你懂我意思吧？不，你肯定不懂。就是说，这夫妻俩，都真的绝了。也是，十万块，半个月能挣十万，值。要我看啊，江哑巴，他把你老婆睡了，你就睡他老婆，也不亏。”

他终于说完了，对着窗外又啐了一口痰。

谢老板的独角戏唱了那么久，唯一的听众江有月，却没有反应。

江有月长时间地注视着挡风玻璃，就像是他的视线被胶水粘在了那上面。水泥路面从远处袭来，被皇冠车的车头飞速吞下，在江有月看来，非常有趣。最起码，比谢老板刚才讲的那些乱七八糟的，有趣得多。

江有月突然想起来，他是要到别人家里，那个长得跟自己很像的男人的家里，去住半个月。那个男人家里，好像也有个老婆。她的名字里，应该没有萤火虫吧，那自己应该做个什么折纸来送给她呢？

那个男人的老婆，会不会做牛肉丸粿条汤？如果会的话，有五颗牛肉丸当然最好，哪怕只有两颗，江有月也想做个折纸来送给她。不，应该每天都做折纸才对。

毕竟，江有月什么都不会，连说话都不会。除了给人添麻烦以外，他唯一会做的，就是折纸。

江有月又想，那个男人的老婆，会喜欢什么动物呢？狮子、猴子、大象、犀牛、丹顶鹤、鲸鱼，无论是什么动物，江有月都可以折出来送她。他突然开始担心，那个男人的老婆，如果不喜欢任何动物呢？不，这样的人，应该不存在吧。

江有月的旅行包，就放在他脚下。上车时，谢老板要帮他拿到车尾箱，但是他死活不肯。包里没有什么贵重的东西，几件换洗衣服，一条毛巾，三支牙刷，因为他爸爸还活着的时候，经常教他，要认真刷牙，早晚都刷，每次至少五分钟。牙齿白，人才会帅。所以，尽管只出门半个月，他还是带了三支牙刷，确保能好好刷牙。

除此之外，江有月的包里，还有几本信笺纸。他从来没去别人家住过，所以不知道别人家里，是不是有可以用来折纸的材料。半个月时间，那么长，虽然他也不知道具体多长，总之要是不能折纸，他一定会死的。这个问题，比刷牙还要严重，以防万一，江有月就把纸带上了。

牛肉丸、刷牙，还有折纸，都是江有月关心的事情，所以他都会记住。

谢老板突然来了一句:“江哑巴,你还是命好。过了半个月回去啊，老婆就在床上等你咯。”接着又嘻嘻笑道:“怕就怕，老妖婆机关算尽，万一那个丁司机真把你老婆睡了，那就竹篮打水，一场空咯。”

谢老板又开始滔滔不绝，说什么王婉莹虽然长得不怎样，那对胸可是货真价实；又说看丁司机那样子，老婆肯定也是个黄脸婆，真的换起来，还是江有月亏了，诸如此类。

在江有月听来，谢老板所讲的这些，无异于催眠曲。过没多久，他还真就睡着了。

醒来的时候，天已经全黑了。汽车停靠在路边，谢老板不在驾驶座上，整辆车里，只剩他一个人。

车窗外，谢老板站在路灯下，正在跟一个陌生人说话。

江有月突然有些惊恐，他想起小时候，妈妈让他天黑了不能到处乱跑，不然就会被拐子佬抓住，带到很远的地方去卖掉，一辈子都见不到爸爸妈妈。难道说这个谢老板,开了那么久车,就为了卖掉自己?他又转念一想，卖不卖的，反正这辈子都见不到爸爸妈妈了，所以，没关系的，只要买他的这个人，能让他继续折纸就好了。

江有月摸着他的深蓝色旅行包，心里踏实下来。

这时候，谢老板拉开车门，满脸喜色道:“江仔，不对，丁司机，下来。”

江有月模模糊糊记得，上路前婶婶交代过，接下来的半个月里，他的名字就叫丁司机。如果有人喊他丁司机，记得点头微笑就好。那个长得跟自己一样的男人，还特意用另一种方言，重复了这三个字的叫法。

丁司机。

他虽然不喜欢这三个字，但仍然记住了。

江有月提着旅行袋，下了车。刚才跟谢老板讲话的陌生人，原来是个女人，长得很好看，但不太开心的样子。江有月便有些担心，该不会是自己惹她生气了吧?

谢老板用他蹩脚的普通话向那女人介绍:“这个就是江，呸，丁司机。”

他又转过头来，对着江有月说:“丁司机，这是你老婆，林安之。”

谢老板啧啧道:“真没想到啊，弟媳你这么漂亮，丁司机命也太好了。”

南方的冬夜，并不是很冷，女人穿一件深蓝色的碎花连衣裙，上身披着驼色大衣。这个叫林安之的女人，勉强笑了一下。

谢老板又嬉皮笑脸道:“哎哟，这一路开车过来，好饿，那个，弟媳你看，现在九点多了，要不你带我去吃个消夜?”

林安之的普通话要标准得多，她说："你开车顺着这条路，走三百米左右，右手边，有家叫辉程的店，粿条汤特别好吃。我得带他回家，就不陪你了。"

没等谢老板再纠缠，她抓住江有月的手臂就往前走。

谢老板无奈，只好目送他们离开，然后在地上啐了一口，钻进皇冠扬长而去。

林安之拉着江有月走到居民楼下的暗处，看着汽车尾灯逶迤而去，不禁松了口气。

她放开抓住江有月的手："跟着我，明白吗？"

江有月小心翼翼地点了点头。

林安之突然意识到自己刚才说的是方言，于是继续用方言问："你能听得懂我讲话？"

江有月又点头。

林安之紧皱的眉头松开了，微笑道："很聪明嘛，比我想的聪明多了。来，跟着我，上楼。"

江有月便乖乖跟在这女人身后。这一栋楼，跟他在武举镇住的那一栋，没有什么不同。都是狭窄陡峭的水泥楼梯，斑驳剥落的墙面，天花板上，悬挂着昏昏欲睡的电灯泡。

两人爬到四楼，穿过狭长的楼道，走到最靠右的那一间。

林安之说："到了。"

她掏出钥匙，打开房门。

下一秒，她便轻声呵斥道："还不睡觉。"

一个清甜的童声响起，说："我在等爸爸。"

接着，一个身穿粉红色睡衣的小女孩冲出房门，扑进江有月怀里。女孩五六岁，皮肤白皙，头发黑得发亮，抱着江有月，一动不动。

江有月吓了一跳。他有点害怕小孩。当然，一般来说，他更害怕大人，但是有些小孩，比大人还可怕。

江有月曾经以为，街上的那些孩子，是他的同龄人，是他的同类。后来他才弄清楚，自己跟他们完全不同。在正常的孩子看来，他江有月，当然是异类，甚至是一个怪物。

武举镇上许多孩子，看见江有月上街，都会想尽办法去戏弄。对他们来说，这是一个证明自己胆量，又不需要付出任何代价的绝佳方式。

这种事根本不足为奇。江有月虽然拥有三十岁男人的身躯，寄寓其内的，却是一个七岁小孩。而且，这个七岁的小孩，还不会说话。这么可笑的一个组合，放到哪一个地方，都容易成为被嘲笑、被欺辱的对象。

所以，江有月只好呆呆站着。他既不敢抱住那女孩，更没胆量把她推开。

小女孩问："爸爸，给我带礼物了吗？"

江有月想：礼物？如果你喜欢的话，我可以送你折纸。

这时候，林安之帮他解了围。

她轻轻拉开小女孩，说："一一，你忘了妈妈跟你说的啊？爸爸呢，他在路上生病了，所以讲不了话，因为怕传染给妈妈，他还要自己睡一个房间。"

江有月想，原来这个女孩子，叫一一。就是一二三四那个一吗？如果是的话，那好容易写，连他都会写。他又想，对了，我是丁司机，这个小女孩喊我爸爸，那她肯定也姓丁。丁一一。没错，丁一一，总共加起来，只有四画。江有月有点喜欢这个名字。

丁一一似懂非懂道:“哦，爸爸怎么也生病了，跟我一样的病吗？”

林安之说:“不一样的，小傻瓜，你别问了。”

她又对江有月招手道:“愣着干吗？快进来。”

江有月走进这个家，林安之关上房门。对了，这个房子里，有女人，有小孩，又有他自己，一家三口，所以可以叫作家，而不仅仅是房子。

他打量着自己的新家，客厅很整洁，很干净，但是呢，少了点东西。江有月想，自己要做很多的折纸，来装饰这个家。当然，这要林安之跟叫丁一一的小女孩同意了才行。他很害怕惹别人生气，大人也好，小孩也好，被打被骂都是小事，万一被赶出去，他就要饿死了。

林安之把丁一一抱进房间，哄好之后，关灯出门，这才发现江有月还提着他的旅行袋站在门口处，甚至没有往客厅移动一步。

她无奈摇头，说:“还真是个傻子。过来，你先洗个澡。”

林安之把江有月领到卫生间门口，说:“洗澡，你会吗？”

江有月点点头。

林安之舒了口气，说:“那就好。洗完澡，换好衣服，头发弄干，就到那个房间睡觉。床铺枕头都给你准备好了。懂吗？”

江有月又点点头。

林安之转身要走，突然又问:“对了，你饿不饿？”

江有月想要点头，最后还是摇了摇头。他一路在睡觉，晚上谢老板下车吃饭都没有喊他。他很饿，但是又想，刚来别人家里，就要麻烦她，不好。

然而，江有月的身体出卖了他，发出一阵剧烈的肠鸣。

林安之扑哧一笑："你把这个旅行袋放下，来，你有什么宝贝，我都不会偷的。然后到这边，饭桌上，坐好。"

江有月闻言照办。

林安之掀开红色的饭桌罩，指着一碟食物，说："这是我做给一一的蛋卷，她特意给你留的，不对，她特意给爸爸留的。算了，反正就是晚饭剩下的，你不介意吧？"

江有月赶紧摇头。

"那就好，你等等，我再给你盛点粥，还温的。"

粥盛好了，江有月拿起碗筷，一阵风卷残云。

这是江有月第一次吃到蛋卷。太好吃了，原来这个世界上还有比牛肉丸好吃的食物。

他吃饭的时候，林安之就坐在桌对面，静静地看着他。

林安之轻声说："江有月，江上有个月亮，名字还挺好听的。可惜啊，人是个哑巴。"林安之又自顾自地说，"有个聊斋故事，你听过吗？一个富家公子，就跟你一样，又哑又笨，后来娶了个老婆，结果是个狐仙。狐仙架了口大锅，把公子扔进去焓了一会儿，焓，你听得懂吗？差不多就是煮的意思，反正焓了一会儿吧，公子出来以后，就变聪明了，后来还考取了功名。"

林安之打量着江有月："把你抓去焓一下，会变聪明吗？"

江有月听她说要把自己扔进锅里煮，吓得身子往后缩，连粥都不敢喝了。

林安之便哈哈笑道："放心啦，我不会焓你的，要焓，也留着给你那老婆去焓。”

她突然想起什么似的，叹了口气，不再言语。

江有月看她没有要煮自己的意思，便安心埋头喝粥。

吃完饭后，江有月便去洗澡，然后上床睡觉。他默默地想，当然，他只能默默地想，明天起来，要不要做些折纸，送给她们呢？

江有月知道，他的折纸并不是每个人都会喜欢。比如说，他最早送给谢老板的纸飞机，就被对方一把撕掉了。甚至有人说，他做的是烧给死人的纸扎，所以收到后非但不高兴，还要追着打他。

他想，这个叫林安之的女人，虽然长得漂亮，但老是皱眉头，说不好，送折纸给她，她也会生气。

但是，丁一一应该不会。这么多年来，丁一一是唯一一个，不仅不嘲笑他，还拥抱他的小孩。所以，江有月相信，送给她折纸的话，她一定会喜欢。

那么，应该折什么给她呢？

狮子？大象？海豹？

江有月突然想到，要送她一只犀牛。对，犀牛。

他混沌一片的脑子里，突然回想起一句古诗，那是很多年前，妈妈在临睡前念给他听的。身无，身无什么，忘了，下一句记得，心有灵犀一点通。灵犀，就是犀牛吧，一点通，有丁一一的名字在里面。

对，就给丁一一折犀牛。

第二天醒来时，江有月吓了一跳。

小女孩手撑在床上，一双扑闪扑闪的大眼睛正看着他。

丁一一说：“爸爸，你醒啦。妈妈买菜去了，她让我不要吵你，我就没吵。爸爸我等你好久哦。爸爸，你怎么不说话？”

江有月坐起身来，咧嘴一笑。

丁一一像是发现了什么了不得的事情，大声惊呼：“爸爸，你牙齿这么白！”

她伸手去摸江有月的牙齿，似乎在确认那是不是真的。江有月干脆张大嘴巴配合着。

“你牙齿怎么变这么白了呀？”

江有月做了个刷牙的动作。

“我也每天刷牙，没有你白。”她张开嘴，缺了几颗的牙齿，确实稍微有点黄。

江有月想说，那是你刷的时间不够长。

江有月又想说，方法也不对。

江有月还想说，我可以教你。

但是，他一句话都说不出来。他想了想，便从床上下来，径直走向卫生间。丁一一跟在他身后。

洗手盆上有一面镜子，但她的身高还不够，江有月于是搬过一张塑料矮凳，把丁一一抱了上去。

丁一一自己拿了牙刷，江有月帮她挤上分量适中的黑妹牙膏，搪瓷口盅倒上水。然后，他站在她身后，大手抓着她软软小小的手，教她正确的刷牙姿势。上上下下，里里外外，左左右右。

丁一一咯咯笑了起来，满口白沫，吐在被阳光照射的洗手盆上，江有月也笑了。

突然间，洗手间门口传来女人惊恐的喊声：“你们在干吗？”

江有月吓到了，赶紧松手，退了两步。丁一一本来靠在他身上，突然失去了支撑点，便从矮凳上摔了下来，一屁股坐在地板上，哇哇大哭起来。

林安之放下手里的菜，赶紧冲上去，看女儿有没有伤到哪里。

江有月落荒而逃，他跑进房间里，关上房门，再反锁。

门外，丁一一的哭声渐渐平息，但是他不敢出去。

那个叫林安之的阿姨，她是生气了吧？会不会把自己赶出去？

谢老板开了那么远的车，这里离武举镇，肯定很远吧？走路是走不回去的，坐车他没有钱，不会说话，也不会写字，那他只能饿死在外面了。

江有月内心充满了恐惧。每到这个时候，他消除恐惧、排解压力的方式，就只有一个，折纸。

于是，他从床脚的旅行袋里拿出一本信笺纸，然后端坐在卧室的梳妆台前，开始折纸。

当然是折犀牛。

犀牛送给丁一一，如果她知道自己的心意，就会帮忙求情。这样一来，或许林安之就不会把自己赶出门外。

折了一个，不满意，撕碎，扔进垃圾桶。

再折一个，还是不满意，再撕得粉碎，扔进垃圾桶。

他就这样折了撕，撕了折，一整本新的信笺纸，逐渐消瘦，最后只剩下薄薄一层。

不知过了多久，他终于停了下来，是这个了。

他举起手中的犀牛，就在此时，响起了敲门声。

林安之在门外说："吃饭啦。"

江有月这才发觉，自己已经饿得前胸贴后背。早餐他也没吃，现在已经是午饭时间了。

听林安之的声音，她好像没在生气了。不对，她是大人，会不会是把自己骗出去，然后再赶出家门？江有月心里想到。

他最后还是把犀牛折纸放进胸前口袋，鼓足勇气，打开门走了出去。

丁一一坐在饭桌前，脸上早没有了泪痕。不过，她却不跟江有月打招呼，只是看着眼前的那碗米饭。

林安之倒是笑容满面，说："你过来。"

江有月犹豫了一会儿，乖乖走了过去。

"早上是我错怪你了，你没吓到吧？"

江有月赶紧摇头。

"那就好，一一跟我讲了，你是在教她刷牙。"

听妈妈这么说，丁一一看了两人一眼，像是在怀疑，为什么妈妈跟爸爸讲话，要这么客气。不过，一个五岁的小孩，哪里想得通这些，还以为可能是爸爸妈妈吵架了。

丁一一想，对，肯定是这样。妈妈经常说，爸爸在外面跑车，很辛苦的，要挣钱养家，还要给自己看病，做手术。可能是爸爸也在牙齿上做了什么手术，变得那么白，要花不少钱的。所以，妈妈就生气了吧。大人的事情，好复杂喔。她鼻翼翕动了两下，说："妈妈，我能吃饭了吗？"

中午有蛋卷、鲮鱼炒油麦菜、黄豆菜脯焖猪脚，都是丁一一爱吃的。还有从菜市场卖白斩鸭的档口讨来的焓鸭汤，放点嫩豆腐跟冬菜进去煮，鲜得人眉毛都会掉。

林安之说："吃吧。"她又对江有月说，"你也赶紧洗手吃饭。"

江有月如逢大赦，听命照做。

刚蒸好的蛋卷比昨晚冷掉的还要好吃两倍。剩下的两菜一汤，都是他没吃过的，但非常对胃口。原来这个世界上，还有比牛肉丸粿条汤更好吃的东西。

三人吃完饭，林安之收拾碗筷，丁一一在客厅茶几上，看她的小人书。江有月也跟了过去，犹豫再三，终于从衬衫口袋里掏出那只犀牛，放在茶几上。

小女孩哇了一声，她飞快地拿起那只犀牛，问："送给我的吗？"

江有月点点头。

丁一一又问："这是什么？"

江有月笑笑，露出一口洁白的牙齿。看起来，丁一一挺喜欢他的礼物，这让他安心不少。

丁一一似乎习惯了变得沉默不语的爸爸，自顾自拿着犀牛，翻来覆去地看。"四条腿，头上有个角，是独角兽吗？"很快她又否定了自己，"不对不对，独角兽没有这么胖。"

江有月有一点失望，这个小女孩，居然认不出来犀牛，是自己折得不像吗？

丁一一举着折纸，跑向厨房，大声道："妈妈，这是什么呀？"

林安之在围裙上擦干手，接过折纸："我看看啊，这是犀牛吧。"

丁一一说："西牛，是西方的牛吗？"

林安之笑道："不是西方的西啦，是……妈妈等下写给你看，是另一个犀。这种犀牛呀，你没见过的，但是动物园里就有喔，以后妈妈带你去看。"

江有月想说，对对，广州动物园里就有。

江有月又想说，原来是丁一一没见过犀牛，难怪她认不出。

江有月还想说，心有灵犀一点通，现在一一心里有犀牛了，以后就通了。

但是，他一个字都说不了。

林安之走出厨房，对江有月说："是你折的吗？"

江有月点头，林安之夸赞道："折得真好。你还会折别的吗，还是说只会这个？"

江有月眨眨眼睛，不知道该点头还是摇头。

丁一一依偎在林安之身旁，说："爸爸那么厉害，肯定什么都会折。"

她说的这句话，前半句错了，后半句是对的。

江有月心想，心有灵犀一点通，没错，是这样。

他伸出双手，先比了个老鹰，又比出一个狗头，意思是说，我什么都会折。

林安之便懂了他的意思，说："好厉害。"

丁一一抬起头，嚷嚷道："妈妈，妈妈，犀牛还给我，爸爸做给我的。你想要的话，让爸爸再做一个。"

林安之摸着丁一一的肩膀，对江有月说："你要是有空，可以教丁一一折纸吗？反正她这样子，也去不了幼儿园，待在家里挺无聊的。"

江有月理解了她说的话后，心底升腾起一股巨大的幸福感。夸他折得好的人，本来就少，让他教折纸的人，林安之是破天荒第一个。

"不方便的话，就算了。"

江有月赶紧摇头，又用力点头，然后冲进房间，出来时，手上拿着一本全新的信笺纸。

林安之回厨房了，丁一一在沙发上正襟危坐，等着他出来。

丁一一说:“我知道了，你不是爸爸，爸爸会讲话，你不会。不会讲话，那就是哑巴，以后我就喊你巴巴。”

说完，丁一一甜甜地笑道:“巴巴。”

江有月似懂非懂，他想要应一声，他想要喊这个女孩的名字，当然，他一个字都说不出来，但他心里已经有了决定。

他要把自己会折的所有东西，不，要把世界上存在的所有东西，通通折出来，教给眼前的小女孩，这个不欺负他、不把他当成怪物的女孩。

十七

一九九九年，秋，深圳。

丁国强在窗口抽烟。

事情会发展到这种地步，既出乎他的意料，又在他意料之中。就像他用力踩着刹车，货车却不动声色，一点点滑入深渊。

真的要这么做吗？

他深吸一口烟，反复问着自己。

所有一切都准备好了，在两年时间里，一点一点地，都准备好了。当然，是在王婉莹的指导下。相处得越多，他就越发觉这个女人的可怕，同时，也越来越依赖这个女人。毕竟，她所做的一切，都是为了自己，为了他们的儿子，刚满一周岁、白白胖胖的儿子。

说起来，丁国强的人生，还真是很有喜剧色彩。他有一个女儿，姓丁，却不是他的亲生女儿。他还有一个儿子，姓江，但是正儿八经，是他的亲生骨肉。

王婉莹走了过来，从背后抱住他。“老公，别抽那么多烟了，对身体不好。都已经这样了，就别想那么多啦。不用怕，照我们商量好的做，没问题的。”

王婉莹说得是，照我们商量好的做，实际上，这件事从头到尾，都是她一个人想出来的。丁国强的脑子，只适合开车，王婉莹那看了无数悬疑推理小说的脑子，才能想出那么一个错综复杂却又滴水不漏的计划。

丁国强毫不怀疑，如果她的文笔稍微好点，绝对能当个优秀的悬疑小说家。不，她早已超过了大多数小说家。那些作者再厉害，也不过纸上谈兵，而王婉莹，却即将在现实里谋杀一个人。

她计划要杀的，或者说，他们计划要杀的，正是王婉莹名义上的丈夫，江有月。

丁国强把烟掐灭之前，又用力抽了一口。

真的要这么做吗？

他不由得回想起，几年前他堂哥丁国风刚跟林安之结婚的时候。那会儿，他恨堂哥恨得牙痒痒，晚上睡不着觉，就幻想着开一辆车，开到时速六十公里，把堂哥撞死。但也仅此而已。

即使想杀死一个人，丁国强会做的，也只是开车。相比之下，王婉莹却把整辆车都造了出来。那些精密的部件，环环相扣的结构，所有的传送带、齿轮，组合成了一辆完整的谋杀之车。而作为执行者的丁国强，仍然只是个司机。

王婉莹在身后问：“老公，还在犹豫？”

“对啊，那么大件事，杀人啊，不犹豫才有鬼吧？我又不冷血。”

“我冷血？”

“我没这个意思。”

他心里却想，难道不是吗？

“老公，你要这么想，杀了他，是为了他好。这件事，我跟你仔细分析过的。”

丁国强闭上眼睛，深吸了一口气，说：“没错，老婆，你说得对。”

这两年来，发生了许多事情。丁国强，还有围绕在他身边的人，所有人的人生轨迹，都变得跟原来不一样了。

差不多两年前，就在这出租屋楼下的日杂店，丁国强回了林安之的传呼。正如他所担心的那样，林安之在电话里告诉他，女儿生病了，很严重的病。

丁一一吃完晚饭，自己洗澡的时候，突然晕倒了。

林安之一开始以为是煤气中毒，给她穿上衣服，抱着打车去了人民医院。半路上，丁一一自己醒了，哭着说胸口疼。

两人到了县人民医院，一通简单检查下来，看不出是什么问题。医生怀疑，是心脏出了问题，然后说县医院条件有限，建议去市里的医院看看。

林安之给丁国强打传呼时，女儿还躺在医院的病床上。而丁一一在做心肺检查时，丁国强正享用着王婉莹做的饭，同时跟她打情骂俏。

这让丁国强羞愧难当，甚至打算跟王婉莹提前分手。但是，天不遂人愿，事情最终走向了相反的方向。

丁国强回到汤县以后，又开着他的大卡车，跟林安之一起，把女儿送到市人民医院。漫长的各种拍片检查后，是更漫长的等待，最终医院的外科主任，根据检查结果判断，丁一一患的是一种罕见的先天性心脏病。

夫妻俩这才明白，丁一一的生父丁国风，很可能也有这种心脏病，抗洪时刚好发作，这才会掉进洪水里淹死。

外科主任还说，丁一一的心脏病必须要做手术，而且，越快越好，七岁以前做，最迟不能超过八岁。

然而，这种手术市医院没法做，全广东唯一能做的，只有省城的南方医院。

丁国强询问大致的手术费用时，虽然已经做了心理准备，还是被吓到了。那样的数目，他上一次听到，还是福利彩票的中奖金额。

外科主任又说，如果先不考虑做手术，那就要靠药物维持，并定期复查，一年下来，三五万是少不了的。

两人快要离开时，外科主任又说了一句意味深长的话："还好，你们还年轻。"

丁国强自然听懂了主任的话，说句实在的，他内心不是完全没有动摇。女儿再好，毕竟不是亲生的。这两年来，扮演一个完美继父，他已经有些累了，可是，骑虎难下。

他看了眼林安之，从她的眼神里，丁国强懂了，现在绝不是谈论这个的时候，他不想跟林安之吵架。

两人收拾好情绪，便带丁一一出院，又陪她在市区转了一圈，吃好吃的，买好看的衣服。孩子毕竟是孩子，不懂自己的处境，甚至觉得生一场病，换来到市里玩一趟，还挺值的。

回到汤县以后,夫妻俩陷入了深深的绝望。且不说做手术用的钱，是他们把房子、车子卖掉，所有亲戚朋友借遍，都无法凑齐的，就每年维持女儿生命的费用，都足以让他们捉襟见肘，左支右绌。

贷款买了货车之后，丁国强的家庭存款，维持在一万块左右，按照医院的说法，只能负担女儿三个月的药费。而丁国强每月跑车挣的钱，总数比以前多了，但扣掉还贷的费用，实际到手的，反而还要少些。维持正常的家庭运转没有问题，但加上这笔治病的开销，明显入不敷出。

林安之便打算重新找份工作，去教熟人的小孩跳舞，或者哪怕到市场去卖茶叶蛋，卖蛋卷，总之，帮丁国强减轻负担。

丁国强却不同意，这样一来，女儿就没人照顾了。两边父母年纪都大了，要照顾一个生病的小孩，万一她又晕了过去，老人来不及送医院，那麻烦可就大了。

他没说出口的是，这样的话，太不体面了，别人会笑话的。

林安之便问："那该怎么办？"

丁国强说："你安心在家照顾好一一，我多跑几趟车，多挣点钱。"

林安之说："你已经很拼命了，上个月我数了，只在家里睡了七个晚上。"

听她这么说，不知怎的，丁国强有些做贼心虚。更何况，在过去的三个月里，丁国强还时不时给王婉莹一些钱，或者送她点什么礼物。现在看来，总是个负担。

丁国强更加觉得，必须跟王婉莹分手了。

分手这件事，如果在电话里说，既显得不够诚意，又可能激怒王婉莹，丁国强最终决定，在平山镇的出租屋里，跟对方当面讲。

然而，当他跟王婉莹敞开心扉，一五一十地说出自己的困境时，她却给了一个完全相反的处理方式。

王婉莹说："我听明白了，你要跟我分手，是因为缺钱，对吗？"

丁国强窘得脸颊发烫，但也只好点头承认。

王婉莹却说："如果是为了钱，你更不能跟我分手。"

“啊，为什么？不，不行，我不可能借你的钱。”

王婉莹却笑了，说：“我也没钱借你呀，礼金还没到手呢。”

“那你的意思是？”

王婉莹答非所问，说：“相亲跟结婚，哪个更累？”

“啊？”

王婉莹重复道：“我问你，相亲跟结婚，哪个更累？”

“你说的是摆喜酒对吧，那肯定摆喜酒更累。你问这个干吗？”

“那好，相亲你能挣两万，那摆喜酒，你扮个新郎，收五万，不过分吧？”

丁国强恍然大悟，说：“你的意思，是让江老板再给我五万？”

王婉莹笑道：“还行，没有蠢到家。”

他转念一想，又说：“不对啊，我听他们说了，不摆喜酒，就领证，两家人简单吃个饭。”

“刚夸你呢，怎么又变笨了？他们说不摆酒，就不摆吗？是他们结婚，还是我结婚？”

丁国强总算明白了她的意思，却说：“不行，你硬要这么做的话，不说江家那边，你爸妈都不会同意的。”

“没事，我有办法。”

丁国强还是说：“不行的，万一他们打你怎么办？”

“哎哟，你还信不过我呀？我能搞定的。总之呢，要是摆喜酒的话，我那个正牌新郎，那个小傻子，肯定是不行的。到时候，江家人没的办法，就只能请你这个冒牌新郎出山了。你就狠狠抬价，别说五万，要我看，让他们给十万都行。”

丁国强连连摇头，说：“不行，不可以这样，你牺牲太大了。”

王婉莹却掰着指头，说:“一年三到五万，对吧，就满打满算，一年五万块，你挣十万块，够撑两年了。丁国强，我就问你，你从别处哪里能挣到这十万？去抢银行都未必吧。”

丁国强还是摇头，说:“我不值得你为我这么做。”

王婉莹却笑，说:“那这样，你别看成是我为你做的，换个角度，当成是你为我做的。你有家庭了，有老婆，有孩子，你又不舍得离婚，对吧？”

丁国强说:“我……”

“你放心，我不是逼你，我是说啊，我这辈子，也不可能跟你有个婚礼。小说里常写，假戏真做，假戏真做，我们反过来，真戏假做，你演江有月，演我的新郎。答应我，给我一个婚礼，好不好？”

丁国强想了想，说:“虽然我结婚时也没摆喜酒啊，但我知道这个事情，起码要筹备十天半个月。选婚纱、送请柬什么的，新郎全程跟着跑。海丰跟汤县离那么远，我不可能每天两头跑，就得有半个月时间不在家。”

王婉莹说:“你是怕被老婆发现？”

丁国强承认道:“是，就算我编一个什么借口出来，她也不会信的。她很聪明，比我聪明多了。”

“这个你不用担心，你就照实跟她说。”

“那怎么行？她会杀了我的。”

“不，你不了解女人，我了解。你不要骗她，就直接说去代人结婚，能挣钱，她会同意的。”

丁国强皱眉道:“不可能吧？再怎么说，我也是她丈夫，她怎么会同意？”

王婉莹笑了笑，说:“我不是打击你，不过啊，你想想，这件事情跟她女儿的命，哪个重要？”

她用力捏了下他的手，又说:“换个说法，对她来说，丈夫跟女儿，谁更重要？”

丁国强一时无言。

过了一会儿，他说:“我先抽根烟。”

王婉莹松开手，说:“你抽吧。”

丁国强便点了根烟，默默地抽着，王婉莹在旁边默默地看着。

抽完一根，丁国强又点了第二根。

当最后一段灰烬掉落在烟灰盅底部时，丁国强终于有了决定。“那我们就这么做，成不成功，我都会感谢你的。你是我这辈子的恩人。”

王婉莹说:“别这么讲。”

“但是，如果这件事真的成了，像你说的那样，我给了你一个婚礼。这件事结束以后，我们就，我们还是要……”

“要分开，对吗？”

“是。”

丁国强又说:“你别误会，我不是不爱你了。我很爱你，你是这辈子对我最好的女人，我妈都没有你好。可是，我女儿的情况，你也知道的。我必须拼了命挣钱，给她凑手术费，你知道吧，她今年五岁，还有三年。不然的话，她就太可怜了，对她很不公平。你说，是不是这样？”

王婉莹再次抓住他的手，说:“是这样，你说得没错。”她轻轻摩挲着他的手背，“我理解你。就照你说的做吧，不要有心理负担。”

丁国强长叹一口气，抱着她说:“你真好。我对不起你。”

王婉莹摸着他后背，说：“没关系的。一切都会好起来的。”

在那之后，两人便按照商量好的计划，一步步地实施。说来也怪，从林安之到江太太，每个人的反应，都在王婉莹的计划之中。在丁国强看来，就像是王婉莹写了个剧本，跟这件事相关的所有人，说的每一句话、做的每一个动作，都严格按照剧本上写的，去演绎呈现。当然，在众多的演员里，也包括丁国强自己。

林安之的表现，尤其出乎丁国强的预料。他先是按照王婉莹说的，把代人结婚这件事，向她和盘托出。甚至连之前相亲的事情，都跟林安之交代了。当然，雨天的租书店，还有平山那一间出租屋里所发生的事情，他一个字都没有提。

正如王婉莹所预料，林安之没有过多犹豫，就同意让丁国强去假结婚。或许对她来说，丈夫是自己的，哪怕借给别人半个月，也还是会回来的。毕竟，狸猫换太子，不过演戏而已。更何况，女儿的药费也因此暂时有了着落。

也因此，当江家发愁于婚礼期间怎么安置江有月时，林安之主动提出，可以把他接到家里，代为照顾半个月。

听林安之说完后，丁国强有些犹豫，就偷偷打电话给王婉莹，跟她商量。王婉莹认为这个方案不错，可以实施。

丁国强支支吾吾，不说不行，也不说行。

王婉莹便问：“是不是担心江有月跟林安之会发生什么？”

丁国强只好承认。

“这个不用担心，姓江的那个，他不行的，没有这个能力。”

“你怎么知道？”

“这个你别管，反正我就是知道。你听我的，没错。放心吧，姓江的老婆是你老婆，你姓丁的老婆，还是你老婆。”

听她这么讲，丁国强便不好再说什么，便同意把这件事转告给江太太。

对于林安之的这个提议，江家自然求之不得，甚至提出，除了原本商量好的十万块，还愿意多给两万，作为照料江有月的费用。林安之得知这个消息后，让丁国强代为转告，十万块已经够慷慨了，照顾江有月，就当是附赠的配套服务。

于是，事情就这么定了下来。

一切按部就班地进行，在一九九七年的年底，丁国强饰演新郎江有月，前往海丰武举镇；江有月则被当作丁国强，由谢老板送到汤县。两人交换身份，度过了半个月。

汤县这一边，江有月跟林安之相安无事，和五岁的丁一一更是成了好朋友。

在武举镇跟文举镇，事情就有些微妙了。江家人这边，包括江太太、江老板，还有谢老板，以为他们是伙同丁国强，一起在骗女方家人。实际上，真新娘王婉莹，和假新郎丁国强，两人联袂出演，真戏假做，把王家人连同江家人，甚至还有远在汤县的林安之，都蒙在了鼓里。

婚礼结束之后，丁国强拿到了他的报酬，回了汤县，谢老板则把江有月接了回来。丁国强跟王婉莹这对露水夫妻，苦命鸳鸯，也按照约定分手，准备回归到各自的人生轨道里，从此老死不相往来。

然而，意外又出现了。

此处的意外，或许需要打个双引号。它对丁国强来说，是一场绝对的意外，但在王婉莹这边，是她自己的疏忽，还是有意为之，根本无法确定。毕竟，没有人看得透这个女人。

总之，所谓的意外就是，王婉莹怀孕了。

在确认王婉莹腹中的孩子确实是丁国强的骨肉后，两人原本分开的生命线，又纠缠到了一起。

六个多月后，王婉莹的儿子呱呱坠地。江太太给他起了个名字，江光耀，取光宗耀祖之意。王婉莹却不满意，说太俗气，她按照江家的辈分，诗有别才，江有月是有字辈，他儿子是别字辈，取名为江别之。

一年后，丁国强在王婉莹的授意下，买了两份巨额人身保险，受益人是他的法定妻子林安之。

大约一年半后，因为某些原因，江老板、江太太与谢老板所从事的走私生意，被警方发现，三人尽数落网。

对丁国强跟王婉莹来说，命运就像发出巨大轰鸣的火车头，不停拖曳着两人，就到了今天这个地步。

如今，他们又在平山镇的这个出租屋里，一个人抽着烟，另一个人沉默不语；一个人为命运而担忧，另一个人想要主导命运的走向，同时，寻找一些刺激。

此情此景，两年之前，就已经发生过。唯一不同的是，出租屋角落的婴儿床里，他们的儿子正在沉睡。

还是王婉莹打破了沉默："你不忍心？"

丁国强说："毕竟是个大活人，虽然傻，但他什么都没做错。"

"傻就是他的错，而且还没法改正。老公，你没有没想过，我们这么做，其实是在帮他。"

丁国强不解道："为什么？"

"你想想，姓江的这个人，他叔叔跟婶婶都被抓了，被判了无期徒刑，现在还蹲在新加坡牢里呢。他们又有女儿，所以家里那点财产，也不可能落到姓江的头上。那这个姓江的，没有了经济来源，他自己也没有劳动能力，不是迟早要饿死？"

王婉莹在提起这个法定丈夫时，语气冷漠，不带任何感情，像是谈论街边的流浪汉。

丁国强不得不承认，她说的是客观事实。

他想了想，说："他以后要是饿死，那是他的事。我们现在说的，是要把他亲手杀了。"

"他以后饿死，就白白饿死了，是没有价值的。如果他现在死，以你的身份去死，能帮到很多人。首先是我跟你，还有我们儿子。姓江的死了，你就能代替他，跟我们生活在一起，当好老公、好丈夫，看着儿子长大。然后，他还能帮到那对母女，对吧？有了那笔保险赔偿金，丁一一就能做手术了，以后像个健康人一样生活。如果没有这笔钱，医生不是说了吗，她活不过十岁。那么可爱的女孩子，你忍心吗？"

丁国强叹气道："你说得都对，可是……"

"老公，你有没有听过一个说法，叫电车难题？"

丁国强一头雾水，说："什么难题？"

"电车难题，就是说，有两条铁轨，左边绑了五个人，右边绑了一个人，电车马上要来了，如果什么都不做，它就会碾死左边这五个人。你站在铁轨旁，可以选择让电车改道，碾死右边一个人，救下左边五个。现在问你，要不要改道？"王婉莹道。

“是这么一个问题啊，”他掰着手指头说，“我、你、儿子、安之、一一，刚好五个，右边一个，是江仔。”

“对，这个电车不是别的，就是我们的命运。还有一点，老公，你听我说。”

“我在听。”

“你不是站在铁道边，你也被绑在上面。我们被碾死了，接下来，右边的那个人，同样会被活活饿死。都是要死，不如给他个痛快。老公，我知道你很善良，所以，我们更应该这么做。对我们好，对他也好。”

“对他也好，真的吗？”

“真的。”

丁国强思索再三，终于咬牙道：“行，那就这么做。”

王婉莹欣慰地说：“太好了，我就知道你会同意的。你要记住，你不是为了自己才这么做的，你是为了我，为了我们孩子，也为了那对母女。”

“好，我知道了。”

“那我们重复下步骤，我来考考你，都还记得吗？”

“记得。后天早上，我从汤县出发，到了海丰之后，把车停在路边隐蔽的地方，在车上等你。”

“对，我会把孩子交给我妈照顾，然后下午三点左右，把姓江的带到你车上。”

“你准备怎么跟他说？”

“你没必要知道。”

“告诉我，好吗？”

“好。我会跟他讲，带他去见丁一一。他肯定愿意的。你都不知道，他做了一堆那个折纸，就准备送给你女儿，还真把自己当她爸爸了。”

丁国强闭上眼睛，表情痛苦。

王婉莹摸着他的手，说：“继续。”

“我接到你们后，你会跟江仔一起，到货厢里坐着，外面再堆上货。这样一来，哪怕路过检查站，或者有人查车，也看不出什么问题。我开车继续往前走，到穗州坡头村一带，那里车最少，也没有摄像头。”

“然后呢？”

“过了十二点，你先哄他跟我换衣服，坐在驾驶位上，说是前面路上有情况，我们要走过去探路，留着他在这里看车。然后，趁他不注意，我们就……就……动手。”

“对，到时一定要果断，不能犹豫。他虽然不会喊，但是力气不小，让他跑掉就麻烦了。第一刀就要他的命，也让他少点痛苦，知道了吗？”

丁国强深吸一口气，说：“知道。”

王婉莹又说：“你要记住，这是在帮他。”

丁国强继续道：“接下来，我们就把他的牙齿都撬了，因为他牙齿白，我的黄，会给人看出破绽。同样，还要砍掉他双手，不然指纹也会露馅。”

“做完这些，你也要受点苦。”

“这算不了什么，就是把我食指切下来，装进烟盒里，在货车旁边丢掉，最好放高一点，不然怕被野狗叼走。有了这根食指，更能证明车上死的那个人是我。”

“对，然后我们可以切下姓江的食指，我已经找了一个医生，半夜偷偷去医院缝合，这样就不会引人注意，再多给他点钱，让他不要留下档案。还有你的牙齿，也要尽快洗白，不然太黄了，熟人一看就会露馅。做完这些，就大功告成。接下来，我就是江有月了。”

“没错，老公，你好棒。”

“可是，这样一来，以后我就得演江仔了。不能讲话，还得装弱智。演一次相亲可以，演一场婚礼也行，但是要演半辈子，我还是有点怕，怕自己受不了。”

王婉莹笑笑，说:“怕累，是吗？别担心，你可以的。这几年，你演完美老公，完美继父，就不累吗？还不是撑过来了。”

丁国强想了想，说:“好吧。”

王婉莹说:“不过，你是不是还忘了点什么？”

丁国强说:“我想起来了，你给了我毛巾、牙刷、梳子什么的，都是江仔用的，跟我用的同款。十九号出发前，我要记得把这些东西调包。这样一来，哪怕以后警察去我家调查，那这些东西，做你说的那个脱氧什么的检测，也不怕露馅。”

“对的，到时在货车上我也会包好头发，戴上手套，争取不留下任何痕迹。还有呢，你还要干吗？”

“明天回到汤县，把车从里到外洗一遍，让警方难以提取我的生物组织。”

“就是这样。”

王婉莹一脸兴奋，又说:“太好了，天衣无缝，这简直就是悬疑小说里写的完美谋杀案。”

丁国强看着她的脸，不知为何，突然有些害怕，他站起身来，说：“老婆，我抽根烟。”

“到窗户那边去，别熏到我们儿子。”

丁国强正希望如此。面朝窗外的话，王婉莹就看不见自己脸上的表情。

点烟的时候，他突然在想，两年多前的那个下午，如果他没遇见谢老板，会怎么样呢？

他跟江有月，这两个长得一模一样的男人，这辈子的人生轨迹，不会有任何交集。

故事从未开始，自然也不需要结束。尤其是，以这样的方式结束。

而现在他的双手，拿火机的右手，夹着烟的左手，将在两天之后，用来结束那个男人的生命。

杀了人之后，自己还会是原来那个自己吗？

还是说，自己会变成另外一个，完全不同的人？

他不知道答案。

丁国强站在窗台边，足足吸了三分钟，这才发现，那根烟根本没被点燃。

此刻，即将被杀死的那个人，正坐在另一间客厅，唯一的桌子前。

江有月在折纸，折一只犀牛。

家里的信笺纸用完了，那个名字里有萤火虫的女人，也不给他买新的。他翻箱倒柜，终于找到这剩下的半本。说起来，不知道多久之前，从那个很远的地方回来之后，他还用这本信笺纸，用自己能想到的所有字，拼成一封信，写给丁一一。

可惜，后来都给那女人撕掉了。

不过没关系，很快，自己就能见到丁一一了。

明天？

明天的明天？

还是明天的明天的明天？

江有月搞不清楚。不过，那个名字里有萤火虫的女人说了，很快。

从自己手上接过这只犀牛的时候，那个小女孩，丁一一，肯定会很高兴吧。

想到这里，江有月幸福地笑了。

十八

二〇一九年，夏，汤县。

山林雨坐在床沿，丁一一正在洗澡。

酒店浴室的隔音不太好，哗啦啦水声停止的间隙，连丁一一抹沐浴露的声音，山林雨都能听见。

等她洗完之后，两人准备做点什么。

丁一一住的酒店，跟廖喜和山林雨住的那家，离得并不远。刚才给了她那个犀牛折纸后，丁一一情绪失控，当街痛哭。他们本来说要去那家巴黎春天，但丁一一显然没了心情，于是山林雨便护送着她直接回了酒店。

在山林雨印象中，这是他第一次跟除了妈妈以外的女人，单独待在酒店房间。

他之前暧昧的对象，会弹扬琴的小八，其实有过暗示，如果他愿意的话，可以把她带到酒店过夜。他不是没有心动，作为一个发育正常的少年，对于男女之间的那件事，他确实充满好奇。然而，最终他还是拒绝了。他对小八只有喜欢，没有爱。第一次，还是留给真心相爱的那个人吧。就像他的父亲山林雪当年做的那样。

那么，他对于丁一一，这个比他大十岁的女人，有没有爱呢？山林雨说不好。

突然间，浴室门推开了。

丁一一穿着身粉红色的小熊睡衣走了出来，头发简单扎起，看上去年轻了十岁。

丁一一说："你盯着我看干吗啦？"

山林雨脸唰一下红了，连忙说："没，我没有。"

丁一一拉着身上的睡衣，说："以前我妈店里卖的啦，店关了之后，还剩下好多件库存，我准备一年换一套，能穿到五十岁。"

丁一一又说："特别土，对吧？"

山林雨说："没有，一一你穿什么都……都好看。"

他的声音越来越小，最后几个字眼，就像蚊子叫。

丁一一说："洗了个澡，心情好多了。那我们开始？"

山林雨说："真的要这样做吗？"

丁一一说："你担心什么？"

山林雨说："我之前也想过这么做，但是又怕做了之后，就恢复不了原样了。"

丁一一说："别怕，我技术很好的。"

山林雨笑道："行，我相信你。"

丁一一说："那来吧。"

两人便走到书桌前，丁一一坐在椅子上，山林雨站在旁边。

丁一一拿起放在桌上的犀牛折纸，深吸一口气，说："来了喔。"

她一边拆着折纸，一边说："阿雨，我真的要感谢你，这个犀牛我小时候很喜欢，后来丢了，等到长大想要折回来，却怎么都折不出记忆里的样子。”

山林雨说：“就跟你妈妈做的蛋卷一样。”

丁一一说：“对，就是这个道理，蛋卷是不知道配方，犀牛是不知道折法。”

她小心翼翼地拆解着，嘴里一边嘟囔：“啊，原来是这样。”

两分钟后，那只活灵活现的犀牛，便还原成了一张信笺纸。

丁一一深吸一口气，说：“好，你别眨眼哦，看我把它变回去。”

山林雨却突然大声道：“等等！”

丁一一问：“怎么了？”

山林雨指着信笺纸中间的一处，说：“你看，这里。”

丁一一说：“什么都没有呀。”

山林雨拿起信笺纸，对着天花板的灯看了看，又弓着身子在台灯下仔细观察。

他突然想起什么似的，说：“有了！”

丁一一把椅子让给他，山林雨坐下，把信笺纸平铺在桌面，然后拿起酒店给客人准备的铅笔，仔细涂抹起来。

一大片黑灰的色块中，几行歪歪扭扭的字迹，慢慢显现。就好像穿越多年的迷雾，一些真相，终于浮出了水面。

山林雨解释道：“这张信笺纸，肯定是之前有人在上一页写了些什么东西，写得比较用力，就留下了这些痕迹。平时看不出来，但是用铅笔这样慢慢涂，笔芯横着涂，就可以看得见。”

丁一一说：“阿雨，你好厉害。这是我爸写的吗？”

山林雨说：“不，是白光。”

丁一一说:“就是你假设的那个,跟我爸爸长得一样的男人?”

山林雨手中的铅笔,突然停了下来。

他声音紧张发涩,说:“刚才是假设,现在,是现实。”

丁一一也凑了过去,那几行东倒西歪,彼此大小相差甚远的字,写的却是这样的内容:

一一

你好吗

我 好

我好 你

你 来 我吗

五举 向前 三〇一

江有月

丁一一拿起信笺纸,双手略微颤抖。

山林雨说:“要我猜,他就是我说的白光,跟你爸爸,不对,准确来说是继父,长得一模一样的男人。很多年前,因为某种原因,他跟你继父交换身份,跟你一起生活过一段时间。教会你折纸的人,不是你继父,而是这个人。”

山林雨说:“现在我们知道他名字了,江有月。”

山林雨又说:“真没想到,从这个折纸里找到了那么有用的线索。如果没折起来的话,肯定当时就被凶手带走了吧。看来折纸这个东西,把有用的信息折进去,无关紧要的地方展现出来,它就会被当成是没用的东西,这样反而能被保存下来。”有了这样一条重要线索,他内心过于兴奋，忍不住笑了起来。

丁一一看了他一眼，问："你的意思是？"

山林雨说："我的意思是说，这个叫江有月的人，才是当年228国道上的受害者。"

丁一一问："那杀他的人是谁？"

山林雨说："一一，我说出来你别生气，按照我之前的推测，你继父，丁国强，就是杀江有月的凶手。"

说完这句话,山林雨便观察着对方的表情。丁一一没有特别激动，只是盯着信笺纸出神。看来，他之前的猜测是对的。也就是说，继父丁国强并没有死，而是作为杀人凶手活着，这个可能性，丁一一并非没有想过。

山林雨想，丁一一，真是个奇怪的女人，或者说，神秘的女人。刚才拿到犀牛折纸，失控得当街痛哭，现在面对她苦苦寻觅的继父可能是杀人凶手这件事，却没有太多的情绪波动。

山林雨可以把案子涉及的所有信息拆散重组，反复推演，直到弄明白为止，但是他弄不明白女人，尤其是丁一一这样的女人。

沉默了半分钟后，丁一一说："我不生气，但是这说不通。如果真的有这么一个男人，江有月，对吧，他长得跟我爸一模一样，我爸为什么要杀他？"

山林雨想了想，说："很大可能是为了你。"

"为了我？为了我去杀人？"

"对。我知道，这件事情太离奇了，你不可能一下就接受。就连我自己，这几天我推理出来之后，也很难相信，尤其一开始也没有证据，要去证明居然有个白光，跟黑影长得一模一样。但是现在有了，这个江有月，你看，这就是白光存在的证据。这几天我想了很多，但是始终没法确定，也怕你听了生气，才一直没跟你说。现在有了这个姓名地址，我基本可以确定，真的就是这样，跟我想的一样。”

他顿了一下，说：“不好意思，我太激动了，说得有点乱。”

丁一一反过来安慰道：“你别激动，缓一缓，详细跟我说。”

“好。”

“我给你倒杯水？”

山林雨没有拒绝，说：“谢谢。”

接下来的十分钟里，山林雨在房间里来回踱步，慷慨陈词，把当年案件的来龙去脉，或者说他推测的来龙去脉仔细讲了一遍。

丁一一坐在床沿，认真倾听，像个乖乖上课的好学生。

最后，山林雨总结道：“你看啊，巨额保险单，你的病，我猜可能是有关心脏或者大脑的某种遗传病，杀人骗保，给你治病，这样就形成了一个完整的逻辑闭环。这是一起‘完美’的凶杀案，凶手肯定不止你继父，他只是个司机，没那么聪明。啊对不起，一一，我不是说他不聪明，我的意思是……”

“没事，你继续说。”

“总之，他肯定还有个同伙，负责出谋划策。这个人非常专业，有可能是个医生，甚至可能是警方内部的人，负责物证鉴定什么的，才能把细节做得那么好，瞒天过海。总之，这个人很厉害，很细心，再加上一些运气成分，所以这个案子，隔了这么多年没破。但是法网恢恢，疏而不漏，我们终于揪住他们了。”

“我有个问题没想明白。”

“你说。”

丁一一问:“我爸，跟你说的同伙，为什么要砍掉这个江有月的手指，撬掉他的牙齿？”

“砍掉手指，是因为怕进行指纹比对时露馅。牙齿也一样，有些明显的特征，比如你爸牙齿整齐，江有月是龅牙，或者你爸牙齿比较黄，江有月牙齿很白，总之差别比较大，所以，就干脆把牙齿全部撬掉。”

丁一一若有所思地点了点头，又问:“你不是说，警察来过我们家，提取了牙刷什么上的生物组织，也检测过了吗？为什么检测出来，跟死者是同一个人？”

她没等江有月开口，自己回答道:“哦，我知道了，因为江有月在我家住过，所以留下了牙刷什么的，可能我爸出门前换上了。”她想了想，又说:“不对啊，他们用的牙刷……”

“什么？”

“没什么。”

山林雨皱起眉头。她知道一些事情，但是不愿意说出来。

丁一一说:“假设，假设啊，你说的都是对的，我爸确实是杀人凶手，那接下来，你准备怎么做？”

“按照我的推测，丁国强杀了江有月之后，应该是冒充他的身份，一直活到现在。——你看，这张纸上面，还有个地址。”

丁一一照着信笺纸上写的，念道:“五举向前三〇一？”

“没错，五举，应该是一个地名，向前是街道，三〇一是门牌号。我们用手机上的地图，在汤县到深圳的国道沿线，一个地方一个地方慢慢找，肯定能找到这个五举县，或者五举镇，五举村。”

“然后呢，我们就找过去吗？”

“对，我们就去实地探访，肯定能找到江有月，不对，应该说是伪装成江有月的丁国强，找到他的相关线索。那么多年过去了，他很可能已经搬走了，但是到那里问问，总能打听到他下落的。”

“再然后呢？”

“再然后，我就实现了你的愿望呀。当初你找到廖老板，就是想要知道丁国强的下落，对吧，现在我做到了。”

丁一一勉强笑道：“我是说，你准备报警吗？”

山林雨一时语塞，挠头道：“这个，这个我还没想好。”

“阿雨，我很感谢你为我做了这么多，不过，就到此为止吧。”

“到此为止，为什么？”

“想听实话吗？”

山林雨点头道：“嗯。”

“你先坐下，来，就坐在我旁边。”

山林雨闻言照做。

丁一一深吸了一口气，说：“你知道，我为什么要找我爸吗？”

山林雨想了想，说：“你想知道答案，想知道他到底是活着还是死了，你想知道，当年发生的事情的真相。”

丁一一说：“这是一方面，但最重要的，并不是真相。阿雨，你听我说。”

丁一一用指尖轻敲他的手背，像在发电报。山林雨如同应激一般，瞬间坐直了身子。“我也不想骗你，其实，我找你们之前，就想到了这样的可能性。就是说，我爸其实没有死，当年死的是另一个人。这样一来，我爸就是杀人凶手。”

山林雨说：“对，这一点我也很奇怪。既然你猜到了，为什么还要去找他？对你来说，不去打扰他，让他安安稳稳过日子，好像是个更合理的选择。”

“因为，我想要当面问他，为什么要去杀人，为什么要抛弃我跟我妈。我已经没了一个爸爸，但他是被洪水冲走的，怨不得他。好不容易有了另一个爸爸，结果他还是不要我，那么多年了，也没有回来找过我。阿雨，你知道没有爸爸的孩子，有多难吗？”

“我知道，会被人看不起，被说成是没爸的孩子，也会羡慕那些正常家庭的孩子。”

“不，不止这些。阿雨，你比我好多了，你知道为什么吗？因为你是男孩。女孩子要承受的，比你们多太多了。”

“你指的是？”

“你知道吗，阿雨，有时候我希望自己长得丑一点，这样从小到大，就不会有那么多男人打我主意。男老师，男同学，校门口的小流氓，房东大爷，年纪那么大了，都是一样的，甚至，甚至还有我妈谈的男朋友……他们想要做那种事情时，脸上的表情都是一样的，怎么说呢，特别狰狞。每次我见到这种表情，我就会想，反复想，如果我有爸爸的话，他一定会保护我吧？如果我有爸爸的话，这些人，肯定不敢这样对我吧？可惜，我没有爸爸。

“他们会把我逼到墙角，他们的手，从我肩膀往下摸，从我大腿往上摸。我觉得那不是人的手，是蛇，是蚯蚓，是蜈蚣，总之是些让人反胃恶心的东西。这些东西，一寸寸地在我身上爬。你能想象吗？

“我已经很小心了，可是，那些人总有办法。我能怎么办？没人能帮我。我只有大喊，只有跑，拼命地跑。有几次，差点就跑不掉了。你这样的男孩子，经历过这些吗？那时我有多害怕，多绝望，你知道吗？”丁一一痛苦道。

山林雨深吸了一口气:“对不起，我不知道。”

他恨自己，他想扇自己一巴掌。他恨自己没能早出生十年，不，二十年，如果早点出生，早点认识丁一一，就可以保护她了，不会让她受到那么多伤害，吃那么多苦。

他终于知道，丁一一身上那种郁郁寡欢的气质，到底是从哪来的了。童年反复遭遇性骚扰的人，如果长大以后，还能整天保持笑容，那反而奇怪了。

山林雨想对她说，从现在开始，你就不用怕了，我来保护你。然而最终他说出口的，却只是“对不起”。

“不用对不起，又不是你的错。我只是想告诉你，从小到大，我都很恨我爸。尤其是听我妈说，他没有死，还活着的时候。就是因为他不在了，抛弃了我们，我才会遭遇那样的事。但是，现在好了。”

“好了？”

“对，好了，我现在不恨他了。阿雨，我要谢谢你，是你帮我解脱了出来。我现在知道了，我爸是为了给我治病，才会抛弃这个家，抛弃我跟我妈。他这么做，完全是因为爱我，是为了保护我。”

山林雨说:“从某个角度来说，确实是这样。”

“所以，阿雨，我真的很感谢你。老实说，我一开始去找廖老板，是希望他来帮我搞明白这件事，我没有寄希望在你身上。毕竟，你还这么小。没想到，最后是你把整件事弄明白了，你太厉害了，比我想象的厉害多了。”

“哪有。”

丁一一继续道:“你刚才跟我说的，让我想起了许多事情。原来那些零散的记忆，现在都串起来了。是，我五岁那年，有一个人来我家住过，跟我爸长得一模一样，但是他不会说话。不是不爱讲话，是一个字都不会说，对，他应该是个哑巴。”

山林雨皱起眉头说：“哑巴，如果是哑巴，从小有听力障碍，很可能没接受过正常的教育。难怪，我看犀牛里写的那些字，歪歪扭扭的，跟小孩子写的一样。还有几个他不会写的字，直接就跳过了，连拼音都不会写。”

“我现在想起来，他确实跟普通的大人不一样。他除了折纸，就什么都不会了，也不抽烟，不喝茶，还整天担惊受怕的，很容易被吓到，确实像个小孩子。”

山林雨恍然大悟：“不抽烟不喝茶，那他的牙齿是不是很白？”

“对。你先听我讲完。我七岁那年，到了广州，确实先去了趟医院，动了一场手术。现在我想起来了，应该是南方医院，在那里做了场手术。难怪，我这里有一条淡淡的疤痕。问我妈，她总说是我小时候爱趴在桌子上睡觉，压成这样的。对了，你要看吗？”她说着说着，便准备解开睡衣扣子。

山林雨连忙阻止，说：“不用不用，我知道有就好。”

丁一一说：“还有，我住院的时候，我爸确实来看过我了，不是我的幻觉。之后那么多年里，他没有再回来看我，也是因为迫不得已。”

山林雨像是对自己说：“迫不得已吗？”说罢，又突然醒悟到什么似的，问：“一一，你跟我讲这些，是为了什么？”

丁一一说：“为了让你答应我一件事。”说完这句，她用两只手包住山林雨的右手，捧到胸前。

山林雨心中早有预感，却还是问：“答应你什么？”

丁一一说：“答应我，不要去找我爸。”

“为什么？”过了一秒，山林雨又说，“哦，我知道了，因为丁国强是杀人犯，你怕我找到他以后，让警察去抓他，对吗？”

丁一一点头，说：“对。”

山林雨说：“不，这样不对。”他把手抽出，站了起来，“一一，你听我讲。如果我的推测没错，是，他杀人是有理由，是为了救你，但是，他毕竟杀了个无辜的人，应该接受法律的制裁。”

“但他杀的那个人，是个哑巴，还可能有些弱智。”

山林雨有点生气了，说：“你怎么能这么想？他是哑巴也好，弱智也好，就能够随便被杀掉吗？还有，你不是喜欢折纸吗，就是他教你的啊？难道你对他没有一点点感情？”

这时候的山林雨，已经忘了面前这个女人，是他所喜欢，所爱慕的。他的心里，被公平，正义，这些比爱情要更宏大的字眼，完全占据了。

“别激动，阿雨。你这么一说我想起来了，我小时候很喜欢他给我的折纸，也喜欢他教我折纸，他走了以后，有一段时间，我经常缠着我妈，问他什么时候回来。对，我当时不知道他的名字，但因为他不会说话，我还给他起了个外号，叫巴巴。那时候，我老是问我妈，巴巴什么时候再来？问得我妈都有点烦了。”

山林雨说：“对啊，这样一个人，你曾经那么依恋过的人，知道他被杀了，你一点感觉都没有吗？”

“当然不会啊，我也不想他被杀。但是阿雨，你有没有想过，我爸要杀人骗保，才能给我做手术。要做到这一步，那肯定是我的手术需要很大一笔钱吧，不杀人的话，就没办法凑齐这笔钱吧？”丁一一回答。

山林雨皱眉道：“是，你这个想法，很符合逻辑。”

“那我们换个角度想想，如果这个教我折纸的人，巴巴，江有月，他活了下来，没有这笔钱来救我的命，那我今天，就不会坐在这里了。我死的时候，年纪那么小，现在连骨头都化了吧。”

“你的假设是对的，但你的结论是错的。他杀人是为了救你，如果不杀人，就救不了你，这没错；但是并不能得出结论，说他杀人杀得好，应该逃脱惩罚，不应该被抓。”

丁一一却笑了：“阿雨，你好冷静。你总是这么冷静吗？”

“我不是。”

“但你现在是。你知道你为什么冷静吗？因为无论我爸活着也好，死了也好，被抓也好没被抓也好，都不关你的事。你是个局外人，所以可以冷静分析。但是，我冷静不了。我爸杀人，是为了我，从我的角度，一点都不希望他被抓。当我求你了，就让他好好地过日子，不行吗？他年纪也大了，没多少年可以活了。”

山林雨深吸了一口气，最终还是摇头。

“没的商量？”

“没的商量。”

丁一一站起身来，说：“那好，我再问你一个问题。”

“你问。”

“阿雨，山林雨，你喜欢我，对吧？你是喜欢我的吧？我看得出来，你不用否认，我早就看出来了。”

山林雨深吸一口气，挺起胸膛，说：“我不否认，我是喜欢你，但这并不表示……”

丁一一却开始脱衣服了。她解开粉红色的小熊睡衣，随意丢在地上。

山林雨朝思暮想的女人，就这么一丝不挂地站在他面前。

这是一具近乎完美的胴体，或者说，是山林雨想象中近乎完美的胴体。

丁一一说：“阿雨，只要你答应我的要求，今晚我就是你的了。”

山林雨退后一步，说：“不，你不能这样。”

“一晚不够的话，一个月？一年？不，下半辈子，我都可以任你使用，除非是你腻了，不然我绝不会主动离开你。”

山林雨重复道：“你不能这样。”

丁一一慢慢逼近，手伸向他的短袖下摆。

山林雨突然发怒了，他大吼道：“丁一一，我不准你这样！”

丁一一停了下来。

山林雨几乎是咆哮道：“我不准你玷污自己，更不允许你侮辱我的感情！我是喜欢你，但是你把自己当成物品送给我，用来交换别的什么，告诉你，这样的感情我不要！”

他怒气冲冲地转身就走，就在这一刻，手机正好响了起来。

打开房门时，他特意先拉开一条缝，仔细观察，见走廊两边没人，才把门拉开到能走出去的程度。丁一一还光着身子，尽管山林雨此时怒火中烧，但他仍然不希望自己所喜欢的女人被别人的视线所玷污。

岂料丁一一追了上来。她不顾自己赤身裸体，双手扣住山林雨的手腕，站在门口。

山林雨说：“你不要这样。”

丁一一说：“阿雨，这样好不好，我不求你答应什么，只要你给我一星期，不，五天就好，也给你自己五天。五天时间里，你冷静下来，站在我的角度，好好思考一下，如果五天以后，你还是觉得一定要去找我爸，要把他绳之以法，满足你的正义感，那我不拦着你。”

丁一一双眼湿润，看着山林雨，说：“求求你了。”

山林雨深吸一口气，说：“我考虑一下。”

“不行，你一定要答应我，不然我就不放手。”

“你又拖不住我。”

“那我就跟着你走出去。”

看她的样子，像是真能做出这种事，而走廊的另一边，也传来了开门的声音。

山林雨无奈道：“好，就五天？”

丁一一说：“对，就五天。”

“我答应你，你快进房间里去。”

丁一一伸出小指，说：“一言为定。”

山林雨也伸出小指，跟她勾完手后，赶在别的客人走过来前轻轻关上了房门。

十九

刚才没接的电话，是廖喜打来的。

山林雨打回去时，廖喜劈头盖脸骂道："吃个消夜怎么人都不见了？大半夜的，电话也不接。"

要是放在以前，山林雨刚发现了那么重要的线索，肯定会按捺不住跟廖喜和盘托出。但是刚才，他答应了丁一一冷静考虑五天，这样的话，就先不能跟廖喜讲了。要不然，以廖喜前刑警的觉悟，不可能容忍这样的事情发生，一定会马上出发，去找到丁国强。

那么，就先不说吧。这么想着，山林雨便在电话里说："廖老板，我吃完消夜太撑了，顺着河滨散步呢。"

廖喜说："赶紧回来，不然我就告诉你妈了啊。"

"行行行，你别急，我这就往回走。"

挂了电话，山林雨回想起丁一一刚才的举动。

从她的情绪，到语言，到动作，都有些古怪的地方。一个人得知自己的继父是个潜逃多年的杀人犯，应该是这样的反应吗？好像不应该。有什么不对劲呢？到底是什么不对劲，他暂时想不出来。

山林雨心想，算了，反正还有五天时间，就连带着一起想清楚吧。

回到酒店，他本想发条微信告诉丁一一自己安全到达，想了想还是作罢。

第二天早上，廖喜跟山林雨两人又去吃了捆粄。

廖喜问：“怎么样，福尔摩山，等下要不要去找丁国强的前同事啊邻居啊什么的，问问当年的情况？”

山林雨说：“算了，不用了。”

廖喜饶有兴致地看了他一眼，说：“难得啊，你想通了？”

“嗯，先不管了。”

既然山林雨这么说，廖喜也乐得清闲，吃完早餐，两人便在县城里乱逛。对于他们这样的异乡人而言，汤县不过是个平平无奇的十八线小县城，除了那些风味小吃，没有任何值得留恋的。

但是换成丁一一，想必不是如此吧。她在县城里生活到七岁，无论是好的记忆，还是不好的记忆，都埋藏在这个县城里。同样埋在汤县的，还有她的母亲，她的生身父亲，以及教会她折纸的，另一个异乡人。

漫步在汤县的街道上，每一个街角，每一个树荫下，山林雨都想碰见丁一一，又害怕遇见丁一一。

最终，他并没有发现她的踪影。

廖喜跟山林雨在县城转了一圈，实在逛无可逛，便回酒店收拾行李，准备回深圳。如同廖喜出发之前所计划的，他用网约车软件，叫了辆车，谈好价钱，约定午饭后出发。

廖喜说：“我们赶紧回去吧，过两天还要给你爸扫墓呢。‘七二三’案破了，陈秋南被我们抓住这件事，还没当面跟他汇报过。”

“好。”

吃饭的时候，山林雨终于决定，还是要跟丁一一说下。

他发了条微信给丁一一，说：“我等下回深圳了。”

丁一一回复说：“好，一路顺风，我今天扫墓，之后可能多待几天，再回深圳。”

山林雨想了想，说：“昨天晚上，我态度不好，跟你道歉。”

丁一一说：“是我不好，难为你了。”

丁一一又说：“我这样对你，吓到了吧？你会不会觉得我特别随便？”

她赤裸的身体，又浮现在山林雨脑海里。

当时他沉浸于破案的情绪里，并没有产生什么生理冲动，现在回想起来，不由得产生了某种反应。

昨天晚上在丁一一房间里，他嘴上说着不要，不准，身体却是很诚实的。身体永远诚实，只不过，他的反射弧稍微长了一点。

廖喜奇怪地看了他一眼，说：“跟谁聊天呢，表情那么猥琐。”

山林雨连忙说：“没，没什么。”

廖喜眼神在他脸上盘旋了几圈，笑了笑，继续埋头吃饭。

山林雨平复了一下情绪，在微信里回道：“昨晚发生了什么吗，我忘记了。”

丁一一：那就好。希望以后还能一起唱歌。

山林雨：当然。

丁一一：五天以后，我等你的答复。这五天里，我还是希望你能按昨晚约定的做。

山林雨：没问题，我答应的事情，一定会做到。

丁一一：我相信你。

山林雨：那我先吃饭了。

丁一一：好，深圳见。

山林雨便没有再回复，一边吃饭，一边想着事情。

说句实话，他昨晚确实被吓到了，对丁一一的好感度也下降了不少。但是转念一想，丁一一应该也是喜欢自己的吧，起码是有好感的，加上昨晚情绪激动，才会做到这个地步。如果换了一个人，比如说廖喜，丁一一不可能这么做的。

一定是这样。

至于五天之后，应该给她什么样的答复，山林雨也基本确定了，他当然要去找丁国强。

刚才收拾完行李，他已经在手机上查过了。信笺纸上写的五举，应该是海丰县武举镇，只是江有月的文化程度接近文盲，所以写错了。这个武举镇，就在228国道沿线，往前走六十公里，便是穗州市坡头镇，当年的案发地。

二十年前，九月的一天，丁国强从汤县出发，途经武举镇，用某种借口把江有月骗上车，再往前开到坡头镇路段，将其杀害。这中间，很可能有他那个帮凶的配合。

非常清晰了。

山林雨打算，在给父亲山林雪扫墓后便出发去武举镇。廖喜应该会陪他一起去，哪怕他不去，问题也不大，他自己应该能打听到丁国强的下落。运气好的话，或许直接就在镇上遇见了。

当然，山林雨不会做出什么冲动的行为，像电影里一样，扑过去把他抓住那种。毕竟，他还不是警察。他只需要将丁国强的下落，连同他之前搜集过的线索告诉廖喜，再由廖喜出面，报告警方，启动对丁国强的抓捕跟调查。

这样一来，二十年前的这桩旧案，很快就能水落石出了。

廖喜说："吃饱了吗？"

山林雨愣了一下，说："吃饱了。"

"我看你一早上怎么魂不守舍的，是不是昨晚发生了什么？"

"没有，就是在想那个案子的事。"

"行吧，没事就好。案子你也别想太多，等回到深圳，我找找老白，啊，就那个医疗系统的哥们，或许有点线索。哪怕真的没有线索，就过去了，等你当上了警察，不愁没案子查。"

山林雨差点就要把昨晚得到的线索告诉廖喜，最后还是忍住了。毕竟，他答应了丁一一，五天。

他于是说："好的，廖老板。"

"行，那我们就打道回府吧。"

两人回到酒店，拿了行李跟自行车，便乘坐廖喜约的车，一路向西，朝着深圳的方向开去。自然没再走国道，全程高速，来时四天的路程，回去四个小时不到，便走完了。

同样的两个点之间，用不同的路线，不同的方式走，所耗费的时间，相差甚远。

回到深圳后，山林雨跟妈妈衡久远，还有廖喜和王争，一同去给山林雪扫墓。父亲牺牲那会儿，距离山林雨出生，还有差不多十个月。转眼间，山林雨已经是个一米八几的大后生了。

山林雪早已不在人世，却给儿子留下了许多东西。同样英俊的外貌，几箱地质学的专业书，最重要的是，对真相的渴求，以及不断追寻真相的毅力。

在山林雪墓前，廖喜感慨万千，拿出半瓶茅台，美其名曰跟老搭档叙旧，其实酒都祭了他的五脏庙。最后，廖喜喝得酩酊大醉，又哭又笑，山林雨不得不扶他下山。

从山上扫墓回来后，山林雨就跟着妈妈回家了。衡久远去公司上班，山林雨一个人在家，看看他爸留下来的书，心无旁骛，倒也清净。

到了八月二号，也就是约定好的第四天，深圳下起了大暴雨，好一场大雨！

山林雨挺喜欢下雨的，不光是因为他名字里有个雨。在他看来，大雨会带来清新的气息，也会把城市冲刷干净，让它显露出原来的样子。

丁一一之前做了个雨云的折纸，现在，她想象的那场雨，终于降临到世界上。

从汤县回来后，这几天时间里，山林雨没有打扰丁一一，但一直关注着她的朋友圈。

从朋友圈看来，丁一一确实如她所说，还待在汤县，今天发个儿时常吃的早餐，明天发个上小学走的巷子，满满都是童年回忆。

下午，窗外大雨滂沱，山林雨做完一张英语试卷，便拿起手机。

丁一一新发了条朋友圈。照片是一个新的犀牛折纸，放在酒店桌子上。看来，她确实技术不错，百分百还原了江有月的折法，做出来的犀牛活灵活现，又憨态可掬。

山林雨想，如果放到现在，娱乐产业那么发达，江有月说不定能当个网红，中国版雨人什么的。“震惊！不会讲话的智障男子，竟是个折纸艺术家！”起个像这样的标题，应该能吸引不少流量。

这张照片，丁一一配的文字是，如果可以，我想把世界折起来，变成我喜欢的样子。

山林雨反复咀嚼着这句话。丁一一说过，希望山林雨能站在她的角度考虑。确实，如果经历了她所经历的一切，会对这个世界失望，会想把许多回忆隐藏起来吧。

可惜，山林雨不是丁一一。在他眼里，世界并不是一张纸，真相，无论好坏，都不应该被掩埋。

即将按下返回键的那一秒，山林雨突然发觉，有什么地方不对劲。

照片边缘有一根铅笔，是山林雨用来涂抹便笺纸的那根。铅笔放置的角度，跟他那天晚上记忆中的完全重合。已经是第四天了，难道说这段时间里，丁一一跟酒店的保洁阿姨，都没有动过这根铅笔？

再仔细观察，山林雨发现，照片里窗口的角度，照进来的光线非常强烈。他赶紧打开天气程序，查询汤县今天的天气情况。结果是，大暴雨。

山林雨倒吸了一口冷气，身上鸡皮疙瘩直冒。他突然醒悟到，丁一一已经不在汤县了。不，很可能，她在前几天就走了。既然如此，她为什么还要特意发朋友圈，迷惑山林雨？只有一个可能性，她已经出发去了武举镇，给丁国强通风报信。

山林雨骂了句粗话，从椅子上弹起来。他第一个念头，就是打电话给廖喜。

电话里，山林雨花了十分钟，把这几天发生的事情，从头到尾说了一遍。

听完山林雨的汇报，廖喜并没有责怪他，只是说：“你啊，还是太年轻。”

山林雨问："廖老板，怎么办？"

"你先不要打草惊蛇，一句话都不要跟丁一一说，更不要质问她怎么跑了。你不会已经问她了吧？"

山林雨说："怎么可能？我没蠢到这个地步。"

"那就好。"

"然后呢？"

"然后，我们就去武举镇。"

"什么时候？"

"现在。"

山林雨问："现在？"

"现在，立刻，马上。你简单收拾下行李，来我家，我开车出发。打车过来，我报销！"

半个多小时后，山林雨钻进廖喜的红色奔驰。

外面大雨滂沱，山林雨尽管撑了伞，肩膀跟裤腿还是被打湿了。

廖喜说："系好安全带，出发。"

山林雨说："跟去年一样。"

廖喜一边轻踩油门，一边问："什么跟去年一样？"

"去年啊，我们也是这样，你开着车，我们去陈秋南公司，找最关键的证据。在他公司天台上……"

"别提了，想起这事，我到现在还腿软。"

"廖老板，你说这次，我们能逮到丁国强吗？"

"你的想法有问题，谁跟你说我们是去逮他的？"

"哦，对，我们是去找到丁国强，然后报警抓他。"

"不，我不是这个意思。我是说，很有可能，我们要面对的是另一种情况，相反的情况。”

山林雨说：“我不懂。”

廖喜问：“你为什么那么确定，小丁就是去通风报信的？”

“是她亲口跟我讲的啊，她说，当年丁国强为了救她才去杀人，所以现在，她要保护丁国强，不让他被捕。”

廖喜反问道：“她说了你就信？她都骗过你一次了，你还信她？”

山林雨一时语塞。

过了一会儿，山林雨又问：“那廖老板，你的意思是？”

“我猜啊，纯粹是猜测，这个小丁啊，很有可能，她不是去报信的，是去报复的。”

山林雨愣了，问：“报复，为什么？”

“你从头开始捋一遍这件事。小丁来找我，求我帮忙，找出当年她继父被杀的真相，对吧？你有没有想过，她为什么这么执着于查明真相呢？”

“因为她想找到她继父。”

“然后呢？”

“然后，失散多年的父女终于重聚，抱头痛哭。”

“你想得太简单了。”

车子在雨中拐了个弯，廖喜又说：“你也说了，小丁她自己猜到，很可能她继父当年没死，而是杀人犯。那么多年来，丁国强都没去找她，为什么？就是为了不暴露身份，好好过日子。小丁想去找他，找到了，就存在出事的风险。对丁国强来讲，收益太小，危险太大。”

廖喜又道：“换句话说，如果这个小丁，是真的为了她这个继父好，一开始就不应该去找他。很可能，小丁要找到丁国强，不是为了对他好，而是想要做点不好的。”

山林雨说：“不对啊，一一，小丁姐她差点跪下来求我，让我不要报警，还让我给她五天时间。”

廖喜叹了口气，说：“你想啊，我们报警，丁国强最坏的下场是什么？”

“被警察抓起来，审判，定罪，判个无期徒刑，对吧，应该不用死刑的。”

“对，最坏的结果，就是他在监狱里关到老。如果说，小丁不但不爱她的继父，反而非常恨，恨到连判他个无期徒刑都不够满意呢？”

山林雨沉默了三妙，不敢置信道：“不会吧？难道说，小丁想杀了他？”

廖喜说：“没错。不过再说一遍，这仅仅是我的猜测，不一定对。”

山林雨望着窗外的雨幕，说不出话来。

廖喜总结道：“这样的话，再回头想一遍，事情就很简单了。小丁通过小谌找到我，原意是希望我帮她寻找不知下落的丁国强。没想到，阴差阳错，最终是你这个愣头青帮她理出了线索。好了，人找到了，你就没有利用价值了。她随便找个借口，让你给她五天时间，五天啊，找到一个人，再把他杀掉报仇，足够了。”

山林雨说：“怎么会这样？”

廖喜说：“人心，很复杂的。你也别太灰心，现在看不懂，没关系，等多几年，你见的人多了，自然就能看懂了。”

山林雨说：“可是，她跟我讲，丁国强对她很好的，对她妈妈也很好。有什么理由，让她必须把丁国强杀掉呢？”

“还是那句话，她说的你就信？都是她一面之词。要是从一开始，她就在骗人呢。比如说，这个继父对她们根本不好，或者有什么陋习，赌博啊，酗酒啊，家暴啊，甚至是别的更过分的事。

“还有啊，那个被杀掉的，叫江有月，对吧。丁一一说他是个哑巴，但万一不是呢？可能在交换身份的过程里，这个男人跟小丁她妈妈产生了感情，丁国强恼羞成怒才动手杀人。本来啊，前几天在汤县那会儿我们有机会去走访的，就能有更多信息，而不是光根据小丁讲的来推测了。可惜，可惜了。”

山林雨低头道：“是我不好，我太自信了，自以为聪明，没想到是最蠢的那一个，被人牵着鼻子走。”

廖喜在一个红灯前停下，说：“你不蠢，是你被感情蒙蔽了。你也不是被人牵着鼻子走，你是被自己的感情牵着走了。人一动情，就很难保持理智。这个我懂，我也年轻过。”

“廖老板，我……”

廖喜说：“都这样了，就不用否认了吧。我们挑明了说，你对小丁很有好感，对吧，甚至严重点，你爱上她了。这很正常，她确实长得很好看嘛，而且整天郁郁寡欢的，看起来就让人心疼。你想保护她，想对她好，很正常。”

“可惜，她不是我想象的那样。”

廖喜笑道：“你也别这么说。要我看，她虽然骗了你，也不能说明她就是个坏女人。”

山林雨看着廖喜。

廖喜继续道：“你想想，如果我的猜测是对的，能让一个女孩子动了杀心，那么大费周章去找一个人，再亲手把他杀掉，那么这个人，肯定是做了特别严重的事。这件事情，或许毁掉了她的一生。所以我们这次，说是去救丁国强，不如说，我们是去救小丁。她还年轻，人生的路还很长，还有变好的可能。”

红灯熄灭，绿灯亮起。

廖喜踩下油门，说：“希望还来得及。”

“来得及，一定来得及。”山林雨喃喃道。

廖喜没有说话，脚下却再度发力。红色的奔驰轿车穿梭在倾盆大雨中，像一团跃动的火焰。

两人到达武举镇时，大雨初歇，天色近晚。

廖喜通过陈所长的关系联系上当地派出所，查到了江有月的户籍信息。

派出所里，刚好还有个即将退休的民警大姐，跟江有月差不多年纪，做过江家的邻居，知道一些事情。结合户籍信息跟民警大姐的讲述，山林雨大概得知了江有月的生平。

江有月，海丰县武举镇人，一九六七年生。父亲江诗丹，曾任武举镇的副镇长，母亲罗丽士，是镇上的妇联主席。两人于一九七四年，也就是江有月七岁这年，在由广州回武举镇的路上遭遇车祸身亡。

当时江有月也在车上，没有受严重的外伤，但目睹父母死亡惨状，精神出现问题，还发了场高烧，病好之后，就丧失了语言能力，脑子也变得不太正常。

江有月还有个叔叔，叫江诗顿，一九八〇年出国，先去了马来西亚，后来又到了新加坡。改革开放后回国经商，在一九九八年，因为一起走私案，同他的妻子，新加坡人欧弥佳，还有武举镇人谢罗周，分别被两国警方抓获。

江有月在一九九七年年底，与海丰县文举镇人王婉莹结为夫妻。

次年，两人诞下一子，名为江别之。二〇〇三年，江有月一家三口把户口迁出，落户到了广州市白云区。

廖喜说:“诗，有，别，这江家还挺讲究，辈分再往下排，应该是才字辈，诗有别才。”

山林雨却说:“江别之，别是告别，这个之字，不知道是林安之的之，还是指的过去的生活。”

民警大姐问:“你们在说什么？”

廖喜说:“没什么，就研究下这个名字。”

山林雨问:“这个江有月一家人，是搬到广州去了？”

大姐说:“对啊。”

山林雨摇头道:“她肯定想不到吧，找了那么多年的人，就跟她在同一个城市。”

廖喜说:“造化弄人啊。”

山林雨又问:“廖老板，那我们现在就掉头去广州？”

大姐却说:“你们要找江仔是吧，不用去广州，你们运气不错，来得正巧，他前几天回来了。”

民警大姐提供了个重要信息，前几天，为了老屋拆迁的事情，江有月跟他老婆、儿子回到了武举镇，就住在镇上的富豪大酒店里。

大姐说:“这个江仔啊，不对，江有月，傻人有傻福，娶了老婆，还生了个儿子。我前两天在街上遇到，儿子好大了啊，跟你差不多高，长得跟他爸啊，那是一模一样。他老婆也好，旺夫，对他也是真的好，给他收拾得人模人样的，走在街上，谁能看出他脑子有问题，还以为是什么公司老总呢。”

山林雨问:“那他跟你说话了吗？”

大姐说："没有啊，哑巴怎么会说话，这个治不好的吧？"

山林雨又问："那他牙齿黄吗？"

大姐狐疑道："牙齿没留意，他是个哑巴，又不开口说话。"

山林雨继续问："那手指呢，就是右手食指，有没有什么不对劲？"

大姐反问道："没事谁去看人手指啊？怎么了，还没告诉我，你们找他干吗？"

山林雨说："我们找他，是怀疑他跟二十年前……"

廖喜用力拉了山林雨一下，说："没什么大事，就是有些事情想问他。那我们就告辞了啊，富豪大酒店，对吧？"

大姐说："对，开了二十几年的，很好找。"

"具体房号呢？"

大姐说："这我就不清楚了。"

廖喜谢过大姐后便拉着山林雨走出了派出所。

山林雨问："廖老板，怎么不让我跟她讲？这个江有月，肯定有问题啊，我们现在就报警去抓他。"

"你傻啊，你说他有问题，你有证据吗？再说，那么多年前的凶杀案，不是派出所能管的，得找到市局的刑侦队，他们才有权限重启调查。"廖喜回答。

"那我们现在就找市局啊。"

"公安局是你开的啊，说找就找。你别急，我们先去跟这个男人会一会，江有月也好，丁国强也好，观察下情况再说。如果真的像你说的那样，他就是丁国强，是个杀人犯，到时我再找陈所长，让他帮忙派人把这家伙逮住。"

山林雨说："可是，我怕万一，就是——她先找到了丁国强，然后一时冲动，做了傻事。”

廖喜说:“这不还有我们吗？有我们看着，不至于的。或者你换个角度想，我们必须在警方介入之前找到小丁，打消她杀人的念头。不然万一搞不好，她杀人未遂，也会被抓起来的，起码留个案底。你不想这样吧？”

听廖喜这么说，山林雨便完全没了顾虑，反而催促道:“行，廖老板，那事不宜迟，我们赶紧去富豪大酒店。我们今晚就住那吧？”

“又是当地最好的酒店，可以啊你小子，差旅标准这一块，你卡得死死的。”

二十

一定要杀死他?

丁一一坐在酒店房间的窗口前，失神地看着楼下的街道。华灯初上，行人来来往往，街边食肆在招徕生意，一个小女孩捧着鲜花，向路过的每对情侣兜售。世界还是那么喧闹，然而这一切，都跟丁一一无关。

丁一一的世界，早就崩坏了，一片黑白，一片寂静。

她的人生，就像是一张纸，被那个男人，一而再再而三地涂抹上黑色。从他十指释放出来的黑色，填满了纸的每个角落，以至于这张纸上，再也容不下其他任何颜色。

丁一一善于折纸，热爱折纸，只可惜，她人生的这张纸，没法折起来，变成她所喜欢的形状。

一定要杀了他。

那个男人犯下的错，只能用死来赎罪。

他就住在这家酒店里。隔了十几年,丁一一还是一眼就认出了他。

那个曾经是她继父的男人，丁国强。

老天有眼，她居然真的就遇见了他。

当然，丁一一也很感谢山林雨，如果不是他，世界这么大，人海茫茫，她肯定找不到这个该死的男人。

前几天，她在汤县郊外的山上，分别给父亲，母亲，还有另一个男人，都扫了墓。多亏了山林雨，现在她终于知道，教她折纸的那个男人，巴巴，原来叫作江有月。多么好听的名字，纯净，善良，跟他的笑容一样。

那个毁了她一生的男人，居然在杀了名字原本的主人之后，抢走了这个名字，冒名顶替，苟活了二十年。在丁一一心里，这个男人的死罪，又多了一条。

那天扫完墓之后，丁一一又到县城里，拍了一些照片，以便发朋友圈瞒住山林雨。山林雨是个好男人，不，好男孩，跟她这么多年以来遇到的那些心怀歹意的男人相比，简直像是天使。

丁一一甚至希望，他没有那么好，没有那么纯洁，这样的话，那天晚上，她至少可以把自己的身体当作是给他的谢礼。这种事，她并非第一次做，但这么心甘情愿，确实是第一次。

山林雨是她生命里第二好的男人。正因为如此，她不想山林雨牵涉到里面。

丁一一也明白，这个富有正义感的男孩，在五天时间过后，一定会想尽办法找到丁国强，将他绳之以法。这样一来，丁国强就不用死了。

所以，她要赶在他前面找到丁国强。跟山林雨分开的第二天，也就是扫墓后的那天晚上，她便来到了武举镇。

便笺纸上写的是五举，但是从汤县到深圳的路上，并没有一个叫五举的地方。丁一一判断，江有月写的，实际上是海丰县的武举镇。这并不怪江有月，丁一一知道，他能学会写这几个字，已经拼尽全力了，因为他是个弱智。

江有月，是她这辈子遇见的，最好的男人。尽管他是个哑巴，尽管他只有七岁孩子的智商；但又正因为他是个哑巴，正因为他只有七岁孩子的智商。

来到武举镇之后，第二天，她就遇见了丁国强。而且，他居然跟她住在同一间酒店里。

这样看来，丁国强已经离开了武举镇，不知道搬去了什么地方。刚好他因为什么事，前脚回到武举镇，自己后脚就到了。丁一一觉得，这一定是上天的旨意，给自己报仇雪恨的机会。

丁一一是坐在冷饮店里，看见丁国强跟一个年轻小伙从街上走过。那一定是他儿子吧，笑容满面，阳光从头顶洒落。

这样的人，居然配有儿子？这样的人，居然能带着儿子，行走在阳光之下？

丁一一无法忍受。

必须杀了他。

这个关于她一生的故事，有两个版本。跟廖喜和山林雨初遇那天，在星巴克里讲的，是第一个版本，带有一点悲伤，但总算是体面的版本。

丁一一并没有撒多少谎，她不需要撒谎，她只是讲出了一部分的真相，隐瞒了另外一部分。

丁一一把她故事里不喜欢的地方折进去，喜欢的地方展现出来，它就完完全全地变成了另一个故事。

一开始，丁国强对她们母女俩的确很好。但是，现在想来，爸爸对她的好，跟妈妈对她的好，是不一样的。妈妈爱她，是由内至外，真心如此。这个叫爸爸的男人，对她的好，是别有用心的，带着一些表演性质。

与其说，丁国强把她和林安之视为珍宝，倒不如说，他是把两人当成了战利品。每次他把丁一一架在脖子上，到楼下散步时，那个姿态，就好像胜利者屠杀敌人之后，炫耀所缴获的宝物。

尤其是丁国强给她买的礼物，颜色必然鲜艳，款式一定是最为浮夸的。许多时候，丁一一并不喜欢，但却不得不穿上，被爸爸带着游街示众。成年以后，丁一一偏爱素色淡雅的衣服，甚至喜欢穿妈妈留下的旧衣服，多多少少，是受这段童年经历影响。

但无论怎么说，如果生活维持在这种状态，丁一一不会有太多抱怨。有一个真正对她好的妈妈，一个假装对她好的爸爸，这样的童年生活，已经比许多人要幸福了吧？只可惜，她突如其来的疾病，让这个家庭濒临破碎。

那次去市里医院看病，便是她童年欢乐记忆的终结点。从那以后，一切都在滑落。

丁国强外出跑车的时间，越来越多，即使回到了家里，他也变得沉默寡言，烟抽得很凶，连妈妈也不敢去劝。尤其他看丁一一的眼神，仿佛看的不是人，而是一个即将报废的轮胎。

妈妈也变了，虽然她装得跟以前一样，可是半夜丁一一从梦里惊醒，听见的不是客厅里跳舞的脚步声，而是隔壁卧室里压抑的哭声。

当时的丁一一觉得，或许是自己做错了什么，所以她变得越来越乖，越来越听话。可是，无论她怎么做，爸爸仍然很少回家，妈妈还是在深夜里哭泣。

江有月在她家里住的半个月，是她那段回忆中，少有的亮色。其实，从他掏出折纸的那一刻，丁一一就明白了，眼前的人并不是她爸爸，而是另一个男人。

这个男人不会讲话，而且有些呆呆的，但他脸上总是笑着，一整天都陪在丁一一身旁。更何况，他还会做折纸，天上飞的，地下爬的，天地间就没有他折不出来的形状。

丁一一不知道他的名字，因为他是个哑巴，所以她就自作主张，喊他巴巴。巴巴，爸爸，发音相近，但是音调不同。妈妈制止过她几次，后来也就听之任之了。

江有月在家的那些天，就连妈妈的心情也变好了。

那时候丁一一就想，如果把爸爸跟巴巴换一换，让这个不会说话的哑巴来当自己的爸爸，应该会很快乐吧。

当然，这只是小孩子的幻想。

那半个月以后，巴巴就走了，没有回来过。

大概要在十年之后，丁一一才会知道，巴巴已经死了，是被丁国强亲手杀死的。

这是她永远无法原谅的事实，也是丁国强必须死的罪状之一。

原来，她之所以能活下去，是以巴巴的死为代价的。

她还活着，便是对巴巴的背叛。她在这个世界上多活一天，她的罪孽便加重一分。她成了杀人者的帮凶，而她之所以落到这个地步，全是拜丁国强所赐。

虽然丁国强通过这么一场谋杀，骗来了保险金，救了她的性命，但在丁一一看来，这仅仅是丁国强抛弃她们母女计划的一部分，或者不过是为了满足他虚伪的良心，尽管从客观结果上看，丁国强确实救了丁一一的命。

可是有谁问过丁一一，她希望活下去吗？或者说，她希望以这么沉重的方式，苟活在世界上吗？

如果可以回到过去，丁一一会毫不犹豫地选择在八岁或者九岁的时候，在晴朗的一天，结束自己的生命。然而，没有如果。现实就是巴巴死了，丁一一还活着。

如果她这一辈子都不知道真相，都被蒙在鼓里，那也就罢了。偏偏这个丁国强，消失近十年以后，突然出现，亲口告诉了她一切。

仍然，没有如果。

丁一一再次见到丁国强，是在二〇〇六年，广州街头。

那年丁一一十四岁，正在念初三。

她永远忘不了那天，那是一个普通的星期四，下午放学，回店里的路上，她看见了一个熟悉又陌生的身影。

丁一一最开始以为那个人是巴巴。因为当时她已经知道，继父丁国强几年前在路上发生车祸，去世了。既然丁国强已经死了，那么出现在她眼前的这个男人，自然只能是会折纸的哑巴，巴巴。

丁一一开心地迎了上去，喊：“巴巴！”

巴巴先愣了一下，接着喜笑颜开，他嘴里的牙齿，跟丁一一记忆中一样雪白。

丁一一心里想，这些年来，他一定也好好刷牙了吧。

差不多十年没见，巴巴的头发有些花白，脸上多了几条皱纹，但是他的笑容，还跟十年前一样，纯真而无害。

丁一一围着他问长问短：你怎么会在这？你在这做什么？哇，我有多少年没见你了，诸如此类。当然，哑巴是不会讲话的，只是笑眯眯地看着她。

接着，丁一一邀请巴巴到她妈妈的店里坐坐，还说可以请他吃他最爱的蛋卷。巴巴却摆手说不，反而走到路边，拉开一辆雪铁龙小轿车的后门，请丁一一上车。

丁一一当时便有些奇怪，但更多的是兴奋，问道："巴巴，你还有车，你还会开车？"

巴巴不说话，只是示意丁一一上车，然后自己坐到了驾驶座上。看起来，他要带丁一一去什么地方。

如果换作是别的男人，无论任何男人，老师，同学，房东，陌生人，丁一一绝不会上车。由于之前的一些经历，她对所有成年甚至是未成年男人，都有很强的警惕心，会想尽一切办法，避免跟他们单独相处。但是，巴巴不一样。巴巴是个哑巴，是个傻乎乎的，像天使一样的男人。

汽车驶离市区，路上行人变得稀疏，天色也渐渐暗了下来。丁一一开始觉得不对劲，便对巴巴说："你要送我去哪呀？"

巴巴当然没有说话。

丁一一又说："巴巴，你先送我回去吧，这么晚了，我妈妈会担心的。"

倒车镜里，巴巴突然笑了。

正是那个笑容，让丁一一毛骨悚然。那绝不是巴巴的笑容。这种笑容，丁一一在过去的几年里，见过不少次。那是挂在房东、校门口流氓脸上的狞笑。这样的笑容，让丁一一产生了跳车的想法，可是，车速突然加快。

紧接着，巴巴说话了。平平淡淡的一句话，在丁一一听来，却不亚于惊雷。

巴巴说：“一一，是我。”

他的声音沙哑，干涩，好像不是从嘴巴或者喉咙，而是更深处的某个地方所发出。如果一个人闷了一整天，没开过口说过一句话，突然发声，便会是那种音色。

巴巴说：“是我呀，怎么，被吓到了？”

丁一一又惊又怕，在后座上蜷缩起来，颤抖着问：“你，你是谁？”

巴巴呵呵笑了：“我是你爸。”

“爸爸？……”

这个她以为是巴巴，结果是丁国强的男人说：“没错，是我。我没死，没想到吧？你不知道，我为你做了多少。你的命都是我给的，我为了你，变成杀人犯，变成了哑巴，你知道吗？”

丁一一不敢接话。

但对丁国强来说，有没有得到回应并不重要，仿佛是一个尘封多年的匣子，一旦打开，里面收藏的记忆，都化为语言，喷涌而出。

丁国强说：“我以前，是开货车的，你还记得吧？走南闯北，跟谁都能聊得上。后来，我变成哑巴了，哑巴不能说话啊，哑巴怎么敢说话？憋得我好难受，你知道吗？你不知道。

“还有，那个女人，其实是个变态，对，大变态。自己写不了小说，就把我当成小说里的人，控制着我，让我往东，我不敢往西。我能怎么办？把柄在她手上。

“后来啊，后来我就想起你妈妈的好。不，我一直都觉得她很好。所以我就到处找你们，知道吗？有一次终于找到了，我跟踪她，然后看到，看到她跟另一个男人！牵着手，走进电影院。为什么？我把我自己毁了，换来你们能好好过日子，但是你们一点都不感激我！”

丁国强一脸恨恨的表情：“我真的很难受，一一，你知道吗？”

丁一一说：“我，我知道……”

丁国强突然转过头来，脸上笑得比哭还难看，说了一句丁一一这辈子都不会忘记的话。

他说：“好，现在你来报答我吧。”

汽车猛地停住，丁一一额头差点撞上前排座椅。接着，丁国强下了车，又硬把她拉了出来。

这里是广州郊外，某一处山脚，四周荒无人烟。天已经彻底黑了，远处的路灯，又不够亮。

噩梦降临了。

丁一一不知道丁国强为什么要这么做，但是她知道，丁国强准备做什么。她试图反抗，一个十四岁的少女，哪怕最终没法逃脱，起码能在强奸犯身上，留下一些伤痕。

可是，丁国强没给她这个机会。

丁一一大喊：“救命！”

丁国强给了她狠狠一巴掌，然后，用力掐住她脖子，把她压在车身上。

“我是杀人犯，你知道我杀的是谁吗？就是那个哑巴，我杀了他，把他装成是我，保险金给了你妈，她才有钱给你治病。要不然，你早就死了。你的命是我给的！”丁国强威胁道，“我人都杀了，再杀一个也无所谓。你要是不听话，我现在就掐死你。不，我不但要掐死你，还要把你妈也搞死。听见没？”

他的表情无比狰狞。

这个男人是认真的。做出这样的判断后，丁一一不敢再喊。

丁国强的手，伸进她的校服裤子。

“太好了，哈哈哈，太好了。你妈是破鞋，你知道吗？她跟我之前，都不知道跟过多少男人。但是没关系啊，你是处女，对吧，你是处女。把你第一次给我，就当是你妈欠我的，知道吗？你知道这十年，我过的都是什么样的日子吗？提心吊胆的，总是怕事情败露。这都是为了谁？是为了你啊！都是你害的！”他狂笑道，“太好了，把你的第一次给我，就当是补偿我，太好了。”

接下来，丁国强把他曾经的女儿翻一个身，又掐着她后颈，把她上半身压在汽车引擎盖上。

接下来发生的事情，丁一一完全忘记了。

丁一一同样忘记了自己是怎么样，以一种什么状态回到家里的。她只记得丁国强说的最后一句话。

“不准报警，不准告诉任何人，不然的话，我就把你连同你妈，一起杀掉。”

她永远记得这句话。

接下来的十几年里，丁一一变了。白纸既然已经被涂黑，那么，就没有再保持洁白的必要。

她开始被动甚至主动地交出自己的身体，去换取种种利益，有时是微不足道的利益。

最终，白纸变成了黑纸。

到了二〇一八年，林安之罹患癌症，最终不治身亡。对于丁一一来说，悲痛之余，也伴随着一丝解脱。

妈妈还活着，她就总想着丁国强反复说的话，他说：“我还要把你妈也搞死。”

为了妈妈的安全，她只好忍辱吞声，把白纸上被涂黑的那部分尽力掩盖。

现在妈妈死了，一个人是没法死两遍的。她再也不怕丁国强的威胁了，终于，她有了复仇的资格。

谋杀江有月，让丁一一背负罪孽活着，是丁国强偿命的第一个理由。

那场毫无人性的强暴，自然是他该死的第二个理由。

找到丁国强，则是丁一一复仇的第一步。

她模糊记得，丁国强当年开的那辆雪铁龙，是深圳牌照的。于是，她便跳槽到深圳，这才有了星巴克里的那场会面。

那天下午，她认识了廖喜，也认识了她不长的生命里第二好的男人——山林雨。看着他的笑容，有时候，丁一一会想起另一个男人，同样纯真无害的男人。

丁一一掏出手机，看她之前发的那条朋友圈。

一个雨云的折纸，三个字，想象雨。

在做这个折纸时，她所想象的，不是天上掉下来的雨，而是山林雨的雨。

那天山林雨在微信上问起，丁一一轻描淡写地带过了。这不算撒谎，只不过隐瞒了部分真相。当然，对于她这样的女人来说，撒谎也是家常便饭，没什么了不起，更没必要心怀歉意。

对于她来说，他是个不可能的爱人。

对于他们而言，这是一场不可能的恋爱。

本来就不可能，也就没什么可惜的。

唯一可惜的是，她答应过他，要再一起唱歌，唱那首《红色高跟鞋》给他听。

可惜，没这个机会了。

在那场雨再度降临前，她一定要抓住机会，除掉那个人。

至于杀死他的方法，丁一一早就计划好了。

赤手空拳是不可能的，哪怕对方已经年过半百，始终是个肢体健全的成年男性，光靠体力很难有胜算。哪怕再加把刀，丁一一也同样没信心。可能会伤到他，但未必足够杀死他。

所以，她准备采用的方式，是对丁国强人生的绝佳反讽，一个彻底的否定。丁国强还是司机的时候，总是自豪于自己的驾驶技术，吹嘘多年的零事故纪录。甚至，当丁国强对丁一一施暴的时候，也把他最为熟悉的汽车当成了床。

丁一一决定，让他死在这辈子引以为傲的东西上，让他死于一场交通意外。她研究过，时速六十公里，就足以撞死一个人。

这一次，被顶在汽车引擎盖上的将是丁国强。

她看了眼手表，早上六点五十分，该出发了。

丁一一站起身来，她的红色高跟鞋之下，既是这个房间的地板，也是下一层房间的天花板。

而在那个房间里，坐着两个男人，来海丰县找她的人。

山林雨坐在窗台前的椅子上，说："我知道，要证明我是我自己，很难，没想到，证明一个人不是他自己，更难。"

"我懂你意思，想证明现在这个江有月，不是真的江有月，是丁国强冒充的，确实很棘手。"

“廖老板，你说该怎么办啊？丁国强的父母都死了，丁一一也不是他亲生的，没法从他这边的血缘下手。江有月也一样，父母早就死了，有个叔叔，可是人在新加坡，根本找不到。”

廖喜补充道：“当年从死者身上，还有丁国强家里提取的生物组织，也只能证明死者跟现在这个江有月，不是同一个人，没法证明现在这个江有月不是真正的江有月。”

“江有月不是生了个儿子吗，叫什么名字来着，江别之？给他们做个亲子鉴定，有用吗？”

“你傻啊，你想想，江别之什么时候出生的？他肯定是丁国强跟王婉莹生的，亲子鉴定能鉴定出什么？”

山林雨颓然道：“对哦。”

“别忘了，我们说了那么多，都是建立在这个江有月确实是丁国强冒充的前提下。如果你的推理是错的，那我们搞这么多，都是浪费时间。”

“不可能会错，我有绝对的信心。”

“最好是这样。”

“廖老板，接下来到底该怎么办啊？”

“高科技的不管用，那就用最原始的办法，跟他当面对质。”

“那丁一一呢？”

廖喜问：“你还是联系不上她？”

“对，昨天晚上我发微信，她没回，我就直接打了她电话，结果关机了。早上起来又打了几次，还是关机。我怀疑她就在酒店附近，不，说不好，就住在这家酒店里。”

廖喜说：“可惜我不是警察了，不能查房客姓名。”

“她肯定正等着丁国强出现，一刀把他捅死。”

“那就好办了，我们来个守株待兔，丁国强是株，小丁就是兔。”

“听廖老板指示。”

“你过来，到这里，你看啊，我们正下方，就是酒店的大堂，对吧，你再看街对面，那里有家汤粉店，看见没？现在是早上七点，我们马上下楼，我在大堂守着，你呢，就到对面的汤粉店。”

山林雨问：“然后呢？”

廖喜说：“然后，比如你发现了小丁，你就过去把她缠住，别让她做出什么冲动的事情，同时马上喊我过去。反过来，如果是我先发现的，那也一样。如果先发现的是丁国强，也上去缠住他，保护他别出什么事。”

山林雨问：“小丁没问题，丁国强，你能认得出来吗？”

“废话。”

山林雨又问：“那要怎么质问丁国强，如果他一直装哑巴呢？”

“这个我心里有数，到时交给我就行。别忘了，我不光当过刑警，审过犯人，在缉毒队那会儿还做过卧底的。套几句话，这么简单的事，还会做不到？”

“好咧，不愧是廖老板。那我们现在？”

“马上下楼，按计划分头行动。”

山林雨立刻起身，开门便要走，廖喜却喊住他，说：“等一下。”

“怎么了？”

“那个，丁国强的照片，再发我一遍。”

二十一

二〇一九年，夏末，海丰县。

廖喜坐在酒店大堂里，玩《王者荣耀》。山林雨之前帮他赢的几颗星，果不其然，又全部掉回去了。

他正在等人，等一个可能会出现，但自己未必能认出来的人。而这个人，就是山林雨这段时间以来苦苦追寻的答案。

水晶爆炸的那一刻，一个陌生的声音传来："不好意思，我能坐这吗？"

廖喜抬起头来，对方是个四十来岁的女人，身材瘦削，胸部却出奇丰满，脸上戴一副眼镜。他再看看周围，明明还有许多空位，便打算开口拒绝。

女人却已经坐了下来，开口问道："没有孩子吧？"

"对不起，什么？"

"你没有孩子，对吗？"

廖喜警惕起来，说："你怎么知道的？"

女人笑了笑，说："一点基本的推理咯。我还知道，是你破了

‘七二三’案，把陈秋南抓住了，对吧？你以前是布古警署的刑警，后来搭档牺牲，你调去缉毒队，负伤辞职，当了个网络小说家。可惜啊，以你的经历，应该去写刑侦小说才对，悬疑的也行。是吧，廖喜，廖老板。”

廖喜倒吸一口冷气：“你说的这些，都是你推理出来的？”

“除了推理，还得观察，搜集资料，把表面上看着不相关的几件事联系起来。反正，跟你写小说差不多吧。”女人道。

这个女人，危险。

廖喜习惯性地伸手去摸裤腿，当刑警的那会儿，他总是把枪绑在小腿上。当然，现在那里空荡荡的，什么都没有。

女人又说：“别紧张，廖老板，我就是来找你谈谈的。你肯定也猜到我是谁了吧？”

廖喜说：“王婉莹。”

“没错，就是我。”

廖喜紧张地看看周围，却并没有她丈夫或儿子的身影。

王婉莹笑了笑，说：“廖老板，别担心，我说了来找你谈谈，没有什么坏念头。不，应该说，其实我想送你一份大礼。在我自首之前，把二十年前发生的事情，都讲给你听。”

廖喜惊讶道：“自首？”

“没错，我打算去自首。二十年前，我的真老公，是我假老公杀的，然后假老公就成了真老公。也是辛苦他了，二十年啊，在外面只能装哑巴，过得提心吊胆的。不过也没什么好说的，哎，男人，没能力掌握自己命运的，只能让别人掌握咯。”

廖喜皱着眉头，脑袋里飞速转动。虽然不知道她打算干什么，但是看起来，这个女人确实没有加害于他的意思。

王婉莹又说:“对了廖老板，你有没有听过一句话，德国的莱布尼茨说的，他说啊，世界上没有两片完全相同的树叶。”不等廖喜回答，她又哈哈笑道，“那是当然，因为树叶不懂伪装嘛。但是人就不一样了，两个长得一模一样的人，互换身份，如果有一个关系最亲密的人，比如说老婆，帮他打掩护，那么，最终这个人，变得跟另一个人完全相同，也不是什么难事。”

“你为什么要告诉我这些？”

王婉莹答非所问道:“可惜啊，你没有孩子，所以你根本不知道，为人父母，尤其是当妈的，能为孩子做到什么地步。老实跟你讲，杀江有月，完全是为了我的孩子。当然，亲手策划一桩完美谋杀案，那种成就感也是一部分原因。真的是，现在想起来还兴奋呢。怎么样，廖老板，有兴趣听我讲吗？”

廖喜朝大堂外看了一眼，街对面，是山林雨镇守的早餐店。他想了想，说:“那好，愿闻其详。”

接下来的二十分钟里，王婉莹把二十年间发生的事情，原原本本都说了一遍，包括她跟丁国强是怎么认识，怎么发生关系，她怎么教唆丁国强杀死江有月，具体细节都有哪些，杀完人之后，再如何冒名顶替等等。

廖喜听得冷汗直冒，他怎么也想不到，面前这个看似平常的中年妇女，居然有这么深沉的心机，能把谋杀一个人的前前后后，做得滴水不漏。然而，偏偏百密一疏，她在现场遗留下了江有月做的折纸。又或者说，这是她当年有意为之？更可怕的是，当她讲起自己亲犯的罪案时，语气平淡，像是在说别人的故事。

从王婉莹的语气和神态，包括肢体语言，廖喜判断，她说的都是真的。山林雨对案件的推测，起码有七成是对的。在没有接触任何切实证据，也没有审问过嫌疑人的情况下，能做到这种地步，已经是相当了不起了。这小子，果然有他爸当年的风范。

廖喜虽然相信王婉莹说的都是真的，但是心里却还有几个疑问没得到解决。

王婉莹似乎看穿了他的心思，主动道："廖老板，还有什么想问的吗？"

"我想知道，你是从事什么职业的？"

王婉莹笑道："年轻时开了间租书店，看了许多悬疑小说。后来嘛，就是做生意咯，各种生意，也总算挣了点小钱吧，吃喝不愁，给儿子出国留学的费用存好了，房子也买了两套，在广州，直接用儿子名字买的。"

"我们当初推测，如果丁国强有同伙，这个同伙应该是个医生，或者从事物证相关职业的。没想到，不过是个悬疑小说爱好者，还是个女人。"

"喔？廖老板，你这是瞧不起悬疑小说读者，还是看不起女人？"

廖喜连连摆手说："不不，我没有这个意思。很多读者都很厉害的，各行各业的，他们真要跑去写小说，我这碗饭就没法吃了。对了，既然你看了那么多悬疑小说，刚才跟我讲故事也讲得很好，为什么不自己去写一本？"

"我嘛，就算了，还是更喜欢当个读者。"说完这句话，她意味深长地一笑。

廖喜又问："这二十年来，你后悔过吗？"

“没有，我说了，这一切都是为了我儿子。”

廖喜接着道：“那你跟丁国强的关系呢，好吗？你说要去自首，他也同意？”

“我跟他啊，还能怎样，就跟世界上大多数夫妻一样吧。至于自首这件事，他还不知道，不过我相信，他会同意的。二十年都这么过来了，我出主意，他照办。”说完这句话，她看了眼手表，说，“时间差不多了。”

廖喜赶紧问道：“最后一个问题，也是我最不理解的。你为什么要告诉我这些，为什么要去自首？你也说了，二十年都过去了，你们隐藏得那么好，对吧，哪怕我跟阿雨发现了你们的秘密，向警方汇报，重启了调查，最终结果如何，都还是未知数。

“我的意思是，你为什么要自己动手，毁掉辛辛苦苦得来的一切？不合理啊，我怎么也想不通。”

王婉莹笑了笑，说：“廖老板，你的记性不太好啊。你这个问题，我刚才就说过了，反复说了几遍，我做的一切，都是为了儿子。二十年前是，二十年后的今天，也一样。”

廖喜重复道：“为了儿子？我不明白，你去自首，父母变成了杀人犯，对他能有什么好处？”

廖喜眉头紧皱，刚想问什么，酒店大堂外，突然传来哗啦啦的声响。

廖喜朝外一看，却是昨晚刚停的暴雨，此刻不由分说，又下了起来。

回过头时，王婉莹却把手机撑到他脸上，说：“来，给你看看我儿子。”

她打开手机相册，一张张地展示照片，一边说："江别之，名字是我起的，二十一岁，一米八一，你看，帅不帅？成绩也特别好，大三了今年，准备去英国留学。你知道的吧，柯南·道尔，阿加莎，全都是英国人，他们写的小说，我儿子初中前就全部看完了，他也特别喜欢。"

廖喜听得云里雾里，实在不明白，这个女人葫芦里到底卖的什么药。

一切都发生得太快。

酒店大堂的玻璃外，一个没有撑伞的中年男人，双手提着打包袋正急着跑过马路。

一辆银灰色的雪铁龙，从不远处突然加速，眼看就要撞上中年男人。

一个身材高大的少年，冲了过来，将中年男人扑倒在一边。

中年男人惊呼一声。

两人在地上翻滚了几圈，又都在倾盆大雨中站了起来，看上去并无大碍。

银灰色的雪铁龙轿车，撞到了路边的一棵绿化树，安全气囊弹出。

刚救了中年男人的少年，又赶紧跑了过去，拖出驾驶座上的年轻女人。女人穿着的深蓝色的碎花连衣裙，被雨水紧紧地粘在她的身体上。她甩掉脚上的红色高跟鞋，正要冲向那名中年男人，却被少年死死拦住。

那个如同落汤鸡一般的中年男人，站起身，迟疑着向酒店大门走来。

女人无可奈何，坐在雨水横流的马路上，发出撕心裂肺的哭喊。

周围所有建筑的屋檐下，挤满了人，每人手上都有一部手机，记录下正在发生的一切。

廖喜站起身来，要冲出去帮忙，却被一只手紧紧抓住了，自然是王婉莹的手，她说："别着急，你的阿雨没事，小丁也没事。"

那个险些被撞死的中年男人，此刻正钻进酒店大门，手里拎的早餐不知去向，一双惊慌失措的眼睛，看向大堂里正在拉扯的二人。

他张开嘴巴，却不敢喊出声音。

一个人装了二十年哑巴，到了真要说话的时候，也未必说得出来。

王婉莹叹了口气，说："可惜，他也没死。"她又评判道："不够刺激。"

另一个年轻男子，从电梯间狂奔而来，经过廖喜跟王婉莹，扑到中年男人身边。

年轻男子说："爸，你没事吧？"

王婉莹自豪地对廖喜说："看，那就是我的儿子。"

她接着说："网络小说也是小说，你帮我分析下啊，如果有一个初出茅庐的作者，人长得又高又帅，他亲生父母，就是二十年前，一桩完美谋杀案的凶手，二十年后，主动向警方投案自首。这个年轻作者，把父母的真实经历改编成了小说。这样的一本书，会不会畅销？你不写悬疑小说，我也不写悬疑小说，忘了告诉你，我儿子写悬疑小说。写小说要出名，真的是太难了，许多人写了一辈子，也没多少人看。所以想要出名啊，除了把小说写好，还需要一些外力的帮助。"

廖喜不可置信道："至于吗？就为了你儿子能出名，你可能要在牢里过一辈子。"

王婉莹笑了笑："你的记性真的不好，廖老板，我刚才说过很多次了。你以为，二十年前，林安之没猜出死的是谁？你想想，可能吗？但是她为了拿到保险赔偿给女儿做手术，硬是一句话都没说。一个当母亲的，为了孩子，能做到哪个地步，你确实无法想象。还有啊，你别看我这样，其实，我很喜欢刺激。杀人，很刺激，杀人之后潜伏，也很刺激。潜伏二十年，再去自首，那就更刺激了。真的，我现在想想，走进公安局那个场景，就兴奋得不行。我都等不及了。”

廖喜哑口无言，失神地看向大堂外。

倾盆大雨中，如同河流一般的马路上，山林雨单膝下跪，说：“一一，没事了，有我在。”

丁一一号啕大哭。

她知道，自己彻底失败了。

丁国强不会死，起码，不会死在她的手上。

更可怕的是，她也死不了。她还要活很久，活着的每一天，心脏跳动的每一下，都带着命运所分配的罪孽。

同时她也清楚，她余下生命的每一天里，都不会有这个刚刚拯救了她的男人。

他太好了，像太阳一样闪耀。所以，她没法和他在一起。二十四小时处在太阳的照耀下，植物或许会蓬勃生长，但像丁一一这样的人，只会感到疲惫不堪。

丁一一需要的，是可以喘息的阴影。

即使在滂沱大雨中，太阳依然在云朵之上，散发光芒。

山林雨说：“你别这样，坏人会受到法律的惩罚的，日子还长，我们还得过下去。一切都会好起来的。”

山林雨最想说的那句话——以后，就由我来保护你，最后，也只能放在心里。

山林雨最后只说了句：“对不起。”

丁一一从碎花连衣裙里，贴近心脏的地方，掏出那个犀牛折纸。

折纸被雨水浸润湿透，已经看不出原来的形状，沦落为一个平平的无奇的纸团。

丁一一把纸团撕碎，抛向空中。

江有月印在上面的话，她这几天想清楚了，完整的版本应该是这样：

一一，

你好吗？

我很好。

我好想你。

你能来找我吗？

武举镇，向前街，三〇一号。

江有月

二十年前的往事，变成一片片纸屑，纷纷洒落，如同夏秋相交之际，暴雨中一场小小的雪。

一稿　二〇二〇年　四月廿六日　深圳

二稿　二〇二〇年　五月廿五日　深圳

FONGHONG
凤凰联动出品